Frankenstein

Frankenstein

ou o Prometeu moderno

MARY SHELLEY

2ª edição

Tradução
Adriana Lisboa

EDITORA
NOVA
FRONTEIRA

EDITORA NOVA FRONTEIRA PARTICIPAÇÕES S.A.
Rua Nova Jerusalém, 345 – Bonsucesso – 21042-235
Rio de Janeiro – RJ – Brasil
Tel.: (21) 3882-8200 – Fax: (21) 3882-8212/8313

Imagens de capa: 27835000, najin / iStock by Getty Images e 3506509, filmstroem / iStock by Getty Images

O texto de *Frankenstein or The Modern Prometheus* utilizado pela Signet Classics e aqui traduzido é o da terceira edição, revisada e corrigida pela autora, e publicado por Henry Colburn e Richard Bentley, em Londres, em 1831. A introdução da autora foi publicada pela primeira vez na referida edição, não constando das duas primeiras (1818 e 1823). O texto foi reproduzido pela Signet Classics com a autorização de The Carl and Lily Pforzheimer Foundation Inc., em nome de The Carl H. Pforzheimer Library.

CIP-BRASIL. CATALOGAÇÃO NA FONTE
SINDICATO NACIONAL DOS EDITORES DE LIVROS, RJ

S549f
Shelley, Mary, 1797-1851
Frankenstein ou o Prometeu moderno / Mary Shelley ; tradução Adriana Lisboa. - 2. ed. - Rio de Janeiro : Nova Fronteira, 2014.

Tradução de: Frankenstein or the Modern Prometheus
ISBN 9788520938690

1. Romance inglês. I. Lisboa, Adriana. II. Título.

14-16142 CDD: 823
CDU: 821.111-3

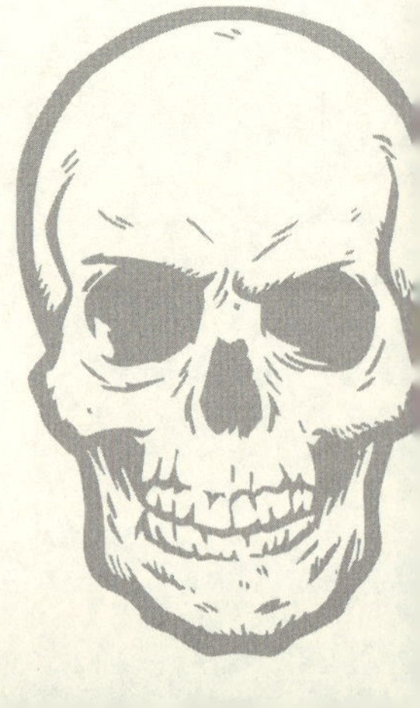

"Por acaso pedi a Ti, ó Criador, que do barro
Me moldasses Homem, por acaso solicitei-Te
Que da escuridão me resgatasses?"

Paraíso perdido, X, 743-45

introdução da autora

Ao escolher *Frankenstein* para integrar uma de suas séries, os editores de romances clássicos expressaram o desejo de que eu lhes fornecesse algumas informações sobre as origens da história. Estou disposta a atendê-los, sobretudo porque assim posso dar uma resposta geral à pergunta que me é feita com frequência: por que eu, que era então uma moça jovem, cheguei a ter uma ideia tão terrível e a desenvolvê-la? É bem verdade que não me agrada muito falar publicamente de minha intimidade, mas já que meu relato não será mais do que um suplemento a uma produção anterior, e que há de se restringir aos tópicos que dizem respeito exclusivamente à minha posição autoral, seria talvez um exagero de minha parte considerá-lo uma invasão.

Não é de admirar que eu, filha de duas célebres personalidades literárias, tivesse desde muito cedo inclinações para a escrita. Já fazia minhas primeiras tentativas na infância, e meu passatempo favorito durante as horas que me eram concedidas para a recreação era o de "escrever histórias". Ainda assim, tinha um passatempo mais caro do que esse: a construção de castelos no ar — o hábito de sonhar acordada —, a tendência em deixar-me levar pelo fluxo do pensamento, sempre voltado para a formação de uma sucessão de incidentes imaginários. Meus sonhos eram ao mesmo tempo mais fantásticos e agradáveis do que meus escritos. Nesses últimos, eu fazia imitações acuradas — mais escrevendo como outros haviam escrito do que colocando no papel sugestões de minha própria mente.

Aquilo que eu escrevia tinha pelo menos um leitor-alvo — meu companheiro de infância e amigo —, mas meus sonhos eram integralmente meus. Não os revelava a quem quer que fosse. Eram meu refúgio quando estava aborrecida, meu maior prazer nos momentos livres.

Passei a maior parte da infância no interior e vivi durante um tempo considerável na Escócia. Fiz visitas ocasionais aos locais mais pitorescos, mas minha residência habitual era na costa norte do Tay, região deserta e lúgubre perto de Dundee. Deserta e lúgubre é como a vejo retrospectivamente; na época, não era bem essa minha impressão. A costa era, então, como um refúgio de liberdade, lugar agradável onde, longe dos olhares dos outros, eu podia conviver livremente com tudo aquilo que minha imaginação criava. Naquela época, eu escrevia, mas num estilo que beirava o clichê. Foi sob as árvores, nas terras de nossa propriedade, ou nas costas nuas das montanhas sem vegetação, nas proximidades, que minhas páginas mais autênticas, os voos altos da minha imaginação, nasceram e receberam incentivo para prosperar. Não fiz de mim mesma a heroína de minhas histórias. A vida me parecia um assunto por demasiado lugar-comum, em se tratando da minha pessoa. Não era possível acreditar que minha própria vida fosse incluir decepções amorosas ou acontecimentos maravilhosos; eu não estava, porém, confinada à minha identidade, e podia povoar as horas com criações bem mais interessantes para mim, naquela idade, do que minhas próprias sensações.

Depois disso, minha vida tornou-se mais ocupada, e a realidade tomou o lugar da ficção. Meu marido, porém, estava desde o início muito ansioso para que eu me revelasse digna de minha filiação e inscrevesse meu nome na página da fama. Incitava-me o tempo todo a obter uma reputação literária, algo em que eu estava de minha própria parte interessada, embora, desde então, a mais completa indiferença tenha substituído meu entusiasmo inicial. Na época, ele desejava que eu escrevesse, não tanto por achar que eu pudesse produzir qualquer coisa digna de nota, mas para que ele próprio pudesse julgar até que ponto eu seria capaz de criar algo de mais qualidade no futuro. Ainda assim, eu não escrevia coisa alguma. As viagens e os cuidados com a família me ocupavam todo o tempo; os estudos, sob a forma da leitura ou das tentativas de me sofisticar intelectualmente através do convívio com ele, que era bem mais culto do que eu, eram toda a atividade literária em que eu estava envolvida.

No verão de 1816, visitamos a Suíça, e nos tornamos vizinhos de lorde Byron. No início, passávamos nossas horas de lazer no lago, ou caminhando por suas margens. Lorde Byron, que escrevia o terceiro canto de *Childe Harold*, era o único entre nós a pôr suas ideias no papel. Ideias que, conforme ele as trazia para nós, revestidas com toda a luz e a harmonia da poesia, pareciam retratar como divinas as glórias do céu e da terra, cujas influências compartilhávamos com ele.

O verão revelou-se, porém, bem pouco propício, úmido, e uma chuva incessante várias vezes nos deixava confinados a casa durante vários dias. Alguns volumes de histórias de terror traduzidas do alemão para o francês nos chegaram às mãos. Havia a história do amante volúvel que, acreditando abraçar a mulher que tomara como esposa, viu-se nos braços do pálido fantasma daquela a quem havia abandonado. Havia a lenda do fundador de uma dinastia, um pecador amaldiçoado a dar o beijo da morte em todos os filhos mais jovens de sua linhagem marcada por aquela sina, assim que atingissem a maturidade. Seu vulto gigantesco e sombrio, vestindo, como o fantasma de *Hamlet*, uma armadura completa, porém com a viseira levantada, era visto à meia-noite, sob a luz intermitente da lua, a avançar vagarosamente ao longo da avenida sombria. O vulto se perdia sob a sombra dos muros do castelo; logo em seguida, porém, um portão se abria, ouviam-se passos, a porta do quarto cedia e ele avançava até a cama daqueles jovens na flor da idade, cheios de vida, embalados pelo sono. Um pesar infinito estampava-se em seu rosto enquanto o vulto se inclinava e beijava a fronte dos meninos, que daquele momento em diante murchavam como flores arrancadas do caule. Não reli essas histórias desde então, mas os episódios ali relatados mantêm-se tão frescos em minha memória como se eu as tivesse lido ontem.

"Cada um de nós escreverá uma história de fantasmas", disse lorde Byron, e sua proposta foi aceita. Éramos quatro. O nobre autor deu início a um conto, parte do qual usou na conclusão de seu poema sobre Mazeppa. Shelley, mais apto a dar corpo a ideias e sentimentos no fulgor de imagens radiantes e na música dos mais melodiosos versos que adornam nosso idioma do que a inventar as peripécias de uma história, começou a escrever uma narrativa baseada nas experiências de sua juventude. O pobre Polidori teve uma ideia terrível sobre uma dama cuja cabeça era o crânio de um esqueleto, punição recebida por espiar num buraco de fechadura — para ver o quê, me esqueci: algo de muito chocante e evidentemente condenável; quando, porém, ela se viu reduzida a uma condição pior do que a do renomado Tom of Coventry, o autor já não sabia que destino lhe dar e foi obrigado a despachá-la para o túmulo dos Capuletos, o único lugar que parecia apropriado à dama. Os ilustres poetas, incomodados com a trivialidade da prosa, também abandonaram rapidamente aquela tarefa inglória.

Eu, de minha parte, tentava *pensar numa história* — uma história capaz de fazer frente àquelas que nos inspiraram a empreender tal tarefa. Uma história que pudesse trazer à tona os medos secretos de nossa natureza e que despertasse um terror capaz de nos fazer estremecer — uma história que deixasse o leitor com medo de olhar ao redor, que lhe enregelasse o sangue e lhe acelerasse as batidas do coração. Se eu não atingisse esses objetivos, minha história de terror não seria digna do nome. Pensei e ponderei em vão. Sentia aquela total incapacidade de invenção, calvário dos autores, quando um apático Nada vem em resposta às nossas mais ansiosas invocações. "Já pensou numa história?", perguntavam-me, a cada manhã, e a cada manhã eu era obrigada a responder com uma humilhante negativa.

Tudo precisa ter um começo, para falar ao estilo sanchiano, e esse começo deve estar ligado a algo que ocorreu antes. Os hindus dão ao mundo um elefante para sustentá-lo, mas fazem com que o elefante se erga sobre uma tartaruga. A invenção, precisamos humildemente admiti-lo, não consiste em criar a partir do nada, mas a partir do caos. A matéria-prima deve estar, em primeiro lugar, à nossa disposição: a criatividade pode dar corpo à substância sem cor e sem forma, mas não é capaz de criar a substância em si. Em tudo o que diz respeito à descoberta e à invenção, mesmo no campo da imaginação, somos obrigados a recordar sempre a história de Colombo e seu ovo. A invenção consiste na capacidade de dominar as nuanças de um determinado assunto e na força para moldar e adaptar as ideias que surgem a partir daí.

Foram muitas e longas as conversas entre lorde Byron e Shelley das quais eu era uma ouvinte devota, mas praticamente silenciosa. Ao longo de uma dessas conversas, várias doutrinas filosóficas foram discutidas — entre outras, o princípio da vida, e se havia alguma probabilidade de se chegar à sua descoberta e divulgação. Falaram das experiências do dr. Darwin (refiro-me não ao que o doutor de fato fez ou disse ter feito, mas ao que então se dizia que ele havia feito, o que era mais próximo de meus objetivos), que guardou um pedaço de aletria num estojo de vidro até que a massa começou, por algum meio extraordinário, a movimentar-se com vontade própria. Não era assim, afinal de contas, que a vida seria criada. Talvez um cadáver pudesse ser reanimado — o galvanismo já dera indícios de tais coisas: talvez se pudessem manufaturar as partes componentes de uma criatura, juntá-las e lhes prover o calor vital.

A conversa prolongou-se noite adentro, e já era bem tarde quando me recolhi para descansar. Ao deitar a cabeça sobre o travesseiro, não dormi, mas não seria correto dizer que fiquei pensando. Minha imaginação, livre de freios, apossou-se de mim e passou a me guiar, dotando as imagens que sucessivamente se formavam em minha mente de uma vividez que ia muito além dos limites habituais do devaneio. Vi — com os olhos fechados, mas com aguçada visão interna — o pálido estudante de artes profanas ajoelhado diante da coisa que criara. Vi a forma monstruosa de um homem deitado ali, e então, ao ser submetido à ação de alguma máquina poderosa, demonstrar sinais de vida e agitar-se num movimento desajeitado, como se estivesse meio vivo e meio morto. A imagem era assustadora, como haveria de ser, ao extremo, o efeito de qualquer esforço humano no sentido de imitar o estupendo mecanismo do Criador do mundo. O sucesso deixaria o estudante apavorado; ele haveria de afastar-se correndo de sua obra odiosa, tomado pelo terror. Torceria que, tendo sido abandonada à própria sorte, aquela frágil centelha de vida que ele transmitira se extinguisse, que a coisa que recebera uma animação tão imperfeita voltasse à sua condição de matéria morta e que ele próprio pudesse dormir com a certeza de que o silêncio da sepultura extinguiria para sempre a existência temporária daquele cadáver horrendo que ele chegara a ver como o berço da vida. Adormece, mas é acordado; abre os olhos; eis que a coisa monstruosa está de pé ao lado de sua cama, abrindo as cortinas e olhando para ele com olhos amarelados, úmidos, mas reflexivos.

Abri os olhos, aterrorizada. A ideia se apossou de minha mente com tamanha intensidade que um calafrio de medo percorreu-me, e quis substituir pela realidade que me cercava a imagem medonha produzida na minha fantasia. Ainda consigo ver o próprio quarto, o parquete escuro, as venezianas que filtravam a luz da lua fechadas, e me recordo da sensação de me dar conta de que lá fora estavam o lago vítreo e os Alpes altos e pálidos. Não era tão fácil livrar-me daquele meu fantasma horrendo; ele ainda me assombrava. Tinha que tentar pensar em outra coisa. Recorri à minha história de terror — minha cansativa e desafortunada história de terror! Ah! Se ao menos pudesse inventar alguma que assustasse meu leitor tanto quanto eu ficara assustada naquela noite!

A ideia que me ocorreu em seguida foi rápida como a luz, e me alegrou com a mesma intensidade: "Encontrei! O que tanto me aterrorizou aterrorizará os outros, e só o que tenho a fazer é descrever o espectro que me assombrou o sono." No dia seguinte, anunciei que havia *pensado numa história*. Naquela mesma data escrevi as palavras "Foi numa assustadora noite de novembro", fazendo apenas uma transcrição dos intensos horrores do sonho que tivera acordada.

A princípio, pensei em limitar-me a umas poucas páginas, a escrever um conto, mas Shelley insistiu para que eu desenvolvesse a história, tornando-a mais extensa. É claro que não devo a meu marido a sugestão de um único detalhe e dificilmente a de seu encadeamento na obra; ainda assim, se não fosse por incentivo dele, esta história jamais chegaria à forma com que é hoje apresentada ao mundo. Da declaração que acabo de fazer, devo abrir uma exceção para o prefácio. Até onde me recordo, foi inteiramente escrito por ele.

E agora, mais uma vez, convido minha medonha criação a seguir adiante e prosperar. Tenho uma certa afeição por esta obra, pois é fruto de dias felizes, quando a morte e o sofrimento não passavam de palavras que não encontravam qualquer ressonância verdadeira em meu coração. Suas muitas páginas falam de várias caminhadas, de vários passeios e de várias conversas, que remontam a uma época em que eu não estava só. Meu companheiro era alguém que jamais hei de rever neste mundo. Isto, porém, é assunto meu; meus leitores nada têm a ver com tais associações.

Farei apenas um último comentário sobre as alterações que fiz. São sobretudo estilísticas. Não modifiquei parte alguma da história e não introduzi quaisquer ideias ou circunstâncias novas. Corrigi a linguagem nos locais em que sua pobreza ameaçava interferir no interesse da narrativa; tais mudanças ocorreram quase que exclusivamente no começo do primeiro volume. Estão, em todo o romance, inteiramente restritas aos trechos que são meros acessórios à história, deixando seu âmago e sua substância intactos.

Londres, 15 de outubro de 1831

prefácio

A ocorrência do episódio no qual se baseia esta ficção não é, na opinião do dr. Darwin e de alguns dos autores alemães na área da fisiologia, inteiramente impossível. Não quero dar a impressão de depositar a mais remota fé numa suposição dessas; porém, ao assumi-la como base de um trabalho de ficção, não creio que estivesse apenas entrelaçando uma série de terrores sobrenaturais. O fato no qual reside o interesse da história não tem as desvantagens de um mero conto sobre fantasmas ou encantamentos. Justifica-se pela novidade das situações que desenvolve e, embora impossível como ocorrência física, oferece à imaginação um ponto de vista mais esclarecedor e elevado na tarefa de delinear as paixões humanas do que qualquer outro suscitado pelas relações habituais entre fatos existentes.

Empenhei-me, assim, em preservar a verdade dos princípios elementares da natureza humana, que não hesitei em inovar no que tange às suas combinações. A *Ilíada*, o poema trágico da Grécia; Shakespeare, em *A tempestade* e em *Sonhos de uma noite de verão*; e sobretudo Milton, no *Paraíso perdido*, seguem a mesma regra. O romancista humilde, que busca proporcionar diversão ao leitor ou a si mesmo através de seu trabalho, vale-se, para escrever prosa ficcional, de uma licença — ou, melhor dizendo, de uma regra, a partir de cuja adoção tantas das mais notáveis combinações de sentimentos humanos têm resultado em refinada poesia.

O fato sobre o qual repousa minha história foi sugerido durante uma conversa informal. Começou, em parte, como uma fonte de diversão e, em parte, como forma de exercitar os recursos da mente que, até então, não tivessem sido utilizados. Outros motivos somaram-se a esses, ao passo que o trabalho avançava. Não sou, de modo algum, indiferente à forma com que quaisquer tendências morais existentes nos sentimentos das personagens afetarão o leitor; minha preocupação central nesse sentido, porém, limitou-se a evitar os efeitos enervantes dos romances da época atual, e também demonstrar quão agradável é o afeto compartilhado na vida em família e quão louvável é a virtude universal. As opiniões que naturalmente derivam da moral e das circunstâncias de vida do herói não devem, de forma alguma, ser confundidas com minhas opções pessoais. Tampouco deve ser inferida, a partir das páginas que se seguem, qualquer tipo de preconceito ante doutrinas filosóficas de qualquer tipo.

Há também um detalhe que a autora considera um ponto a mais de interesse: a história começou a ser escrita na majestosa região onde a trama basicamente se desenvolve e na companhia de pessoas cuja falta tenho sentido com intensidade, desde então. Passei o verão de 1816 em Genebra. A estação estava fria e chuvosa; à noite, reuníamo-nos em torno da lareira em que chamas altas crepitavam e ocasionalmente nos divertíamos com algumas histórias alemãs de terror, que nos chegaram por acaso às mãos. Sentimos o desejo de imitar essas histórias, por pura diversão. Dois outros amigos (um dos quais, com qualquer história saída de sua pena, agradaria muito mais ao público do que eu jamais poderia almejar agradar) e eu concordamos em escrever cada um uma história baseada em algum evento sobrenatural.

O tempo, contudo, tornou-se subitamente sereno; meus dois amigos me deixaram e partiram numa excursão pelos Alpes — perdendo, assim, nas paisagens magníficas que contemplaram, toda e qualquer memória de suas visões fantasmagóricas. A história que se segue é a única que chegou a se completar.

Marlow, setembro de 1817

Carta 1

À Mrs. Saville, Inglaterra
São Petersburgo, 17 de dezembro de 17...

Você há de ficar satisfeita em saber que nenhum desastre acompanhou o começo de uma aventura que viu com tão maus presságios. Cheguei aqui ontem e minha primeira tarefa foi assegurar minha querida irmã do meu bem-estar e crescente confiança no sucesso de minha empresa.

Já estou bem ao norte de Londres, e enquanto caminho pelas ruas de São Petersburgo sinto uma brisa fria, vinda do norte, afagar-me a face, o que renova minha coragem e me dá muita satisfação. Será que você compreende minha sensação? Essa brisa, viajante proveniente das regiões às quais eu me dirijo, permite-me antegozar aquele clima gélido. Inspirados por esse vento cheio de promessas, meus sonhos tornam-se mais intensos e vívidos. Tento em vão deixar-me persuadir pela ideia de que no polo só existe gelo e desolação; a região sempre se apresenta à minha imaginação como dotada de beleza e encanto. Lá, Margaret, o sol é sempre visível, e seu disco amplo só chega a margear o horizonte, difundindo um esplendor perpétuo. De lá — pois, se você me permite, irmã, darei um voto de confiança aos navegadores precedentes — a neve e o gelo foram banidos; e, velejando num mar calmo, podemos chegar a uma terra cujos esplendores e cuja beleza ultrapassaram os de qualquer região até então descoberta no globo habitável. As riquezas naturais desse meio devem ser ímpares, pois não há dúvidas de que as potências divinas manifestem-se em tais regiões isoladas e virgens. O que não se pode esperar de um lugar onde a luz é eterna? Talvez lá eu descubra a força estupenda que atrai o ponteiro da bússola e possa conferir maior justeza a centenas de observações do céu que só dependem dessa viagem para conferir às suas aparentes anomalias uma consistência inabalável. Hei de saciar minha curiosidade ardente com a visão de uma parte do mundo nunca antes visitada, e talvez venha a pisar sobre terras onde homem algum jamais pôs os pés. É isso o que me atrai, e com intensidade suficiente para sobrepujar todo e qualquer medo dos perigos ou da morte, e para me induzir a dar início a essa laboriosa expedição com a alegria que sente uma criança ao subir a bordo de um barquinho com seus colegas, durante as férias, e partir numa viagem de exploração pelo rio de sua cidade natal. Supondo, no entanto, que essas conjecturas sejam falsas, você não pode contestar os benefícios inestimáveis que proporcionarei a toda a humanidade, até a última geração, se descobrir próxima ao polo uma passagem àquelas regiões às quais o acesso, no presente, nos requer muitos meses de viagem, ou ao determinar o segredo do magnetismo — se for possível determiná-lo, a possibilidade reside exclusivamente numa empresa como a minha.

Tais reflexões dissiparam a agitação com que comecei esta carta, e sinto meu coração iluminar-se com um entusiasmo que me transporta aos céus, pois nada contribui tanto para a tranquilidade da mente quanto um propósito firme — um ponto em que os olhos do nosso intelecto possam se fixar. Esta expedição era o meu maior sonho, mesmo quando ainda bem jovem. Li com ardor o relato das várias viagens feitas com a intenção de chegar ao Pacífico Norte através dos mares que circundam o polo. Você talvez lembre que a biblioteca do nosso caro tio Thomas compunha-se exclusivamente de relatos de viagens de exploração. Minha educação foi negligenciada, mas mesmo assim eu era um leitor apaixonado. Esses volumes ficavam noite e dia em meu escritório, e minha familiaridade com eles aumentou o pesar que eu sentira quando criança, ao descobrir que uma exigência de meu pai em seu leito de morte proibira meu tio de permitir que eu dedicasse minha vida às viagens marítimas.

Esses sonhos desvaneceram-se quando li atentamente, pela primeira vez, aqueles poetas cujo fervor deixou minha alma em transe e a elevou aos céus. Tornei-me também eu um poeta, e durante um ano vivi no paraíso da minha própria criação; imaginei que também poderia obter um nicho no templo consagrado aos nomes de Homero e Shakespeare. Você está a par de meu insucesso e da enorme desilusão que vieram daí. Naquele momento, porém, herdei a fortuna de meu primo, e meus pensamentos voltaram-se para minhas antigas inclinações.

Seis anos se passaram, até que eu decidisse levar a cabo a presente empresa. Sou capaz de recordar, ainda hoje, o momento em que passei a me dedicar a esse grande empreendimento. Comecei por disciplinar meu corpo, habituando-o à privação. Acompanhei os baleeiros em várias expedições ao mar do Norte; enfrentei voluntariamente o frio, a fome, a sede e a privação do sono; não era raro trabalhar com mais afinco do que os marujos durante o dia e devotar minhas noites ao estudo da matemática, da teoria da medicina e daqueles ramos das ciências naturais através dos quais um aventureiro dos mares pode obter grandes vantagens práticas. Por duas vezes cheguei a me empregar como subalterno num baleeiro da Groenlândia e executei admiravelmente bem meu trabalho. Devo confessar que fiquei bastante orgulhoso quando meu comandante ofereceu-me o cargo de imediato no navio e me rogou sinceramente que permanecesse, pois havia considerado meus serviços muito valiosos.

E agora, minha querida Margaret, será que não mereço completar com êxito um propósito grandioso? Poderia ter passado minha vida em meio ao conforto e ao luxo, mas preferi a glória a todos os atrativos que a riqueza pôs em meu caminho. Ah, se alguma voz encorajadora respondesse que sim! Minha coragem e minha resolução são firmes, mas minhas esperanças oscilam, e me deprimo com frequência. Estou prestes a embarcar numa viagem longa e difícil, e os imprevistos exigirão toda minha firmeza: é necessário não apenas que eu levante o moral dos outros, mas também que não me deixe eu próprio abater quando os outros se deprimirem.

Este é o período mais favorável às viagens, na Rússia. Os trenós voam rapidamente sobre a neve e são um meio de transporte agradável — muito mais, na minha opinião, do que as diligências inglesas. O frio não é excessivo, se nos agasalharmos com peles — vestimenta que já adotei, pois há uma enorme diferença entre andar pelo convés e ficar sentado imóvel durante horas, quando nenhum exercício impede que o sangue venha a congelar em minhas veias. Não pretendo perder a vida na estrada usada pelo correio entre São Petersburgo e Arkhangelsk.

Partirei para essa cidade dentro de duas ou três semanas, e minha intenção é alugar ali uma embarcação, o que posso facilmente fazer pagando o seguro ao proprietário, e contratar tantos marinheiros quantos julgar necessários entre aqueles que estão habituados à caça de baleias. Não pretendo lançar-me ao mar antes do mês de junho, mas quando será que estarei de volta? Ah, querida irmã, como responder a essa pergunta? Se eu for bem-sucedido, muitos e muitos meses, talvez anos, hão de se passar antes que eu e você nos reencontremos. Se eu falhar, você há de me rever em breve, ou nunca mais.

Adeus, minha querida e adorável Margaret. Que os céus a abençoem e protejam a mim, para que eu possa novamente testemunhar minha gratidão pelo seu amor e gentileza.

Seu afeiçoado irmão,
R. WALTON

CARTA 2

À Mrs. Saville, Inglaterra
Arkhangelsk, 28 de março de 17...

Como o tempo passa devagar aqui, cercado como estou pelo gelo e pela neve! Um segundo passo foi dado, porém, rumo ao meu objetivo. Aluguei um navio e trabalho na seleção dos marinheiros; aqueles que já contratei parecem ser homens com quem posso contar, e certamente possuem uma coragem a toda prova.

Tenho, no entanto, um desejo que jamais consegui satisfazer, e sinto agora a ausência do objeto desse desejo como um mal enorme. Não tenho amigos, Margaret: quando estiver radiante com o entusiasmo do sucesso, não haverá uma única pessoa com quem eu possa compartilhar essa alegria. Se o desapontamento me assaltar, ninguém virá oferecer-me consolo nas horas de depressão. É bem verdade que ponho meus pensamentos no papel, mas se trata de um meio bastante pobre para comunicar os sentimentos. Gostaria de ter a companhia de um homem que me compreendesse, cujo olhar respondesse ao meu. Você pode dizer que sou um romântico, querida irmã, mas sinto intensamente a falta de um amigo. Não há, ao meu redor, ninguém que seja a um só tempo gentil e corajoso, dotado de uma mente culta e ainda assim audaciosa, cujos gostos sejam iguais aos meus e que possa aprovar ou criticar meus planos. Como um amigo desses haveria de reparar os erros de seu pobre irmão! Sou impetuoso demais e muito impaciente diante das dificuldades. Meu autodidatismo é, porém, um mal ainda maior: durante os primeiros 14 anos de minha vida, corri livre pelos campos, e só o que lia eram os livros do tio Thomas sobre viagens. Naquela idade, conheci os célebres poetas de nosso país; mas só me dei conta da necessidade de conhecer outras línguas além da minha quando já não me era mais possível tirar daí grandes benefícios. Agora tenho 28 anos e sou, na verdade, mais ignorante do que muitos estudantes de 15. É verdade que meu pensamento foi mais longe, e que meus sonhos são mais grandiosos, mas falta-lhes, como dizem os pintores, consistência, e eu necessito enormemente de um amigo que tenha suficiente sensibilidade para não me desprezar, considerando-me um romântico, e afeição suficiente por mim para se empenhar em pôr minhas ideias em ordem.

Bem, essas queixas são inúteis. É certo que não hei de encontrar amigo algum em alto-mar, e nem mesmo aqui em Arkhangelsk, entre mercadores e marinheiros. Mesmo nesses peitos rudes, porém, batem corações onde há alguns sentimentos mais elevados do que os que habitualmente se encontram em meio semelhante. O contramestre, por exemplo, é um homem de grande coragem e iniciativa; deseja ardentemente a glória — ou, antes, para ser mais exato, deseja ardentemente progredir em sua carreira. É inglês e, embora possua os preconceitos comuns à gente de sua origem e profissão — preconceitos esses que não teve a oportunidade de superar através dos estudos —, é dotado de algumas das mais nobres qualidades humanas. Conheci-o a bordo de um navio-baleeiro. Descobrindo que ele não tinha emprego na cidade, contratei-o para tomar parte em minha empresa.

Meu imediato é um homem de ótima índole e sua presença se faz notar a bordo por sua gentileza e pela atitude conciliatória de seu comando. Tais características, somadas à sua renomada integridade e à sua coragem a toda prova, despertaram em mim o desejo de contratá-lo. O fato de eu ter passado a juventude na solidão e meus melhores anos sob seus cuidados gentis e maternais refinaram-me de tal modo a índole que não consigo superar um desgosto profundo diante da brutalidade usual exercida a bordo do navio: nunca a considerei necessária, e, quando ouvi falar de um marinheiro que se destacava tanto por seu coração generoso quanto pelo respeito e obediência que lhe devotavam sua tripulação, senti-me particularmente afortunado em poder contar com seus serviços. Ouvi falar dele pela primeira vez de uma forma bem romântica, e quem falava era uma dama que deve a ele sua felicidade. Esta é, resumidamente, a história. Há alguns anos, ele se apaixonou por uma russa dona de uma fortuna moderada e, tendo reunido uma soma considerável com a venda de navios apreendidos, o pai da moça consentiu no casamento. O marinheiro viu sua noiva uma vez antes da cerimônia, já acertada; mas ela, desfazendo-se em lágrimas, suplicou-lhe que a poupasse, confessando, ao mesmo tempo, que amava outro. Esse outro era pobre, por isso o pai jamais consentiria na união. Meu generoso amigo tranquilizou a moça e, ao ser informado do nome de seu amado, no mesmo momento abandonou seu propósito. Já havia comprado uma fazenda com seu dinheiro, na qual tinha a intenção de passar o resto de seus dias, mas doou-a integralmente a seu rival, junto com o restante do dinheiro que reunira com a venda dos navios apreendidos, para que pudesse comprar animais de criação, e ele próprio solicitou ao pai da moça que consentisse no casamento da filha com o amado. Mas o velho se recusou, resoluto, considerando-se comprometido por honra com meu amigo — que, ao ver que o pai era inexorável, deixou o país e não retornou até ouvir dizer que sua antiga noiva havia se casado de acordo com seus desejos. "Que nobre criatura", você há de exclamar. De fato ele é, mas ao mesmo tempo não possui qualquer refinamento: é calado como um turco e há, em seu comportamento, uma espécie de descuido ignorante que, embora torne sua conduta ainda mais admirável, diminui o interesse e a simpatia que, de outra forma, atrairia.

Não suponha, porém, que só porque reclamo um pouco ou porque concebo um consolo talvez inatingível para o meu trabalho árduo eu esteja fraquejando em minhas resoluções. Elas são tão inabaláveis quanto o próprio destino, e o único motivo do adiamento da minha viagem é o tempo, que no momento não nos permite embarcar. O inverno tem sido terrivelmente severo, mas a primavera está cheia de promessas e parece que vai chegar mais cedo, de modo que eu talvez possa partir antes do esperado. Não agirei apressadamente: você me conhece o suficiente para confiar em minha prudência e capacidade de refletir, sempre que a segurança de outros homens está sob minha responsabilidade.

Não sou capaz de lhe descrever minhas sensações diante da perspectiva de partir nesse empreendimento. É impossível transmitir-lhe uma ideia dessa sensação de nervosismo, que é a um só tempo cheio de prazer e apreensão, com a qual me preparo para partir. Dirijo-me a regiões inexploradas, à "terra da neblina e da neve", mas não hei de matar albatroz algum; de modo que não fique alarmada quanto à minha segurança, ou com a perspectiva de que eu retorne para junto de você desgostoso e alquebrado como o "Velho marinheiro".[1] Você há de sorrir diante dessa alusão, mas vou lhe contar um segredo. Muitas vezes tenho atribuído minha atração pelos perigosos mistérios do oceano à obra do mais criativo dos poetas modernos. Há algo maquinando em minha alma que não compreendo. Sou uma pessoa bastante esforçada — um operário que executa suas funções com perseverança e dedicação —, mas paralelamente a isso há um amor pelo maravilhoso, uma crença no maravilhoso entrelaçada em todos os meus projetos, que me impele para longe dos caminhos habituais dos homens até o mar selvagem e as regiões desconhecidas que estou prestes a explorar.

Retornemos, porém, a considerações mais agradáveis. Será que hei de voltar a vê-la após ter atravessado mares imensos e retornado pelo cabo mais meridional da África ou da América? Não ouso contar com um êxito desses, tampouco suporto olhar para o avesso desse quadro. Por ora, continue a me escrever sempre que tiver oportunidade: é possível que eu receba suas cartas nas ocasiões em que mais necessito delas para me levantar o ânimo. Amo-a com ternura. Lembre-se de mim com afeição, se por acaso jamais voltar a ouvir falar em mim.

Seu irmão que muito a estima,
ROBERT WALTON

---

1 Referência ao poema "The Rime of the Ancient Mariner", de Samuel Taylor Coleridge (1772-1834), cujo herói passa a ter muitos azares depois de matar um albatroz. (N.T.)

Carta 3

À Mrs. Saville, Inglaterra
7 de junho de 17...

Minha querida irmã,
Escrevo algumas linhas apressadas para dizer que estou a salvo — e bem adiantado na minha viagem. Esta carta chegará à Inglaterra pelas mãos de um mercador que agora viaja de volta para casa, deixando Arkhangelsk; é mais afortunado do que eu, que talvez passe muitos anos sem rever minha terra natal. Mas estou otimista: meus homens são corajosos e aparentemente firmes em seu propósito; ao que tudo indica, não se inquietam com as lâminas flutuantes de gelo por que passamos o tempo todo e que anunciam os perigos da região em cuja direção seguimos. Já alcançamos uma latitude bastante elevada, mas estamos em alto verão, e os ventos do sul, mesmo que não sejam tão quentes quanto na Inglaterra, impulsionam-nos velozmente em direção à costa que tão ardentemente desejo atingir e trazem um calor reconfortante e inesperado.

Até o momento, não tivemos qualquer incidente que merecesse figurar numa carta. Uma ou duas ocasiões em que o vento soprou bem forte e um súbito vazamento são acidentes que navegadores experientes mal se lembram de registrar, e eu ficarei muito feliz se nada pior nos acontecer até o fim da viagem.

Adieu, minha querida Margaret. Esteja certa de que, para meu próprio bem tanto quanto para o seu, não hei de me precipitar rumo ao perigo. Manterei a calma, a perseverança e a prudência.

O sucesso, contudo, há de coroar meus esforços. Por que não? Já cheguei tão longe, abrindo um caminho seguro nesses mares inexplorados; como não deixo rastro, as próprias estrelas são testemunhas do meu triunfo. Por que não prosseguir sobre os elementos indomados, porém obedientes? O que pode deter o coração determinado e a vontade férrea de um homem?

Abro meu pesado coração involuntariamente. Mas devo encerrar aqui esta carta. Que Deus abençoe minha adorada irmã!

R.W.

Carta 4

À Mrs. Saville, Inglaterra
5 de agosto de 17...

Ocorreu-nos um acidente tão estranho que não posso me abster de registrá-lo, embora seja muito provável que você me veja antes que estes papéis cheguem às suas mãos.

Na última segunda-feira, dia 31 de julho, estávamos praticamente cercados pelo gelo, que se fechava em torno do navio, mal lhe deixando livre o espaço de manobra onde flutuava. Nossa situação era um tanto quanto perigosa, sobretudo porque estávamos circundados por um nevoeiro muito espesso. Então paramos, esperando que alguma mudança ocorresse na atmosfera e no tempo.

Por volta das duas horas, a neblina se dissipou, e o que vimos foram planícies de gelo irregulares e vastas, que se projetavam em todas as direções e pareciam não ter fim. Alguns de meus camaradas ficaram inquietos, e eu próprio comecei a ficar mais alerta e ansioso, quando uma visão insólita subitamente atraiu-nos a atenção e fez com que por um momento esquecêssemos nossas preocupações. Notamos uma carruagem presa num trenó baixo puxado por cães passar em direção ao norte, a distância de menos de um quilômetro. Uma criatura de aparência humana mas com a estatura de um gigante ia sentada no trenó e guiava os cães. Observamos o rápido progresso do viajante com nossos telescópios, até que ele se perdesse de vista por entre as distantes colinas geladas.

Tal aparição despertou-nos uma admiração indescritível. Estávamos, ou pelo menos acreditávamos estar, a muitas centenas de quilômetros da terra firme; aquela aparição, porém, parecia deixar claro que a distância não era, na realidade, tão grande quanto havíamos suposto. Como estávamos bloqueados pelo gelo, contudo, era-nos impossível seguir a trilha daquele viajante, que tínhamos observado com a maior atenção.

Cerca de duas horas após esse incidente, ouvimos o mar rugir sob nossos pés, e antes do anoitecer o gelo se rompeu e libertou nosso navio. Aguardamos até a manhã seguinte, contudo, temendo encontrar na escuridão aquelas enormes massas que flutuam à deriva depois que o gelo se rompe. Aproveitei a ocasião para descansar um pouco.

Na manhã seguinte, porém, tão logo o sol nasceu, fui até o convés e vi que todos os marinheiros aglomeravam-se num dos lados da embarcação, falando com alguém que estava no mar. Era, na verdade, um trenó, como aquele que tínhamos avistado antes, e que flutuara até nós durante a noite num largo fragmento de gelo. Só um dos cães ainda estava vivo, mas havia a bordo um ser humano, que os marinheiros persuadiam a subir a bordo de nossa embarcação. Ele não era, porém, como o outro viajante dera a impressão de ser, um habitante selvagem de alguma ilha desconhecida, mas, sim, um europeu. Quando surgi no convés, o imediato disse:

— Aqui está o nosso comandante, ele não permitirá que o senhor pereça no mar aberto.

Ao notar minha presença, o estranho dirigiu-se a mim em inglês, embora com um sotaque estrangeiro.

— Antes que eu suba a bordo do seu navio — disse ele —, o senhor teria a gentileza de dizer-me em que direção seguem?

Você bem pode imaginar a minha admiração ao ouvir tal pergunta ser-me endereçada por um homem à beira da morte, para quem supostamente meu navio representaria um recurso que ele não teria trocado pela mais preciosa das riquezas que a terra pudesse lhe proporcionar. Respondi-lhe, contudo, que estávamos numa viagem de descobrimento rumo ao Polo Norte.

Ao ouvir isso, ele pareceu satisfeito e subiu a bordo. Meu Deus, Margaret, se você tivesse visto o homem que acabou por assim aquiescer, em nome da própria sobrevivência, ficaria enormemente surpresa. Seus braços e suas pernas estavam quase congelados, e seu corpo, assustadoramente definhado pelo cansaço e pelo sofrimento. Nunca vi um homem em situação tão deplorável. Tentamos carregá-lo para a cabine, mas assim que saiu do ar livre ele desmaiou. Fomos obrigados a levá-lo de volta ao convés e a reanimá-lo esfregando-lhe um pouco de conhaque e forçando-o a beber uma pequena quantidade. Assim que ele mostrou sinais de vida, o envolvemos com cobertores e o pusemos junto à chaminé do fogão, na cozinha. Aos poucos, ele se recuperou e tomou um pouco de sopa, o que o revigorou bastante.

Dois dias se passaram dessa forma, antes que ele fosse capaz de falar, e eu muitas vezes temi que seu sofrimento tivesse afetado sua capacidade de compreensão. Quando ele já se recuperara em um nível satisfatório, transferi-o para minha cabine e cuidei dele tanto quanto minhas tarefas permitiam. Jamais vi uma criatura mais interessante: seus olhos têm habitualmente uma expressão selvagem, até mesmo de loucura, mas há momentos em que, se alguém é gentil com ele ou lhe presta algum serviço, por mais insignificante que seja, sua fisionomia parece se iluminar com um esplendor de bondade e de doçura que nunca vi igual. No geral, porém, é melancólico e desesperançado, e às vezes range os dentes, como se não conseguisse suportar o peso dos infortúnios que o oprimem.

Quando meu convidado recuperou-se um pouco, tive dificuldade em manter afastados os homens, que queriam fazer-lhe centenas de perguntas. Não permitiria, porém, que ele fosse atormentado pela curiosidade vã dos marinheiros, já que se encontrava num estado físico e mental cuja recuperação dependia evidentemente do repouso absoluto. Certa vez, porém, o imediato perguntou-lhe por que se aventurara tão longe, no gelo, utilizando-se de um veículo tão estranho.

O semblante do forasteiro assumiu no mesmo instante um aspecto profundamente sombrio, e ele respondeu:

— Para procurar alguém que fugiu de mim.

— E o homem que procurava viajava da mesma forma?

— Sim.

— Então acho que chegamos a vê-lo, pois um dia antes de o trazermos a bordo divisamos sobre o gelo um trenó puxado por cães e nele ia um homem.

Aquilo chamou a atenção do estrangeiro, que fez inúmeras perguntas sobre a rota que o demônio, como ele o chamou, tomara. Logo depois, quando estava a sós comigo, ele disse:

— Sem dúvida que despertei sua curiosidade, assim como a dessa boa gente, mas o senhor é discreto o suficiente para não me fazer mais perguntas.

— Decerto que sim. Seria de fato bem impertinente e desumano de minha parte perturbá-lo com minhas curiosidades.

— E, no entanto, o senhor me resgatou de uma situação insólita e perigosa. Sua generosidade restituiu-me a vida.

Logo depois disso, perguntou-me se eu achava que a ruptura do gelo destruíra o segundo trenó. Respondi que não tinha como afirmá-lo com um grau mínimo de segurança, pois o gelo só se partira por volta da meia-noite, e o viajante poderia ter chegado a um lugar livre de perigo antes disso, mas isso eu não poderia assegurar-lhe.

Desse momento em diante, um alento renovado animou o corpo enfraquecido do estrangeiro. Ele manifestou um grande desejo de ficar no convés, atento ao aparecimento do trenó que havíamos visto antes, mas eu o persuadi a permanecer na cabine, pois ele ainda estava fraco demais para suportar a crueza da atmosfera. Prometi-lhe que alguém haveria de ficar vigiando e que lhe traria imediatamente a notícia se qualquer novo objeto aparecesse à vista.

Isso é o que meu diário registra, no que se refere a essa estranha ocorrência, até o momento presente. A saúde do estrangeiro tem melhorado gradualmente, mas ele ainda se mantém muito silencioso, e parece desconfortável quando qualquer outro que não eu entra em sua cabine. Mas sua atitude é tão afável e gentil que ele despertou o interesse de todos os marinheiros, mesmo que tenham se comunicado tão pouco. De minha parte, começo a estimá-lo como a um irmão, e seu pesar constante e profundo me enche de compaixão e solidariedade. No auge da vida, deve ter sido uma criatura nobre, pois, embora arruinado, é muito encantador e agradável.

Eu disse, numa de minhas cartas, querida Margaret, que não haveria de encontrar um amigo em alto-mar; mas encontrei um homem que teria ficado feliz em transformar em meu irmão de coração, antes que seu espírito tivesse se degradado pelos infortúnios.

Continuarei a escrever meu diário referente ao estrangeiro, de tempos em tempos, sempre que tiver novos incidentes a registrar.

13 de agosto de 17...

A estima que sinto por meu hóspede cresce a cada dia. Ele desperta ao mesmo tempo minha admiração e minha compaixão, de forma impressionante. Como posso ver uma nobre criatura destruída pela desgraça sem sentir o mais pungente pesar? Ele é tão gentil e ao mesmo tempo tão sábio! Trata-se de uma mente muito refinada, e quando ele fala, mesmo que suas palavras sejam escolhidas com o maior esmero, fluem com rapidez e eloquência sem paralelo.

Já se recuperou bastante, e fica sempre no convés — atento, ao que parece, ao surgimento do trenó que precedeu o seu. Ainda que infeliz, não está completamente absorvido por sua desgraça e demonstra um profundo interesse pelos projetos dos outros. Tem conversado comigo com frequência sobre os meus, que já lhe relatei com toda a franqueza. Ouviu com atenção todos os meus argumentos em favor de meu êxito e o relato de cada mínimo detalhe das medidas que tomei para garanti-lo. A simpatia que ele despertou fez com que eu facilmente abrisse meu coração, que confessasse aquilo que me consome a alma e que dissesse, com todo o fervor que me exaltava, que de bom grado sacrificaria minha fortuna, minha existência e todas as minhas esperanças em nome do sucesso desse empreendimento. A vida ou a morte de um homem são um pequeno preço a pagar pela aquisição do conhecimento que eu busco, pelo domínio que eu poderia adquirir e transmitir sobre as adversidades da natureza, inimigas de nossa espécie. Enquanto eu falava, o semblante de meu ouvinte se tornou sombrio. Primeiro, notei que ele tentava conter sua emoção; cobriu os olhos com as mãos, e minha voz tremeu e falhou quando vi lágrimas escorrerem em profusão por entre seus dedos. Um gemido escapou-lhe do peito arquejante. Calei-me; por fim, ele falou, com dificuldade:

— Infeliz! Então compartilha da minha loucura? Também bebeu esse mesmo filtro intoxicante? Ouça-me; deixe-me contar a minha história, e depois há de atirar essa taça para longe de seus lábios!

Tais palavras, como você talvez possa imaginar, despertaram em mim uma forte curiosidade, mas a crise que dominara o estrangeiro esgotou suas forças debilitadas, e muitas horas de repouso e conversação tranquila foram necessárias para lhe restaurar a calma.

Após ter dominado a violência de seus sentimentos, ele parecia desprezar-se por se revelar um escravo da paixão; lutando contra a tirania impiedosa do desespero, conduziu-me outra vez a uma conversa que girava em torno de mim. Pediu-me que contasse a história da minha mocidade. O relato foi breve, mas despertou uma série de reflexões. Falei de meu desejo de encontrar um amigo, de minha sede por uma comunhão mais íntima com alguém que pensasse e sentisse como eu, que até então nunca tivera a sorte de encontrar, e expressei minha convicção de que um homem não pode dizer que é feliz se não tiver essa alegria.

— Concordo — replicou o estranho. — Não passamos de criaturas toscas e incompletas se alguém mais prudente, mais sábio e melhor do que nós (e assim deve ser um amigo como esse) não nos ajuda a aperfeiçoar nossa natureza fraca e defeituosa. Certa vez tive um amigo, a mais nobre das criaturas humanas, de modo que me considero apto a me pronunciar sobre a amizade. O senhor tem esperança, e o mundo à sua frente, e não tem qualquer motivo para o desespero. Eu, porém... perdi tudo, e não posso recomeçar minha vida.

Ao dizê-lo, seu semblante denunciou uma tristeza profunda, que me tocou o coração. Ele ficou em silêncio e se retirou para sua cabine pouco depois.

Mesmo tendo ele o espírito devastado, é mais sensível do que qualquer um às belezas da natureza. O céu estrelado, o mar e a paisagem destas maravilhosas regiões parecem ainda ter o poder de elevar sua alma aos céus. Um homem como ele tem existência dupla: pode sofrer infortúnios e ser esmagado pelos desapontamentos, mas ainda assim, quando se volta para o interior, é como um espírito celestial com um halo em torno de si, dentro de cujo círculo nenhum desgosto penetra.

Será que o entusiasmo que eu expresso acerca desse admirável viajante a fará sorrir? Você não sorriria se o visse. Foi educada e refinada pelos livros, longe do mundo, e tem, por causa disso, um espírito crítico um tanto quanto severo. Isso só a torna, portanto, mais adequada a apreciar os méritos extraordinários desse homem maravilhoso. Em alguns momentos, esforcei-me em descobrir qual a qualidade que ele possui capaz de elevá-lo tão imensuravelmente acima de qualquer outra pessoa que eu jamais tenha conhecido. Acredito que seja um discernimento intuitivo, uma capacidade de julgamento rápida mas alerta, uma sagacidade na percepção, por sua clareza e precisão, sem igual; além disso, uma facilidade de expressão e uma voz cujas entoações variadas são como música que nos arrebata a alma.

19 de agosto de 17...

Ontem o estranho me disse:

— Pode notar facilmente, comandante Walton, que passei por infortúnios enormes e sem paralelo. Eu estava decidido a deixar que a memória desses males morresse comigo, mas o senhor conseguiu fazer com que eu alterasse minha determinação. O senhor busca conhecimento e sabedoria, como eu também buscava, e desejo ardentemente que a satisfação dos seus desejos não seja uma serpente que vá feri-lo, como ocorreu em meu caso. Não sei se o relato dos meus desastres lhe será útil, mas quando penso que o senhor está trilhando o mesmo caminho, expondo-se aos mesmos perigos que fizeram de mim o que sou, imagino que possa deduzir do meu relato a moral adequada: aquela que possa mostrar-lhe a direção, se for bem-sucedido em seu empreendimento, e consolá-lo se falhar. Prepare-se para ouvir o relato de ocorrências que normalmente são tidas como fantásticas. Se estivéssemos em lugares menos inóspitos, eu temeria me deparar com sua descrença, talvez seu escárnio, mas muita coisa que há de parecer possível nessas regiões selvagens e misteriosas provocaria o riso naqueles que não estão familiarizados com as forças eternamente variáveis da natureza. Tampouco posso duvidar que minha história carregue, em seu desenrolar, provas internas da veracidade dos eventos que a compõem.

Você pode facilmente imaginar que fiquei muito grato pela narrativa oferecida, mas não podia suportar que ele fizesse renascer seu pesar com um relato de seus infortúnios. Fiquei muito ansioso em ouvir sua história, movido em parte pela curiosidade e em parte por um desejo intenso de modificar o seu destino, se tivesse poder para tanto. Expressei esses sentimentos em minha resposta.

— Agradeço sua solidariedade — replicou ele —, mas é inútil. Meu destino praticamente já se cumpriu. Só aguardo um único acontecimento e então poderei repousar em paz. Compreendo seu sentimento — prosseguiu ele, percebendo que eu queria interrompê-lo —, mas está enganado, meu amigo, se assim me permite chamá-lo. Nada pode alterar meu destino. Ouça a minha história e verá quão irrevogavelmente ele está selado.

Disse-me então que começaria sua narrativa no dia seguinte, quando eu estivesse de folga. Agradeci-lhe efusivamente por sua promessa. Decidi registrar, todas as noites em que meus afazeres não me ocuparem de forma imperativa, e tanto quanto possível em suas próprias palavras, o que ele me tiver relatado ao longo do dia. Se eu estiver ocupado, pelo menos farei anotações. Este manuscrito, sem dúvida, proporcionará a você um enorme prazer; para mim, porém, que o conheço e que ouço tudo de seus próprios lábios — com que interesse e simpatia hei de lê-lo em algum momento, no futuro! Mesmo agora, quando começo minha tarefa, sua voz firme ressoa em meus ouvidos; seus olhos brilhantes demoram-se em mim com toda a sua doçura melancólica; vejo sua mão magra erguida por causa da agitação, enquanto os traços de seu rosto são iluminados pela alma em seu interior. O relato dele deve ser estranho e angustiante, e assustadora a tempestade que arrebatou o navio gigante em sua rota e o destruiu — assim!

capítulo 1

Nasci em Genebra, e minha família é uma das mais distintas dessa república. Meus antepassados foram durante muitos anos conselheiros e administradores, e meu pai ocupou muitos cargos públicos com honra e reputação. Era respeitado por todos que o conheciam por sua integridade e incansável atenção aos assuntos públicos. Passou os dias de sua juventude permanentemente ocupado com os assuntos de seu país; uma variedade de incidentes impediu que se casasse cedo, e não foi antes do declínio de sua vida que se tornou marido e pai de família.

Como as circunstâncias de seu casamento ilustram seu caráter, não posso me furtar a relatá-las. Um de seus amigos mais íntimos era um mercador próspero que se viu reduzido, devido a numerosos contratempos, à pobreza. Esse homem, de nome Beaufort, tinha uma natureza orgulhosa e inflexível, e não tolerou viver na pobreza e no esquecimento no mesmo país onde outrora se destacara por sua posição social elevada e por sua magnificência. Assim, após pagar escrupulosamente suas dívidas, retirou-se com sua filha para a cidade de Lucerna, onde viveu no anonimato e na desventura. Meu pai tinha por Beaufort o mais alto apreço e a mais sincera das amizades, ficando profundamente consternado com sua partida em circunstâncias tão desafortunadas. Deplorava amargamente o falso orgulho que levara seu amigo a uma conduta tão pouco digna da afeição que os unira. Sem perder tempo, esforçou-se em encontrá-lo, na esperança de persuadi-lo a recomeçar, contando com seu crédito e sua ajuda.

Beaufort tomara medidas eficazes para se esconder, e só dez meses mais tarde meu pai descobriu onde morava. Tomado pela alegria dessa descoberta, dirigiu-se imediatamente à casa, que ficava numa rua feia perto do Reuss. Quando entrou, só a miséria e o desespero vieram recepcioná-lo. De sua bancarrota, Beaufort não guardara mais do que uma pequena soma em dinheiro, suficiente para lhe prover o sustento durante alguns meses; nesse ínterim, esperava encontrar um emprego respeitável junto a algum comerciante. Aquele intervalo consumiu-se na inação; seu pesar profundo e amargurado, quando tinha tempo livre para refletir, tomou conta de sua mente com tanta rapidez que, ao total de três meses, estava doente, de cama, incapaz de fazer qualquer esforço.

Sua filha o assistia com a maior ternura, mas notava, com desespero, que a pequena reserva dos dois diminuía rapidamente e não havia nenhuma outra perspectiva de sustento. Mas Caroline Beaufort possuía um espírito de força incomum, e sua coragem aumentava para ajudá-la em sua adversidade. Arranjou um trabalho simples; trançava palha e conseguiu, de várias formas, ganhar uma ninharia que lhes garantia a sobrevivência.

Vários meses se passaram dessa maneira. O pai piorou; Caroline ocupava a maior parte de seu tempo cuidando dele; seus meios de subsistência diminuíram, e no décimo mês o pai morreu em seus braços, deixando-a transformada em órfã e mendiga. Vencida por esse último golpe, estava ajoelhada junto ao caixão de Beaufort chorando amargamente quando meu pai entrou na sala. Foi como um espírito protetor para a pobre moça, que se entregou aos seus cuidados; após o enterro do amigo, ele a levou para Genebra e entregou a pessoas de confiança. Dois anos após esse evento, Caroline se tornou sua esposa.

Havia uma diferença de idade considerável entre meus pais, mas isso parecia apenas uni-los ainda mais com os laços de uma devota afeição. Meu pai tinha um senso de justiça que lhe impossibilitava amar profundamente alguém que não tivesse em alto apreço. Em anos passados, talvez tivesse sofrido devido à descoberta tardia de que uma de suas amadas não era confiável, e assim estava disposto a valorizar ainda mais virtudes que lhe pareciam inquestionáveis. Em sua união com minha mãe, ele demonstrava uma gratidão e uma veneração que diferiam totalmente da afeição cega da velhice, pois eram inspiradas pela reverência às virtudes dela e por um desejo de estar, em algum nível, em condições de recompensá-la pelos sofrimentos que suportara, mas que conferiam um encanto inexprimível a seu comportamento para com ela. Tudo era feito para atender aos desejos e às conveniências de minha mãe. Ele se empenhava em protegê-la como um jardineiro protege uma bela planta exótica de qualquer vento mais forte, e em cercá-la com tudo o que despertasse emoções agradáveis em seu coração bondoso e delicado. Sua saúde e mesmo a tranquilidade de seu espírito até então equilibrado haviam sido afetadas pelo que ela suportara. Durante os dois anos que transcorreram antes de seu casamento, meu pai gradualmente renunciou a todas as suas funções públicas; foram viajar pela Itália, buscando, nas novas paisagens e curiosidades e no clima agradável daquela terra de maravilhas, uma forma de revigorar a saúde frágil dela.

Da Itália, seguiram em viagem para a Alemanha e a França. Eu, seu primeiro filho, nasci em Nápoles, acompanhando-os, ainda bebê, em suas andanças. Durante muitos anos, fui seu filho único. Com a mesma intensidade que os unia, os dois pareciam retirar da própria mina do amor estoques inesgotáveis de afeição que derramavam sobre mim. Os afetuosos carinhos maternos e o sorriso paterno, bondoso e satisfeito, enquanto os dois me contemplavam, são minhas primeiras recordações. Eu era seu brinquedo e seu amor, e algo melhor do que isso: seu filho, a criatura inocente e indefesa que o céu lhes concedera; tinham a tarefa de me educar para o bem, e cabia a eles fazer com que meu destino futuro fosse feliz ou miserável de acordo com a maneira como desempenhavam suas obrigações para comigo. Imbuídos dessa profunda consciência sobre o que deviam àquele ser ao qual tinham dado a vida, mais o espírito de intensa ternura que a ambos movia, deram-me a cada momento da minha primeira infância lições de paciência, caridade e autocontrole. Fui como que guiado por um fio de seda, e tudo me parecia um único encadeamento de alegrias.

Durante bastante tempo, fui o centro de suas atenções. Minha mãe desejava muito ter uma filha, mas sua prole continuava limitada a mim. Quando eu estava com cerca de cinco anos de idade, os dois passaram uma semana na costa do lago de Como, durante uma excursão para além das fronteiras da Itália. Sua índole caridosa levava-os amiúde a entrar nas cabanas dos pobres. Tratava-se, para minha mãe, de mais do que uma tarefa; era uma necessidade, uma paixão — lembrando-se do que havia sofrido e de como havia recebido ajuda —, agir, por sua vez, como anjo da guarda dos infelizes. Durante uma de suas caminhadas, uma cabana pobre nos recôncavos de um vale chamou sua atenção por ser particularmente triste. A quantidade de crianças em farrapos que se amontoavam nas cercanias denunciava a mais negra miséria. Um dia, quando meu pai havia ido sozinho até Milão, minha mãe foi comigo visitar aquela cabana. Encontrou um camponês e sua esposa, que trabalhavam arduamente, já recurvados devido à labuta, distribuindo uma refeição magra a cinco crianças famintas. Entre elas, uma atraiu muito particularmente a atenção de minha mãe. Parecia ser de origem diferente. Os outros quatro tinham olhos escuros, eram moleques pequenos e sólidos; aquela menina era magra e muito loura. Seus cabelos brilhavam como ouro e, apesar da pobreza de suas roupas, pareciam depositar sobre sua cabeça a coroa da distinção. Sua fronte era ampla e serena e seus olhos, azuis, límpidos; seus lábios e o formato de seu rosto tinham uma expressão tão intensa de sensibilidade e doçura que ninguém poria os olhos sobre ela sem considerá-la parte de uma espécie diferente, um ser enviado pelos céus trazendo uma marca celestial em todas as suas feições.

A camponesa, vendo que minha mãe tinha os olhos cheios de admiração e espanto fixos naquela encantadora garota, apressou-se em relatar-lhe sua história.

Não era sua filha, mas sim de um nobre milanês. A mãe da menina era alemã e morrera ao dá-la à luz. A criança havia sido entregue aos cuidados daquela boa gente que, à época, estava melhor de vida. Não fazia muito tempo que estavam casados, e seu filho mais velho acabava de nascer. O pai, de quem receberam aquela incumbência, era um daqueles italianos criados na memória da antiga glória da Itália, um dos *schiavi ognor frementi* que se empenhara em obter a liberdade de seu país. Tornou-se vítima de seus ideais. Não se sabia se morrera nas masmorras austríacas ou se ainda estava preso lá. Suas propriedades foram confiscadas; sua filha tornou-se órfã e mendiga. Ela permaneceu com seus pais adotivos e cresceu, na tosca moradia deles, mais bela do que uma rosa entre sarças de folhas escuras.

Quando meu pai regressou de Milão, encontrou-me brincando no átrio de nossa *villa* com uma criança mais bela do que as pinturas dos querubins — uma criatura cujo rosto parecia irradiar luz e cujos movimentos eram mais suaves que os da camurça das colinas. A aparição foi logo explicada. Com a permissão dele, minha mãe convenceu os rústicos guardiães da menina a entregá-la ao seu encargo. Os dois gostavam da doce órfã. Sua presença parecia-lhes uma bênção, mas seria injusto mantê-la numa vida de pobreza e necessidades quando a Providência lhe oferecia uma proteção tão inestimável. Consultaram o padre de seu vilarejo e o resultado foi que Elizabeth Lavenza passou a residir na casa de meus pais, tornando-se mais do que uma irmã para mim, a bela e adorada companheira de todas as minhas ocupações e prazeres.

Todos amavam Elizabeth. O afeto apaixonado e quase reverente que lhe dedicavam tornou-se, pois eu dele compartilhava, meu orgulho e minha alegria. Na noite anterior ao dia em que ela foi trazida para minha casa, minha mãe dissera, num tom brincalhão:

— Tenho um belo presente para meu Victor. Será dado amanhã.

E quando, na manhã seguinte, ela me ofertou Elizabeth como o presente prometido, eu, com minha seriedade infantil, interpretei suas palavras literalmente e passei a considerar Elizabeth minha — para que eu a protegesse, amasse e dela cuidasse com carinho. Todos os elogios feitos a ela eu recebia como se fossem dirigidos a algo que eu possuía. Tratávamo-nos com familiaridade de primo e prima. Nenhuma palavra, nenhuma expressão seria capaz de expressar o tipo de relação que eu tinha com Elizabeth — ela era mais do que uma irmã e, até a morte, seria somente minha.

capítulo 2

Crescemos juntos; nossa diferença de idade não chegava a um ano. Não preciso dizer que entre nós não se colocava qualquer tipo de disputa ou desunião. A harmonia era a alma do nosso companheirismo, e as diferenças e os contrastes de personalidade que subsistiam só faziam nos aproximar ainda mais. Elizabeth era de índole mais calma e concentrada; com todo meu ardor, porém, eu era capaz de me dedicar mais intensamente aos estudos, e a sede do conhecimento me atingia com maior intensidade. Ela gostava de trilhar as criações etéreas dos poetas, e nas paisagens extraordinárias e majestosas que cercavam nossa casa na Suíça — a forma sublime das montanhas, a mudança das estações, a tempestade e o bom tempo, o silêncio do inverno e a atividade de nossos verões alpinos — encontrava muitos motivos de admiração e encanto. Enquanto minha companheira contemplava, com um espírito grave e satisfeito, a aparência magnífica das coisas, eu me deliciava com a investigação de suas causas. O mundo era, para mim, um segredo que eu desejava desvendar. A curiosidade, a pesquisa apaixonada para descobrir as leis ocultas da natureza e a alegria que era quase um êxtase quando essas leis, aos poucos, se revelavam para mim estão entre as sensações mais antigas de que me recordo.

Com o nascimento de seu segundo filho, sete anos mais novo do que eu, meus pais abandonaram de todo aquela vida errante e se estabeleceram em seu país natal. Possuíamos uma casa em Genebra e uma *campagne* em Belrive, à margem direita do lago, a uma distância de quase cinco quilômetros da cidade. Passávamos a maior parte do tempo nesta última, e meus pais viviam em considerável isolamento. Era de meu temperamento evitar as multidões e ligar-me fervorosamente a uns poucos. Portanto, eu era indiferente aos meus colegas de escola em geral; uni-me a um deles, contudo, com os laços da mais estreita amizade: Henry Clerval, garoto de talento e criatividade singulares, filho de um mercador de Genebra. Tinha espírito de aventura e apreciava o trabalho árduo e até mesmo o próprio perigo. Lera muitos livros de cavalaria e de romance. Compunha canções heroicas e começou a escrever vários contos de magia e aventuras de cavalaria. Tentava convencer-nos a participar de peças de teatro e encenar mascaradas, nas quais as personagens eram heróis de Roncesvalles, cavaleiros da Távola Redonda do rei Artur e cruzados que derramavam o sangue para resgatar o Santo Sepulcro da posse dos infiéis.

Nenhum ser humano poderia ter tido uma infância mais feliz do que a minha. Meus pais eram a gentileza e a tolerância em pessoa. Sabíamos não serem tiranos que comandariam nosso destino de acordo com seus caprichos, mas, sim, aqueles que nos proporcionavam todos os nossos diversos prazeres. Quando eu tinha contato com outras famílias, dava-me conta de quão afortunado era meu destino, e a gratidão mesclava-se ao meu amor filial.

Minha índole, às vezes, se mostrava violenta, e minhas paixões, veementes; alguma lei em meu temperamento, contudo, não permitia que o objeto dessas paixões fossem distrações infantis, mas, sim, um grande desejo de aprender, que tampouco se aplicava a todas as coisas indiscriminadamente. Confesso que nem a estrutura das línguas, nem os sistemas de governo e nem a política de vários Estados possuíam atrativos para mim. Eram os segredos do céu e da terra que eu desejava aprender; e quer me ocupasse da substância visível das coisas, quer do espírito interior da natureza e da alma misteriosa do homem, ainda assim minhas pesquisas voltavam-se para a metafísica, ou, num sentido mais elevado, para os segredos físicos do mundo.

Enquanto isso, Clerval se ocupava, por assim dizer, das relações morais das coisas. As atribulações da vida, as virtudes dos heróis e as ações dos homens eram seu tema; suas esperanças e seus sonhos eram tornar-se um daqueles cujos nomes são gravados na história como bravos e aventureiros benfeitores de nossa espécie. A alma pura de Elizabeth brilhava em nosso pacífico lar como uma lamparina num santuário. Ela era solidária conosco; seu sorriso, sua voz suave e o doce lampejo de seus olhos celestiais estavam sempre ali para nos animar e abençoar. Ela era o espírito vivo do amor, capaz de nos apaziguar e seduzir; eu poderia ter me tornado taciturno, devido aos meus estudos, e grosseiro, por causa do ardor de minha natureza, mas ela estava lá para abrandar meu espírito e contagiá-lo com sua gentileza. E Clerval... será que algum mal poderia chegar a invadir o nobre espírito de Clerval? Mas ele não teria sido tão profundamente humano, tão atencioso e generoso, tão terno e gentil em meio a toda sua paixão pelas explorações aventureiras se ela não lhe tivesse revelado o encanto real da bondade e orientado suas elevadas ambições de modo que o gesto de fazer o bem se tornasse sua finalidade e seu objetivo.

Sinto uma enorme satisfação em alongar-me nas recordações de minha infância, época anterior àquela em que a desventura veio corromper minha mente e transformar meus radiantes sonhos de fazer descobertas úteis em reflexões melancólicas e egoístas. Além do mais, ao pintar o quadro de minha infância também me recordo daqueles eventos que conduziram meus passos inconscientes a uma posterior história de infortúnios, pois, quando tento recordar a origem daquela paixão que mais tarde regeu o meu destino, vejo-a surgir, como um rio de montanha, de fontes ignóbeis e quase esquecidas. Avolumando-se ao longo do curso, tornou-se, contudo, a torrente que arrastou consigo todas as minhas esperanças e alegrias.

A filosofia da natureza regulou meu destino; desejo, portanto, nesta narrativa, enumerar os fatos que me conduziram à predileção por essa ciência. Quando eu tinha 13 anos, partimos todos numa excursão de lazer para a estação de águas perto de Thonon; o tempo, inclemente, obrigou-nos a ficar confinados durante um dia inteiro à hospedaria. Lá encontrei, por acaso, um volume dos escritos de Cornélio Agripa. Abri-o sem grande interesse; a teoria que ele procura demonstrar e os fatos maravilhosos que relata logo transformaram esse sentimento em entusiasmo. Uma nova aurora parecia surgir em minha mente; saltitante de alegria, comuniquei minha descoberta a meu pai. Ele lançou um olhar casual para o título do meu livro e disse:

— Ah, Cornélio Agripa! Meu caro Victor, não perca seu tempo com isso; é puro lixo.

Se, em vez de fazer tal observação, meu pai tivesse se dado ao trabalho de explicar que os princípios de Agripa já estavam totalmente superados e que haviam dado lugar a um sistema científico moderno muito mais poderoso — real e prático, enquanto que o sistema de Agripa não passava de quimera —, eu teria, em tais circunstâncias, posto aquele livro de lado e satisfaria minha imaginação, excitada como estava, retornando com maior ardor aos meus antigos estudos. É possível até que minhas ideias nunca tivessem recebido aquele impulso fatal que me conduziu à ruína. O olhar casual que meu pai lançara ao livro, porém, não me convenceu de que ele estivesse a par do conteúdo, e continuei a ler com a maior avidez.

Quando voltei para casa, a primeira providência que tomei foi obter as obras completas do autor, e depois as de Paracelso e Alberto Magno. Li e estudei com satisfação as ideias excêntricas desses escritores; pareciam-me tesouros que poucos além de mim conheciam. Já disse-lhe que sempre estive imbuído de um desejo ardente de penetrar nos segredos da natureza. Apesar do trabalho intenso e das maravilhosas descobertas dos filósofos modernos, sempre terminava meus estudos descontente e insatisfeito. Dizem que Sir Isaac Newton confessara sentir-se como uma criança catando conchas diante do enorme e inexplorado oceano da verdade. Aqueles entre os seus sucessores nos diversos ramos da filosofia da natureza com quem eu já estava familiarizado pareciam, ingênuo como eu era, meros aprendizes engajados na mesma busca.

O camponês sem estudos observava os elementos que o cercavam e estava a par de suas utilidades práticas. O mais instruído dos filósofos sabia pouco mais do que isso. Desvelara parcialmente a face da natureza, cujos traços eternos ainda eram, no entanto, admiráveis e misteriosos. Podia dissecar, anatomizar e dar nomes; as causas, porém, mesmo em segundo e terceiro graus, para não falar de uma causa final, eram-lhe inteiramente desconhecidas. Havia fortificações e obstáculos que pareciam manter os seres humanos fora da cidadela da natureza; eu tinha conhecimento e, imprudente e ignorante como era, lamentava.

Estava, porém, diante de livros, diante de homens que haviam ido mais longe e sabiam mais. Acreditei em tudo o que afirmavam, tornando-me seu discípulo. Pode parecer estranho que algo dessa natureza fosse se dar no século XVIII; enquanto eu seguia a rotina da educação nas escolas de Genebra, dedicava-me, em grande parte como autodidata, aos meus estudos favoritos. Meu pai não tinha uma mente científica, e eu me vi só, tendo que lidar com uma cegueira infantil associada a uma sede estudantil de conhecimento. Sob a direção de meus novos preceptores, comecei a empreender com o maior afinco a busca da pedra filosofal e do elixir da vida; o segundo, porém, logo obteve minha atenção integral. A riqueza era um objetivo inferior, mas que glória coroaria minha descoberta se eu fosse capaz de acabar com as doenças do corpo humano e tornar o homem invulnerável, exceto a uma morte de natureza violenta!

Esses tampouco eram meus únicos sonhos. O despertar de fantasmas e demônios era algo asseverado pelos meus autores favoritos e eu desejava ansiosamente concretizá-lo. Se meus encantamentos eram sempre malsucedidos, eu atribuía a falha antes aos meus erros e inexperiência do que a uma falta de habilidade e confiabilidade de meus instrutores. Dessa forma, durante um período ocupei-me com sistemas que já haviam caído por terra, combinando, como um leigo, centenas de teorias contraditórias e me debatendo desesperadamente num verdadeiro lamaçal de conhecimentos variados, guiado por uma imaginação ardente e por um raciocínio infantil, até que um incidente mais uma vez alterou o rumo de minhas ideias.

Quando eu tinha cerca de 15 anos, havíamos nos recolhido a nossa casa perto de Belrive e, nessa ocasião, presenciamos uma tempestade violentíssima e terrível, com trovoadas e relâmpagos. Avançava por trás da cordilheira do Jura, e os raios caíam com um ruído assustador de várias partes do céu, simultaneamente. Enquanto durou a tempestade, fiquei observando seu progresso com curiosidade e prazer. De pé junto à porta, vi subitamente uma língua de fogo sair de um velho e belo carvalho que ficava a menos de vinte metros de nossa casa; tão logo a fascinante luz se extinguiu, também o carvalho desaparecera, e nada restava no local, além de um toco carbonizado. Quando fomos vê-lo, na manhã seguinte, encontramos a árvore despedaçada numa forma singular: não havia sido fendida pelo choque, mas inteiramente reduzida a pequenas tiras de madeira. Jamais vira uma destruição tão completa.

Antes disso, eu não estava familiarizado sequer com as mais óbvias leis da eletricidade. Na ocasião, um homem que fizera muitas pesquisas na área da filosofia da natureza estava conosco; excitado com a catástrofe, começou a explicar uma teoria que desenvolvera acerca da eletricidade e do galvanismo, que era ao mesmo tempo nova e surpreendente para mim. Tudo o que ele disse ofuscou Cornélio Agripa, Alberto Magno e Paracelso, os soberanos de minha imaginação; alguma fatalidade, porém, fez com que a derrocada desses homens me desmotivasse a persistir em meus estudos habituais. Parecia-me que nada jamais seria ou poderia ser conhecido. Tudo aquilo que por tanto tempo prendera-me a atenção de súbito tornara-se desprezível. Um daqueles caprichos da mente, aos quais talvez estejamos mais sujeitos na juventude, fez com que eu abandonasse, de imediato, minhas ocupações anteriores, que passasse a considerar a história natural e tudo o que dela derivava uma criação deformada e vã, e que começasse a nutrir um grande desdém por uma ciência futura que jamais conseguiria sequer vir a pôr os pés nos domínios do verdadeiro conhecimento. Nesse estado de espírito, retornei à matemática e aos ramos de estudo relativos a essa ciência, considerando que tinham sido erguidos sobre bases seguras, portanto dignas da minha consideração.

É dessa curiosa maneira que funciona nosso espírito, e estamos atados por laços muito tênues à prosperidade ou à ruína. Quando olho para trás, parece-me que essa mudança quase miraculosa de inclinação e vontade foi uma sugestão do meu anjo da guarda — o último esforço feito pelo instinto de preservação com o intuito de evitar a tempestade que, mesmo então, já estava prestes a cair e me arrebatar. Sua vitória foi anunciada pela tranquilidade de espírito e pela alegria que se seguiram à renúncia aos meus antigos estudos, já tão atormentadores no final. Foi assim que aprendi a associar o mal a esses assuntos e o bem à ignorância deles.

Foi um grande esforço do espírito do bem, mas infrutífero. O destino era poderoso demais, e suas leis imutáveis decretaram minha terrível e absoluta destruição.

capítulo 3

Quando completei 17 anos, meus pais decidiram que eu deveria ir estudar na universidade de Ingolstadt. Até então, eu frequentara escolas em Genebra, mas meu pai considerava necessário, para completar minha formação, que eu conhecesse outros costumes, diversos daqueles de meu país de origem. A data de minha partida foi, dessa forma, marcada para logo, mas antes que o dia determinado chegasse ocorreu o primeiro grande desgosto de minha vida, como um presságio de minhas desgraças futuras.

Elizabeth contraíra escarlatina; a doença acometeu-a de forma severa, e ela corria grande perigo. Enquanto esteve doente, muitos argumentos foram apresentados à minha mãe com o intuito de persuadi-la a se abster de cuidar da enferma. A princípio, ela cedera a nossos pedidos, mas quando soube que a vida de sua favorita estava ameaçada, já não conseguiu mais controlar a própria ansiedade. Ficou cuidando de Elizabeth em seu leito de enferma, e sua atenção e dedicação triunfaram sobre a malignidade da doença: Elizabeth foi salva, mas as consequências dessa imprudência foram fatais para sua protetora. No terceiro dia minha mãe adoeceu; nela, a febre se fez acompanhar pelos mais alarmantes sintomas, e a expressão dos médicos que a assistiam prognosticava o pior. Mesmo em seu leito de morte, a firmeza e a bondade daquela que era a melhor entre as mulheres não a abandonaram. Juntou as mãos de Elizabeth às minhas:

— Crianças — disse ela —, minhas mais firmes esperanças de felicidade futura estão na perspectiva da união de vocês. Essa expectativa será agora o consolo de seu pai. Elizabeth, minha amada, você deve ocupar meu lugar junto a meus filhos menores. Ai de mim! Sinto muito ser levada para longe de vocês; e, feliz e amada como fui, não é fácil abandoná-los. Mas esses pensamentos não são adequados; vou tentar me resignar sem tristeza à morte, na esperança de encontrá-los num outro mundo.

Morreu tranquila, e seu semblante expressava ternura mesmo nessa hora. Não preciso descrever os sentimentos daqueles cujos laços mais preciosos são desfeitos por esse mal irreparável, o vazio que se apresenta à alma, e o desespero que as fisionomias revelam. Foi preciso muito tempo para que nos convencêssemos de que aquela que víamos todos os dias e cuja existência parecia ser uma parte de nossa própria existência partira para sempre — que o brilho daqueles olhos adorados se extinguira, que o som de uma voz tão familiar e querida fora silenciado e nunca mais voltaria a ser ouvido. Costumam ser essas as reflexões nos primeiros dias; mas, quando o correr do tempo comprova a realidade do infortúnio, é então que começa o real amargor do sofrimento. Quem nunca teve, porém, algum ente querido arrebatado pela mão inclemente? E por que eu haveria de descrever um pesar que todos conhecem e que não têm como evitar? Chega, enfim, o momento em que o sofrimento é mais uma indulgência do que uma necessidade, e o sorriso que brinca em nossos lábios, mesmo que seja condenado como um sacrilégio, não é banido. Minha mãe estava morta, mas nós ainda tínhamos nossas obrigações a cumprir; tínhamos que prosseguir em nosso caminho com os que haviam ficado e refletir que, afinal, havíamos tido sorte, pois a nós a morte poupara.

Minha partida para Ingolstadt, adiada por causa de tais eventos, voltou a ser marcada. Obtive de meu pai a permissão de postergá-la por algumas semanas. Parecia-me um sacrilégio deixar tão cedo aquele sossego, semelhante à morte, da casa enlutada e correr ao encontro da agitação da vida. O pesar era uma novidade para mim, mas isso não fez com que eu fosse atingido de forma mais branda. Não estava disposto a perder de vista aqueles que haviam ficado e desejava, sobretudo, ver minha doce Elizabeth minimamente consolada.

Ela de fato escondia seu pesar e tentava reconfortar-nos a todos. Enfrentava a vida com serenidade e assumia com coragem e zelo as tarefas que surgiam. Devotava-se àqueles que aprendera a chamar de tio e primos. Nunca esteve tão encantadora quanto nessa época, quando trazia de volta o sol através de seus sorrisos e nos iluminava com eles. Chegou a esquecer seu próprio pesar numa tentativa de fazer com que nós também esquecêssemos o nosso.

O dia de minha partida chegou, afinal. Clerval passou a última noite conosco. Tentara persuadir seu pai a permitir que me acompanhasse e se tornasse meu colega na universidade, mas em vão. Seu pai era um comerciante de mentalidade estreita e só o que via nas ambições do filho eram ócio e ruína. Henry sofria bastante por ser privado de uma educação liberal. Falava pouco sobre isso, mas quando o fazia, eu lia em seus olhos brilhantes e em sua fisionomia viva uma decisão reprimida, porém firme, de não ficar acorrentado às minúcias mesquinhas do comércio.

Ficamos acordados até tarde. Não conseguíamos nos separar e tampouco persuadir-nos a dizer adeus; mas por fim tivemos de fazê-lo, e nos recolhemos, com a desculpa de que precisávamos descansar, um imaginando quão desapontado o outro devia estar. Quando desci, porém, ao raiar da manhã seguinte, até a carruagem que haveria de me levar embora, estavam todos lá: meu pai, para mais uma vez me dar a bênção, Clerval, para apertar-me novamente a mão, e minha Elizabeth, para reiterar seu pedido de que eu lhe escrevesse com frequência e para proporcionar a seu amigo e companheiro uma última delicadeza feminina.

Joguei-me na caleche que haveria de me transportar para longe dali e me entreguei às mais melancólicas reflexões. Eu, que sempre estivera cercado de companhias agradáveis, sempre empenhado no esforço de nos proporcionar alegrias mútuas... eu estava só, agora. Na universidade à qual me dirigia, teria que fazer novos amigos e ser meu próprio protetor. Até então, minha vida fora particularmente isolada e caseira, o que me fizera desenvolver uma repugnância insuperável a novas fisionomias. Eu amava meus irmãos, Elizabeth e Clerval; tratava-se de "velhos rostos familiares", mas eu me sentia totalmente inapto a ficar em companhia de estranhos. Tais eram as minhas reflexões, no começo da viagem; à medida que ela prosseguia, porém, meu espírito foi ficando mais leve e minhas esperanças retornaram. Eu desejava ardentemente adquirir conhecimento. Quando ainda estava em casa, diversas vezes achara difícil passar a juventude encarcerado num único lugar e desejara ingressar no mundo e ocupar meu lugar entre os outros seres humanos. Agora, meus desejos eram satisfeitos, e seria tolice arrepender-me.

Tive tempo suficiente para essa e várias outras reflexões durante minha viagem a Ingolstadt, que foi longa e cansativa. Finalmente meus olhos divisaram o alto campanário branco da igreja da cidade. Desci da carruagem e fui conduzido ao meu solitário apartamento, para passar a noite como fosse de meu agrado.

Na manhã seguinte, enviei minhas cartas de apresentação e visitei alguns dos principais professores. O acaso — ou, antes, a má influência, o Anjo da Destruição, que passou a exercer uma ascendência onipotente sobre mim a partir do momento em que me afastei, com passos relutantes, da casa de meu pai — conduziu-me primeiro a M. Krempe, professor de filosofia da natureza. Era um homem grosseiro, mas profundo conhecedor dos segredos da ciência. Fez-me várias perguntas acerca de meu progresso nos diferentes ramos da ciência pertencentes à filosofia da natureza. Respondi descuidadamente e, em parte por desdém, mencionei os nomes dos meus alquimistas como sendo os principais autores que estudara. O professor olhou-me fixamente:

— O senhor de fato perdeu seu tempo — perguntou ele — estudando esse monte de asneiras?

Respondi que sim.

— Cada minuto — continuou M. Krempe, exaltado —, cada instante que o senhor dedicou a esses livros foi definitiva e inteiramente perdido. Sobrecarregou sua memória com sistemas superados e nomes inúteis. Meu Deus! Que deserto era esse em que vivia onde ninguém teve a gentileza de informá-lo de que esses devaneios que absorveu com tanta sofreguidão já têm mil anos de idade e são, não apenas velhos, mas antiquados? Eu já não esperava encontrar, nesta era científica e esclarecida, um discípulo de Paracelso e Alberto Magno. Meu caro amigo, terá que recomeçar do princípio seus estudos.

Tendo dito isso, ele se afastou, fez uma lista de vários livros sobre filosofia da natureza que gostaria que eu obtivesse e me dispensou após mencionar que, no começo da semana seguinte, pretendia dar início a um ciclo de palestras sobre filosofia da natureza em seus aspectos mais básicos e que dia sim, dia não, M. Waldman, um colega, falaria sobre química.

Não voltei decepcionado para casa; já disse que há algum tempo considerava inúteis aqueles autores reprovados pelo professor. Tampouco estava, porém, inclinado a recorrer àqueles estudos, sob qualquer forma. M. Krempe era um homenzinho atarracado com uma voz rouca e uma fisionomia repulsiva, e não conquistara minha simpatia por suas atividades. Com um tom talvez por demais filosófico e coerente, eu falara das conclusões a que chegara, no que dizia respeito a esses estudos, em minha mocidade. Quando era criança, não me satisfaziam os resultados prometidos pelos professores modernos de ciências naturais. Com uma confusão de ideias que deve ser exclusivamente atribuída a minha pouca idade e meu desejo de ter um guia em tais assuntos, seguira os passos do conhecimento ao longo das trilhas do tempo e trocara as descobertas dos pesquisadores recentes pelos sonhos dos alquimistas esquecidos. Além disso, eu desdenhava os propósitos práticos da moderna filosofia da natureza. Era muito diferente quando os mestres da ciência buscavam a imortalidade e o poder; tais objetivos, embora fúteis, eram grandiosos; agora, porém, o cenário era outro. A ambição dos pesquisadores parecia se limitar à aniquilação daqueles sonhos em que meu interesse pela ciência se baseava. Pediam-me que trocasse quimeras de uma grandiosidade sem limites por realidades de pouco valor.

Tais foram minhas reflexões durante meus dois ou três primeiros dias em Ingolstadt, que usei sobretudo para me familiarizar com o local e com os principais moradores de minha nova residência. No começo da semana seguinte, porém, pensei na informação que me dera M. Krempe sobre as palestras. E embora não pudesse consentir em estar presente e ouvir aquele sujeitinho presunçoso despejar máximas do alto de sua cátedra, lembrei-me do que ele falara a respeito de M. Waldman, que eu ainda não vira, porque até então ele estivera fora da cidade.

Movido em parte pela curiosidade e em parte pela indolência, fui até a sala de palestras, em que M. Waldman entrou pouco depois. Esse professor era bem diferente de seu colega. Parecia ter cerca de cinquenta anos de idade, mas aparentava grande bondade. Seus cabelos tinham alguns fios grisalhos sobre as têmporas, mas na parte de trás da cabeça eram quase negros. Era de baixa estatura, mas admiravelmente ereto, e sua voz era a mais doce que eu jamais ouvira. Começou a palestra fazendo uma recapitulação da história da química e do progresso operado por determinados cientistas, pronunciando com fervor os nomes dos mais ilustres. Fez então um rápido panorama da situação atual da ciência e explicou vários dos termos elementares. Depois de ter feito umas poucas experiências preparatórias, concluiu com um panegírico à química moderna que eu jamais esquecerei:

— Os antigos professores desta ciência — disse ele — prometeram impossibilidades e nada realizaram. Os mestres modernos prometem muito pouco; sabem que os metais não podem ser transmutados e que o elixir da vida é uma quimera. Esses filósofos, contudo, cujas mãos parecem ter sido feitas exclusivamente para revolver a lama e os olhos a fim de estudar minuciosamente o microscópio ou o cadinho, têm na verdade realizado milagres. Penetram nos recantos da natureza e mostram como ela opera em seus esconderijos. Sobem aos céus; descobriram como o sangue circula e qual a natureza do ar que respiramos. Adquiriram poderes novos e quase ilimitados; podem comandar os trovões celestes, imitar o terremoto e até mesmo zombar do mundo invisível com suas próprias sombras.

Tais foram as palavras do professor — ou, melhor dizendo, tais foram as palavras do destino —, pronunciadas para me destruir. Enquanto ele prosseguia, era como se minha alma estivesse se engalfinhando com um inimigo concreto; foram tocadas, uma a uma, as várias teclas que formavam o mecanismo do meu ser; acordes soaram, um após outro, e logo minha mente estava ocupada por um único pensamento, uma única ideia, um único objetivo. Tanto já foi feito, exclamou a alma de Frankenstein: mais, muito mais, eu alcançarei; seguindo os passos que já foram dados, serei pioneiro num outro caminho, explorarei poderes desconhecidos e revelarei ao mundo os mais profundos mistérios da criação.

Não fechei os olhos naquela noite. Todo o meu ser encontrava-se num estado de extrema agitação; eu sentia que a ordem surgiria dali, mas não estava em meu poder fazê-la surgir. Aos poucos, depois do raiar do dia, o sono veio. Acordei, e os pensamentos da véspera eram como um sonho. Só o que restava era a resolução de voltar a meus antigos estudos e devotar-me a uma ciência para a qual eu me acreditava possuidor de um talento natural. No mesmo dia, fiz uma visita a M. Waldman. A sós, ele era ainda mais agradável e encantador do que em público, pois havia, durante a palestra, uma certa dignidade em seu semblante que em sua própria casa dava lugar a uma grande afabilidade e gentileza. Fiz-lhe praticamente o mesmo relato dos meus antigos interesses que havia feito a seu colega. Ele ouviu com atenção a breve narrativa sobre meus estudos e sorriu diante dos nomes de Cornélio Agripa e Paracelso, mas sem o desprezo que M. Krempe demonstrara. Disse:

— Trata-se de homens a cujo zelo incansável os filósofos modernos devem a maior parte da base de seu conhecimento. Deixaram para nós uma tarefa bem mais fácil, a nomeação e a organização em classificações adequadas dos fatos que vieram à luz em grande parte através deles. É raro que os trabalhos dos homens brilhantes, mesmo que orientados na direção errada, não venham, no fim das contas, a se revelar um sólido benefício a toda a humanidade.

Ouvi sua assertiva, que foi dita sem qualquer presunção ou afetação, e acrescentei que a palestra dele acabara com meus preconceitos quanto aos químicos modernos; falei com moderação, com a modéstia e a deferência que um jovem deve ter diante de seu instrutor, sem deixar escapar (a inexperiência na vida teria me envergonhado) qualquer traço do entusiasmo que estimulava meus projetos. Pedi seu conselho sobre livros que eu deveria obter.

— Fico feliz — disse M. Waldman — por ter ganhado um discípulo; se sua aplicação estiver no mesmo nível de seus talentos, não duvido de seu sucesso. A química é o ramo da filosofia da natureza em que se deram e ainda podem se dar os maiores avanços; foi por esse motivo que fiz da química meu objeto de estudo. Ao mesmo tempo, contudo, não abandonei os outros ramos da ciência. Será um químico deplorável aquele que se dedicar exclusivamente a essa área do conhecimento humano. Se o seu desejo é se tornar de fato um homem de ciência, e não apenas um experimentador insignificante, devo aconselhá-lo a se dedicar a todos os ramos, inclusive a matemática.

Em seguida, ele me levou a seu laboratório e me explicou a utilidade de seus vários instrumentos, indicando-me os que eu deveria obter e me prometendo o uso dos seus quando eu estivesse suficientemente avançado na ciência para não lhes estragar o mecanismo. Também me deu a lista de livros que eu havia pedido, e fui embora.

Dessa forma terminou um dia memorável para mim, um dia que selou meu destino futuro.

capítulo 4

Desse dia em diante, a filosofia da natureza em geral e a química em particular tornaram-se praticamente minha única ocupação. Eu lia com entusiasmo aqueles trabalhos tão impregnados pelo gênio e pela capacidade de discriminação que os pesquisadores modernos escreveram sobre esses assuntos. Assistia às palestras e buscava travar conhecimento com os homens de ciência da universidade, e descobri mesmo em M. Krempe uma grande dose de sensatez e informação real, combinadas, é claro, com uma fisionomia e uns modos repulsivos, mas não menos valiosos por causa disso. Em M. Waldman encontrei um verdadeiro amigo. Sua gentileza nunca se deixava macular pelo dogmatismo, e suas instruções eram dadas com um ar de franqueza e boa vontade que bania qualquer ideia de pedantismo. Ele me preparou, de inúmeras formas, para o caminho do saber, e tornou as mais obscuras pesquisas claras e fáceis de compreender. A forma como eu me dedicava era, a princípio, flutuante e incerta; ganhou força ao passo que avançava e logo se tornou tão ardente e ansiosa que frequentemente as estrelas desapareciam na luz da manhã e eu ainda estava trabalhando em meu laboratório.

Pode-se facilmente concluir, a partir dessa intensa dedicação, que meu progresso foi rápido. Meu fervor era, efetivamente, motivo de admiração entre os alunos, e minha competência, motivo de igual admiração entre os mestres. O professor Krempe sempre me perguntava, com um sorriso irônico, como ia Cornélio Agripa, ao passo que M. Waldman expressava a mais sincera exultação diante de meu progresso. Dois anos se passaram dessa forma, durante os quais não voltei a Genebra, mas me dediquei de corpo e alma a algumas descobertas que esperava fazer. Somente aqueles que experimentaram o fascínio da ciência podem concebê-lo. Em outras áreas de estudo, avançamos até o ponto atingido por outros antes de nós, e nada mais há a descobrir; numa busca científica, porém, há continuamente alimento para as descobertas e para a admiração. Uma mente de capacidade moderada decerto alcançará uma grande competência dedicando-se a esses estudos; eu, que me empenhava sem cessar num único objeto de pesquisa e me dedicava exclusivamente a ele, progredi com tanta rapidez a ponto de ter feito, ao cabo de dois anos, algumas descobertas relativas à melhoria de certos instrumentos químicos que me trouxeram grande estima e admiração na universidade. Quando eu atingira esse ponto e me tornara tão familiarizado com a teoria e a prática da filosofia da natureza quanto me era possível, no que dependia das aulas de quaisquer dos professores de Ingolstadt, e a residência naquela cidade deixara de ser fértil para meu progresso, pensei em voltar para junto dos amigos, para minha cidade natal. Ocorreu então um acidente que prolongou minha estada.

Um dos fenômenos que me atraíram particularmente a atenção havia sido a estrutura do corpo humano — na verdade, a de qualquer animal dotado de vida. De onde, eu me perguntava, vinha o princípio da vida? Tratava-se de uma pergunta audaciosa e referia-se a um assunto que sempre fora considerado um mistério. Ainda assim, quantas descobertas estaríamos no limiar de fazer se a covardia ou a negligência não refreassem nossas pesquisas? Revolvi tais circunstâncias em minha mente e decidi que dali em diante haveria de me dedicar mais particularmente àqueles ramos da filosofia da natureza relacionados à fisiologia. A menos que eu fosse movido por um entusiasmo quase sobrenatural, dedicar-me a esses estudos teria sido maçante, quase insuportável. Para examinar as causas da vida, precisamos, em primeiro lugar, recorrer à morte. Familiarizei-me com a ciência da anatomia, mas não era suficiente; devia também observar a decomposição natural do corpo humano. Em minha educação, meu pai tomara todos os cuidados para evitar que minha mente se impressionasse com os horrores sobrenaturais. Não guardo memória de ter, uma única vez, tremido diante de uma história supersticiosa ou receado a aparição de espíritos. A escuridão não tinha qualquer efeito sobre minha imaginação, e os cemitérios eram, para mim, meros depósitos de corpos privados de vida, que de moradia da beleza e da força haviam se tornado comida para os vermes. Eu era levado a examinar então as causas e o progresso dessa decomposição, e forçado a passar dias e noites em jazigos e ossários.

Minha atenção se fixava sobre o objeto que é, entre todos os outros, o mais insuportável à delicadeza dos sentimentos humanos. Vi como o belo corpo humano se degradava e se consumia; observei a corrupção da morte vencer a face exuberante da vida; vi como os vermes herdavam as maravilhas dos olhos e do cérebro. Detive-me na análise e no exame de todos os pormenores da causalidade, como exemplificados na passagem da vida à morte, e da morte à vida, até que, no meio dessa escuridão, subitamente uma luz jorrou sobre mim — uma luz tão brilhante e maravilhosa, e ainda assim tão simples, que, embora tenha ficado tonto com a imensidade das perspectivas que ela me oferecia, surpreendi-me com o fato de que, entre tantos homens geniais que haviam conduzido suas pesquisas rumo à mesma ciência, somente eu teria o privilégio de descobrir um segredo tão maravilhoso.

Lembre-se, não estou registrando as visões de um louco. O que afirmo agora é verdadeiro, tanto quanto o sol que brilha no céu. Talvez algum milagre o tenha produzido, mas ainda assim os estágios da descoberta foram distintos e plausíveis. Após dias e mais dias de trabalho e cansaço inacreditáveis, consegui descobrir a causa da geração da vida; não, mais do que isso, tornei-me eu próprio capaz de dar vida à matéria inanimada.

O assombro que a princípio experimentei diante dessa descoberta logo deu lugar à alegria e ao entusiasmo. Depois de tanto tempo gasto num trabalho cansativo, chegar logo ao topo de meus desejos era a mais gratificante consumação desses esforços. A descoberta, contudo, era tão grandiosa e esmagadora que todos os passos através dos quais eu fora progressivamente conduzido a ela acabaram esquecidos, e eu só admirava o resultado. Algo que havia sido objeto de estudo e de desejo dos mais sábios homens desde a criação do mundo estava agora a meu alcance. Não que tudo se tivesse subitamente descortinado diante de mim, como numa cena mágica: a informação que obtive parecia mais poder conduzir meus esforços, assim que eu a apontasse na direção de meu objeto de estudo, do que exibir esse objeto já consumado. Eu era como o árabe que havia sido enterrado com os mortos e encontrara uma passagem para a vida, guiado apenas por uma luz tênue e aparentemente inútil.

Por sua ansiedade e pela animação e esperança que seus olhos demonstram, meu amigo, vejo que o senhor espera que eu lhe revele o segredo que conheço; isso não pode ser; ouça pacientemente minha história até o fim e compreenderá sem dificuldade por que sou tão reservado nesse particular. Não hei de conduzi-lo, indefeso e apaixonado, exatamente como eu era então, à sua destruição e inevitável desgraça. Aprenda comigo — se não com meus preceitos, ao menos com meu exemplo — quão perigosa é a aquisição de conhecimento e que mais feliz é aquele que crê que sua cidade nativa é o mundo do que aquele que aspira tornar-se maior do que permite sua natureza.

Quando me dei conta de que tinha nas mãos um poder tão assombroso, hesitei durante muito tempo acerca da forma como deveria utilizá-lo. Embora possuísse a capacidade de conferir a vida, preparar uma estrutura com toda a intrincada rede de fibras, músculos e veias para recebê-la permanecia ainda uma tarefa de inconcebível dificuldade e esforço. Eu tinha dúvidas, a princípio, sobre se deveria tentar criar um ser como eu próprio ou uma organização mais simples; minha imaginação, contudo, estava exaltada demais por causa de meu primeiro sucesso para me permitir duvidar de minha competência para dar vida a um animal tão complexo e maravilhoso quanto o homem. Os materiais de que naquele momento eu dispunha dificilmente poderiam ser considerados adequados a uma tarefa tão árdua, mas eu não duvidava de meu êxito. Preparei-me para vários reveses; minhas operações poderiam ser incessantemente malogradas e meu trabalho, ao fim, imperfeito, mas ainda assim, quando eu considerava a evolução que a cada dia tem lugar na ciência e na mecânica, sentia-me encorajado a esperar que minhas tentativas presentes lograriam erguer pelo menos as bases do sucesso futuro. E não podia considerar a magnitude e a complexidade de meu plano um argumento de sua impraticabilidade. Foi com esses sentimentos que comecei a criar um ser humano. Como a pequenez das diversas partes do corpo constituía um grande empecilho à minha agilidade, resolvi, contrariando minhas primeiras intenções, criar um ser de estatura gigantesca — isto é, com cerca de quase dois metros e meio de altura, e proporcionalmente grande. Depois de ter tomado essa resolução e de ter passado alguns meses reunindo e organizando com sucesso meus materiais, comecei.

Ninguém seria capaz de conceber a variedade de sentimentos que me impulsionou adiante, como um furacão, no primeiro entusiasmo do sucesso. A vida e a morte pareciam-me fronteiras que eu precisava romper, a fim de despejar uma torrente de luz sobre nosso mundo de trevas. Uma nova espécie haveria de me abençoar como seu criador; muitos seres bondosos e felizes deveriam a mim sua existência. Nenhum pai poderia reivindicar a gratidão de um filho tanto quanto eu com relação a esses seres. Avançando nessas reflexões, pensei que, se podia conferir a vida à matéria inanimada, talvez pudesse, com o tempo (embora agora saiba que é impossível), devolver a vida aos corpos que a morte aparentemente devotara à corrupção.

Tais pensamentos me davam ânimo, enquanto eu me dedicava a meu empreendimento com um fervor incansável. Minha face tornara-se pálida por causa do estudo e meu corpo definhara devido ao confinamento. Às vezes, quando estava prestes a produzir algo de concreto, eu falhava; ainda me aferrava, porém, à esperança de que o dia seguinte ou a hora seguinte poderiam coroar meu empreendimento com o sucesso. Um segredo que somente eu possuía era a esperança à qual me dedicava; a lua brilhava enquanto eu trabalhava, à meia-noite — enquanto, com uma ansiedade constante, de tirar o fôlego, eu perseguia a natureza em seus esconderijos. Quem seria capaz de imaginar os horrores de meu trabalho árduo e secreto, quando eu chapinhava na umidade infecta dos túmulos ou torturava animais vivos, a fim de dar vida ao barro inanimado. A lembrança me faz estremecer, e meus olhos se enchem de lágrimas; naquele momento, porém, um impulso irresistível e quase fanático me impelia adiante; eu parecia ter perdido minha alma e toda a sensibilidade ao que fosse exterior àquela busca. Era, de fato, apenas um transe passageiro e não fez mais do que me conferir uma renovada agudeza aos sentimentos, assim que, cessando o estímulo antinatural de operar, retomei meus antigos hábitos. Eu apanhava ossos nos ossários e perturbava, com dedos profanos, os segredos prodigiosos do corpo humano. Um quarto recolhido, ou, melhor dizendo, uma cela no último andar da casa, separada de todos os outros apartamentos através de um corredor e uma escadaria, era a oficina onde eu trabalhava em minha criação imunda; meus olhos saltavam das órbitas enquanto eu cuidava dos detalhes desse projeto. A sala de dissecção e o matadouro forneciam-me os materiais necessários; com frequência, aquela ocupação me repugnava, enquanto, ainda movido por uma ansiedade que aumentava cada vez mais, eu a conduzia à iminência da conclusão.

Os meses de verão se passaram assim, eu me dedicava de corpo e alma a um único objetivo. Foi uma linda estação; jamais os campos produziram uma safra mais abundante, ou os vinhedos uma vindima mais exuberante, mas meus olhos estavam insensíveis aos encantos da natureza. E os mesmos sentimentos que me levavam a negligenciar a paisagem ao meu redor também faziam com que eu esquecesse os amigos que estavam a tantos quilômetros de distância, e que eu não via fazia tanto tempo. Sei que meu silêncio os inquietava e me lembro muito bem das palavras de meu pai:

— Sei que, enquanto você estiver satisfeito consigo mesmo, pensará em nós com afeição e mandará notícias regularmente. Deve perdoar-me se eu considerar qualquer interrupção em sua correspondência como uma prova de que suas outras obrigações foram igualmente negligenciadas.

Eu bem sabia, portanto, quais deviam ser os sentimentos de meu pai, mas não podia desviar meus pensamentos daquele empreendimento, em si mesmo repugnante, mas que ocupara minha imaginação de forma irresistível. Quis, por assim dizer, adiar tudo o que se referia a meus sentimentos ou afeições até que se completasse aquele grande objetivo que engolia todos os meus hábitos naturais.

Pensei, então, que seria uma injustiça da parte de meu pai atribuir minha negligência a vícios ou a uma falha de minha parte, mas agora estou convencido de que ele tinha razão em achar que eu não devia ser totalmente eximido da culpa. O ideal seria que o homem preservasse sempre uma mente calma e tranquila, e jamais permitisse que uma paixão ou um desejo transitório lhe perturbassem a paz. Não acho que a busca do conhecimento seja uma exceção a essa regra. Se o estudo ao qual nos dedicamos tem a tendência de nos enfraquecer as emoções e destruir nosso gosto pelos prazeres simples que nada pode corromper, então esse estudo é certamente inadequado à mente humana. Se tal regra tivesse sempre sido observada, se homem algum permitisse que sua busca, fosse qual fosse, interferisse na tranquilidade de sua vida particular, a Grécia não teria sido escravizada, César teria poupado sua terra, a América teria sido descoberta mais gradualmente e os impérios do México e do Peru não teriam sido destruídos.

Esqueço-me, porém, de que estou sendo moralista na parte mais interessante de minha história, e sua expressão recorda-me de que devo seguir adiante.

Meu pai não fez qualquer censura em suas cartas e só comentou meu silêncio fazendo perguntas mais específicas do que antes sobre minhas ocupações. O inverno, a primavera e o verão se passaram enquanto eu trabalhava; não observei, porém, as flores que desabrochavam ou as folhas que cresciam — visões que antes me enchiam de uma satisfação suprema —, pois estava profundamente absorto em minhas ocupações. As folhas daquele ano murcharam antes que meu trabalho se aproximasse da conclusão, e cada dia mostrava-me mais duramente quão bem-sucedido eu fora. Meu entusiasmo, contudo, encontrava na ansiedade um obstáculo, e eu parecia mais um escravo obrigado a trabalhar nas minas, ou em alguma outra ocupação insalubre, do que um artista ocupado com sua atividade favorita. Todas as noites eu sofria de uma febre baixa e ficava nervoso a um nível extremo; a queda de uma folha me assustava; eu evitava meus companheiros como se fosse culpado de um crime. Às vezes, alarmava-me ao perceber a ruína em que me encontrava; a energia do meu propósito era tudo o que me sustentava: meus esforços terminariam em breve, e eu acreditava que o exercício e a diversão afastariam, então, a doença incipiente; prometia a mim mesmo dedicar-me a ambos quando minha criação se completasse.

capítulo 5

Foi numa terrível noite de novembro que vi meu árduo trabalho chegar ao fim. Com uma ansiedade que beirava a agonia, reuni ao meu redor os instrumentos necessários, de modo a poder infundir uma centelha de vida ao ser inanimado que jazia a meus pés. Já era uma hora da manhã; a chuva tamborilava lúgubre nas vidraças e minha vela já quase se havia extinguido quando, à sua luz bruxuleante já meio consumida, vi os olhos amarelos e opacos da criatura se abrirem; inspirou com força, e um movimento convulsivo agitou-lhe os membros.

Como posso exprimir minhas emoções diante dessa catástrofe, ou descrever o ser miserável que eu lograra formar através de sofrimentos e cuidados infinitos? Seus membros eram proporcionais, e eu escolhera belos traços para seu rosto. Belos! Meu Deus! Sua pele amarelada mal cobria a trama de músculos e artérias; seus cabelos, de um negro lustroso, eram abundantes; seus dentes, de uma brancura perolada. Esses caprichos só faziam criar um contraste ainda mais horrendo com seus olhos úmidos — que pareciam ter quase a mesma cor das órbitas, de um branco sombrio, em que se encaixavam —, com sua compleição murcha e com seus lábios retilíneos e negros.

Os diversos incidentes da vida não são tão instáveis quanto os sentimentos humanos. Eu trabalhara arduamente durante quase dois anos, com o único objetivo de dar vida a um corpo inanimado. Em nome desse objetivo, privara-me de repouso e saúde. Eu desejara atingir meu objetivo com um fervor sem limites; mas agora que havia terminado, a beleza do sonho desapareceu: meu coração se encheu de desgosto e senti um horror de tirar o fôlego. Incapaz de suportar a aparência do ser que criara, corri para fora dali e fiquei durante um bom tempo perambulando em meu quarto, incapaz de apaziguar minha mente e dormir. Por fim a fadiga seguiu-se à agitação anterior, e me atirei de roupa na cama, tentando encontrar uns poucos momentos de esquecimento. Foi em vão, porém. Cheguei a dormir, mas fui perturbado pelos sonhos mais tumultuados. Acreditei ver Elizabeth, exuberante de saúde, andando pelas ruas de Ingolstadt. Encantado e surpreso, abracei-a, mas quando a beijei pela primeira vez nos lábios, eles se tornaram lívidos com a palidez da morte; seu semblante pareceu modificar-se, e eu acreditei segurar entre os braços o cadáver de minha mãe; uma mortalha a envolvia, e pude ver os vermes fervilhando entre as dobras do tecido. Despertei horrorizado; gotas gélidas cobriam-me a fronte, meus dentes se entrechocavam e meus braços e pernas se agitavam convulsivamente. Foi então que vi, à luz amarelada e fraca da lua que penetrava no quarto através das venezianas da janela, aquele infeliz: o monstro miserável que eu criara. Ele erguia o cortinado da cama, e seus olhos, se é que podiam ser assim chamados, estavam fixos em mim. Abria a boca e murmurava sons inarticulados, enquanto um esgar deixava-lhe os dentes à mostra e enrugava sua face. Talvez ele tenha falado, mas eu não ouvi; uma de suas mãos estendia-se para frente, como que para me deter, mas eu escapei e corri escada abaixo. Refugiei-me no pátio da casa em que morava e lá fiquei pelo resto da noite, andando de um lado para outro na maior agitação, os ouvidos atentos, captando e temendo cada ruído, como se anunciasse a aproximação do cadáver demoníaco ao qual eu lamentavelmente dera vida.

Ah! Nenhum mortal suportaria o horror daquele semblante. Uma múmia dotada de vida não seria tão medonha quanto aquele infeliz. Vira-o ainda inacabado; era feio, então, mas quando aqueles músculos e juntas tornaram-se capazes de se mover, ele se tornou algo que nem mesmo Dante poderia ter concebido.

Passei uma noite terrível. Às vezes meu pulso batia tão rápido que eu sentia a palpitação de cada artéria; noutras horas, eu quase afundava no chão, dado meu cansaço extremo e minha languidez. Junto a esse horror, eu sentia a amargura do desapontamento; os sonhos que haviam sido meu alimento e meu agradável refúgio durante tanto tempo tornavam-se agora um inferno para mim; e a mudança fora tão rápida, tão completa a destruição!

A manhã, lúgubre e úmida, por fim chegou e revelou a meus olhos cansados pela insônia a igreja de Ingolstadt, o alvo campanário e o relógio, indicando cinco horas. O porteiro abriu os portões do pátio que durante aquela noite fora meu abrigo e eu saí às ruas, percorrendo-as com passos rápidos, como se tentasse evitar a criatura com que temia deparar-me a cada esquina. Não ousava voltar ao apartamento onde morava, mas sentia-me impelido a seguir adiante, e depressa, mesmo ensopado com a chuva que caía de um céu escuro e desolado; tentava, através do exercício físico, diminuir o fardo que pesava sobre minha mente. Atravessava as ruas sem qualquer ideia nítida sobre onde estava ou o que fazia. O medo me dava náuseas e acelerava-me o coração; eu seguia apressado, com passos irregulares, sem ousar olhar ao meu redor:

Como alguém que, numa estrada solitária,
Anda com medo e apreensão
E tendo uma vez se voltado, segue em frente
E não olha mais para trás;
Porque sabe que um demônio terrível
Segue-o bem de perto.[2]

Prosseguindo, cheguei, enfim, defronte à estalagem onde várias diligências e carruagens costumavam parar. Lá me detive, não sabia por quê; mas permaneci alguns minutos com os olhos fixos num coche que vinha em minha direção, do outro lado da rua. Enquanto se aproximava, pude notar que era a diligência suíça; parou exatamente onde eu estava. Quando a porta se abriu, deparei-me com Henry Clerval, que, ao me ver, desceu imediatamente do coche:

— Meu caro Frankenstein — exclamou ele. — Que prazer em vê-lo! Que sorte encontrá-lo aqui, no exato momento de minha chegada!

Nada poderia igualar-se à minha alegria em ver Clerval; sua presença trouxe-me de volta aos pensamentos meu pai, Elizabeth e todas aquelas

2 "The Ancient Mariner", de Coleridge.

cenas de casa tão caras à minha memória. Agarrei sua mão, e num momento esqueci meus horrores e infortúnios; senti-me, subitamente, e pela primeira vez em muitos meses, tomado por uma alegria calma e serena. Dei então as boas-vindas a meu amigo da forma mais cordial e caminhamos em direção à universidade. Clerval continuou falando durante algum tempo sobre nossos amigos em comum e sobre sua sorte em receber permissão para vir a Ingolstadt.

— Você bem pode imaginar — disse ele — como foi difícil persuadir meu pai de que a nobre arte da contabilidade não encerra todo o conhecimento que se pode desejar; e na verdade acredito que parti sem tê-lo convencido, pois sua resposta constante às minhas tentativas incansáveis era a mesma daquele professor holandês em *O vigário de Wakefield*: "Ganho dez mil florins por ano sem saber grego, a minha mesa é farta sem que eu saiba grego." Mas sua afeição por mim afinal foi mais forte do que sua aversão à aprendizagem, e ele me deixou partir numa viagem de descoberta pela terra do conhecimento.

— É um prazer enorme vê-lo; mas diga-me como estão meu pai, meus irmãos e Elizabeth.

— Muito bem e muito felizes, somente um pouco apreensivos por receberem tão poucas notícias suas. Aliás, sobre esse assunto pretendo fazer o meu sermão particular. Mas, meu caro Frankenstein — prosseguiu ele, detendo-se um momento e fitando-me no rosto —, eu não notara antes que você parece estar gravemente doente, tão magro e pálido. Seu aspecto é o de quem tem passado várias noites em claro.

— Você acertou. Tenho estado ultimamente envolvido de forma tão intensa em um projeto que não me tenho concedido repouso suficiente, como pode ver. Mas espero sinceramente que essa ocupação já tenha chegado ao fim e que eu esteja livre, afinal.

Eu tremia muito; era insuportável pensar no que ocorrera na noite anterior, e mais ainda fazer qualquer alusão a isso. Eu caminhava com passos rápidos, e logo chegamos à universidade. Ocorreu-me, então, e o pensamento fez-me estremecer, que a criatura que eu deixara em meu apartamento talvez ainda estivesse viva, perambulando por lá. Apavorava-me a ideia de encontrar aquele monstro, mas eu temia ainda mais que Henry o visse. Pedindo-lhe, portanto, que ficasse alguns minutos ao pé da escada, corri até o meu quarto. Minha mão já estava sobre a fechadura da porta antes que eu conseguisse organizar minhas ideias. Detive-me, então, estremecendo. Abri a porta de um golpe, como costumam fazer as crianças quando esperam encontrar um fantasma aguardando-as do outro lado, mas nada apareceu. Entrei no quarto, atemorizado: o apartamento estava vazio, e meu quarto, livre daquele hóspede pavoroso. Eu mal podia acreditar que tivesse uma sorte tão grande, mas quando me certifiquei de que meu inimigo de fato fugira, bati palmas de alegria e corri escadaria abaixo para junto de Clerval.

Subimos ao meu quarto, e o criado logo trouxe o café da manhã; mas eu não conseguia me conter. Não estava possuído apenas pela alegria; sentia minha pele formigar, sensível demais, e meu pulso estava acelerado. Era incapaz de ficar no mesmo lugar por um único instante; pulava sobre as cadeiras, batia palmas e ria alto. A princípio, Clerval atribuiu meu humor incomum à alegria por sua chegada, mas, ao observar-me mais atentamente, viu um ardor em meus olhos que não era capaz de explicar, e meu riso frouxo, alto e desenfreado deixou-o assustado e admirado.

— Meu caro Victor — exclamou ele —, pelos céus, o que está acontecendo? Não ria dessa forma! Como você está doente! Qual é a causa de tudo isso?

— Não me pergunte — exclamei, cobrindo os olhos com as mãos, pois acreditei ver o espectro temido entrar no quarto —, *ele* pode lhe dizer. Ah, proteja-me! Proteja-me!

Em minha imaginação, o monstro havia me agarrado; debati-me furiosamente e caí no chão, numa convulsão.

Pobre Clerval! O que ele devia estar sentindo? Um encontro que aguardara com tanta alegria transformado de modo tão estranho em algo desagradável. Não testemunhei, porém, seu desgosto: perdi os sentidos e só me recuperei depois de um bom tempo.

Foi o começo de uma febre nervosa que me deixou confinado por vários meses. Durante todo esse tempo, Henry cuidou sozinho de mim. Descobri mais tarde que, ciente da idade avançada de meu pai e da inconveniência, para ele, de uma viagem tão longa, e de como minha doença deixaria Elizabeth infeliz, Clerval poupou-lhes o sofrimento escondendo-lhes a extensão da minha enfermidade. Sabia que eu não teria alguém mais gentil e atencioso do que ele para cuidar de mim;

e, acreditando firmemente em minha recuperação, tinha a certeza de estar tomando a melhor atitude possível com relação a eles, e que não causava mal algum.

Na realidade, porém, eu estava muito doente, e decerto nada exceto as atenções ilimitadas e incansáveis de meu amigo poderiam ter me restituído a saúde. A imagem do monstro ao qual eu dera vida estava incessantemente diante de meus olhos, e eu delirava o tempo todo, pensando nele. Sem dúvida que minhas palavras surpreendiam Henry; a princípio, ele acreditou que eram devaneios de minha imaginação perturbada, mas a insistência com que eu falava continuamente sobre o mesmo assunto persuadiu-o a crer que minha enfermidade de fato devia suas origens a algum evento incomum e terrível.

Devagar e gradualmente, e com recaídas frequentes que alarmavam e angustiavam meu amigo, recuperei-me. Lembro-me da primeira vez que fui capaz de observar o que havia ao meu redor com algum tipo de prazer: notei que as folhas caídas haviam desaparecido e que os botões desabrochavam nas árvores que faziam sombra em minha janela. Era uma primavera maravilhosa e contribuiu muito para minha recuperação. Senti também a alegria e o afeto reviverem em meu peito; meu abatimento desapareceu, e em pouco tempo eu estava tão bem-disposto quanto antes de ser acometido por aquela paixão fatal.

— Meu caro Clerval — exclamei —, como você é gentil e bom comigo. Passou todo o inverno cuidando de mim, em vez de se dedicar aos estudos, como prometera a si mesmo. Como poderei algum dia recompensá-lo? Sinto o maior remorso pelo desapontamento do qual fui eu o culpado, mas você há de me perdoar.

— Você vai me recompensar não se inquietando e ficando bom o mais rápido possível. E já que me parece de tão bom humor, posso lhe falar a respeito de um assunto, não posso?

Tremi. Um assunto! O que poderia ser? Poderia ele estar aludindo a algo em que eu não ousava sequer pensar?

— Acalme-se — disse Clerval, ao me ver mudar de cor. — Não vou mencioná-lo, se o transtorna; mas seu pai e sua prima ficariam muito felizes se recebessem uma carta sua escrita de próprio punho. Mal sabem quão doente você esteve e estão apreensivos com o seu longo silêncio.

— Isso é tudo, meu caro Henry? Como você poderia supor que meu primeiro pensamento não seria dirigido àqueles amigos tão queridos, que amo e que são merecedores do meu amor?

— Se é assim que se sente no momento, meu amigo, talvez fique feliz em ver uma carta que chegou para você há alguns dias; creio ser de sua prima.

capítulo 6

Clerval entregou-me a seguinte carta de minha querida Elizabeth:

Caro primo,

Você esteve doente, muito doente, e mesmo as cartas frequentes do gentil e querido Henry não são suficientes para me tranquilizar. Está proibido de escrever, de segurar uma caneta; ainda assim, suas palavras são necessárias, querido Victor, para apaziguar nossas apreensões. Durante muito tempo, achei que o correio me traria essa linha e persuadi meu tio a não empreender uma viagem a Ingolstadt. Preveni-o acerca dos inconvenientes e mesmo dos perigos de uma viagem tão longa, mas com que frequência lamentei não poder empreendê-la eu mesma! Imagino que a tarefa de assisti-lo junto a seu leito de enfermo tinha cabido a alguma enfermeira velha e mercenária, que jamais poderia adivinhar seus desejos ou atendê-los com o cuidado e o afeto de sua pobre prima. Tudo isso, porém, já passou: Clerval nos escreveu dizendo que você de fato está se recuperando. Espero sinceramente que o confirme, em breve, escrevendo-nos você mesmo.

Fique bom... e volte para nós. Vai encontrar um lar feliz e amigos que o amam muito. A saúde de seu pai é forte, e tudo o que ele pede é vê-lo, é assegurar-se de que você esteja bem; e nenhuma inquietação há de nublar seu semblante bondoso. Como você ficaria satisfeito em ver os progressos de nosso Ernest! Ele está agora com 17 anos, cheio de energia e vivacidade. Deseja ser um verdadeiro suíço e ingressar num exército estrangeiro, mas não podemos nos separar dele, pelo menos não até que seu irmão mais velho volte para junto de nós. Meu tio não gosta da ideia de uma carreira militar num país distante, mas Ernest nunca teve o seu gosto pelos estudos. Considera-os uma prisão odiosa; passa seu tempo ao ar livre, subindo as colinas ou remando no lago. Temo que ele se torne um preguiçoso, a menos que concordemos com ele e permitamos que ingresse na profissão que escolheu.

Pouca coisa mudou, exceto o crescimento de nossas adoradas crianças, desde que você nos deixou. O lago azul e as montanhas vestidas de neve nunca mudam, e creio que nosso plácido lar e nossos corações satisfeitos são regulados pelas mesmas leis imutáveis. Meus triviais afazeres ocupam-me o tempo e me distraem, e qualquer esforço é recompensado ao ver rostos felizes ao meu redor. Desde que você nos deixou, somente uma mudança ocorreu em nosso pequeno lar. Lembra-se da ocasião em que Justine Moritz entrou para nossa família? Provavelmente não; vou, portanto, contar a história dela, em poucas palavras. Mme Moritz, a mãe, era viúva e tinha quatro filhos, dos quais Justine era a terceira. A menina sempre fora a preferida do pai, mas, movida por uma estranha perversidade, a mãe não a suportava, e após a morte de M. Moritz passou a tratá-la muito mal. Minha tia reparou nisso e, quando Justine fez 12 anos, convenceu sua mãe a permitir que ela fosse morar em nossa casa. As instituições republicanas de nosso país criaram hábitos mais simples e felizes do que aqueles que prevalecem nas monarquias que o cercam. Por isso, é menor a distinção entre as várias classes dos habitantes da Suíça, e os menos favorecidos, por não serem tão pobres ou tão desprezados, têm uma moral mais elevada e maneiras mais refinadas. Um criado, em Genebra, não é igual a um criado na França e na Inglaterra. Justine, que foi recebida em nossa família, aprendeu a realizar as tarefas de uma criada — condição que, em nosso país, não inclui a ignorância e o sacrifício da dignidade.

Talvez você se recorde de quanto gostava de Justine; lembro-me de ter certa vez observado que, estando você de mau humor, um único olhar de Justine era capaz de alegrá-lo — pois, como também dizia Ariosto referindo-se ao poder da beleza de Angélica, ela parecia tão honesta e feliz. Minha tia apegou-se muito a ela, e assim resolveu proporcionar-lhe uma educação superior àquela que a princípio tinha em mente. O benefício foi inteiramente recompensado: Justine era a criaturinha mais agradecida do mundo. Não que chegasse a dizê-lo — nunca vi um único agradecimento sair-lhe dos lábios; mas era possível ver em seus olhos que adorava sua protetora. Embora fosse de índole alegre e em muitos aspectos inconsequente, prestava a maior atenção em cada gesto de minha tia. Tinha-a como modelo da maior excelência e tentava imitar-lhe o modo de falar e o comportamento, tanto que, mesmo agora, ainda me faz lembrar dela.

Quando minha adorada tia morreu, todos se voltaram demais ao próprio pesar para reparar na pobre Justine, que a assistira, enquanto esteve doente, com grande afeto e atenção. A pobre Justine ficou muito infeliz, mas outras provações lhe estavam reservadas.

Um a um, seus irmãos e sua irmã morreram; sua mãe, à exceção da filha que abandonara, ficou só. A consciência da mulher não estava tranquila; começou a acreditar que a morte de seus favoritos era um castigo dos céus para puni-la por ter sido tão parcial. Era uma católica romana, e creio que seu confessor confirmou a ideia que concebera. Assim, poucos meses após sua partida de Ingolstadt, Justine foi chamada de volta a sua casa pela mãe arrependida. Pobre garota! Chorou ao deixar nossa casa. Estava muito mudada desde a morte de minha tia; o sofrimento conferira uma brandura e uma suavidade encantadora às suas maneiras, que antes eram notáveis pela vivacidade. Sua residência na casa da mãe tampouco foi um meio de lhe restituir a alegria. A pobre mulher era muito vacilante em seu arrependimento. Às vezes, implorava a Justine que lhe perdoasse as indelicadezas, mas com muito maior frequência acusava-a de ter causado a morte do irmão e da irmã. Essa conturbação enorme fez por fim com que Mme Moritz começasse a enfraquecer, o que a princípio aumentou sua irritabilidade, mas agora ela está em paz para sempre. Morreu quando o frio se aproximava, no começo do último inverno. Justine voltou para nós, e realmente gosto bastante dela. É muito inteligente, gentil e extremamente bonita; como mencionei antes, sua fisionomia e suas expressões lembram-me o tempo todo minha adorada tia.

Devo também lhe dizer algumas palavras, caro primo, sobre o pequeno e querido William. Gostaria que você pudesse vê-lo; é bem alto para sua idade, com alegres olhos azuis, cílios escuros e cabelos encaracolados. Quando ele sorri, duas covinhas aparecem em cada face, rosadas graças à sua boa saúde. Ele já teve uma ou duas *noivinhas*, mas Louisa Biron é sua favorita, uma menina linda de cinco anos de idade.

Agora, querido Victor, imagino que você vá se comprazer com um pouco de fofoca sobre a boa gente de Genebra. A bela Miss Mansfield já recebeu as visitas de congratulações pelo seu casamento próximo com um jovem inglês, John Melbourne. Sua irmã feiosa, Manon, casou-se com M.

Duvillard, rico banqueiro, no outono passado. Seu colega de escola preferido, Louis Manoir, passou por vários infortúnios desde que Clerval deixou Genebra. Já está restabelecido, porém, e diz-se estar prestes a se casar com uma francesa muito alegre e bonita, Mme Tavernier. Trata-se de uma viúva muito mais velha do que Manoir, mas é admiradíssima, todos gostam dela.

Consegui, escrevendo esta carta, melhorar um pouco meu ânimo, caro primo; mas minha ansiedade retorna agora que a concluo. Escreva, querido Victor — uma linha, uma palavra, será uma bênção para nós. Agradeço muitíssimo a Henry por sua gentileza, seu afeto e suas várias cartas; estamos sinceramente gratos. *Adieu*, meu primo. Cuide-se e, suplico-lhe, escreva!

Elizabeth Lavenza
Genebra, 18 de março de 17...

— Minha querida Elizabeth! — exclamei, quando terminei de ler a carta. — Vou escrever imediatamente e aliviar essa ansiedade que devem estar sentindo.

Escrevi, e o esforço cansou-me bastante; mas minha convalescença já começara, e eu aos poucos me restabelecia. Duas semanas depois, pude sair do quarto.

Uma de minhas primeiras tarefas após me recuperar foi a de apresentar Clerval aos vários professores da universidade. Isso foi um choque para mim, nada recomendado a alguém que sofrera tanto. Desde a noite fatal, do término de meus trabalhos e do começo de meus infortúnios, desenvolvera uma antipatia violenta pelo simples nome "filosofia da natureza". Quando minha saúde já estava praticamente restabelecida, a visão de um instrumento químico trazia de volta a agonia de meus sintomas nervosos. Henry notou-o, e tirara de minha vista todos os meus aparatos; também mudara-me de apartamento, pois percebeu que eu adquirira uma repulsa pelo quarto que anteriormente havia sido meu laboratório. Esses cuidados de Clerval revelaram-se inúteis, porém, quando visitei os professores. M. Waldman infligiu-me verdadeira tortura ao elogiar, com vigor e gentileza, o espantoso progresso que eu fizera nas ciências. Logo percebeu que eu não gostava daquele assunto, mas, incapaz de adivinhar o verdadeiro motivo, atribuiu meus sentimentos à modéstia e desconversou, deixando de falar dos meus progressos e passando a falar da própria ciência — desejando, como ficou claro para mim, fazer com que eu me abrisse. O que eu podia fazer? Sua intenção era agradar, mas ele estava me torturando. Sentia como se ele tivesse cuidadosamente posto diante de meus olhos, um por um, os instrumentos que mais tarde seriam empregados para levar-me a uma morte lenta e cruel. Suas palavras me massacravam, mas eu não ousava revelar a dor que sentia. Clerval, cujos olhos e sentimentos sempre foram rápidos em discernir as sensações dos outros, abandonou aquele assunto, alegando, como desculpa, sua completa ignorância, e a conversa partiu para assuntos mais gerais. Agradeci a meu amigo do fundo do coração, mas nada disse. Via claramente que ele estava surpreso, mas jamais tentou me fazer confessar meu segredo; e embora eu o amasse com um misto de afeição e reverência que não tinha limites, ainda assim, jamais poderia decidir-me a lhe contar aquele evento que me vinha à memória com tanta frequência, mas que eu temia ficar gravado ainda mais fundo caso o relatasse com detalhes a outrem.

M. Krempe não foi assim tão dócil. Dadas minhas condições na ocasião, de uma sensibilidade quase insuportável, seus elogios rudes e agressivos infligiram-me uma dor ainda maior do que a benevolente aprovação de M. Waldman.

— Maldito seja esse garoto! — exclamou ele. — Asseguro-lhe, M. Clerval, que ele nos deixou a todos para trás. É isso mesmo, não tenha dúvidas. Um jovenzinho que há uns poucos anos acreditava em Cornélio Agripa tão firmemente quanto no Evangelho está agora à frente da universidade. E se ele não for derrubado logo, ficaremos em situação embaraçosa. Pois é — prosseguiu ele, observando em meu rosto a expressão do sofrimento —, M. Frankenstein é modesto, uma excelente qualidade num jovem. Os jovens deviam ter menos confiança em si mesmos sabe, M. Clerval? Eu era assim quando jovem, mas essa qualidade se esvai em pouquíssimo tempo.

M. Krempe começou então a louvar a si mesmo, o que felizmente desviou a conversa daquele assunto que me incomodava tanto.

Clerval nunca compartilhara de meu gosto pelas ciências naturais, e suas atividades, de cunho literário, diferiam inteiramente daquelas com que eu me ocupava. Veio para a universidade com o intuito de aprender línguas orientais, pois assim poderia estabelecer uma base para o plano de vida que traçara para si. Decidido a desenvolver uma carreira gloriosa, voltou seus olhos para o Oriente, acreditando que lá encontraria espaço para seu espírito empreendedor. Concentrou suas atenções na língua persa, no árabe e no sânscrito, e eu fui facilmente induzido a começar a me dedicar aos mesmos estudos. Sempre achara a ociosidade maçante e, agora que desejava fugir às reflexões e odiava meus antigos estudos, senti um grande alívio em me tornar colega de meu amigo, e encontrei não apenas instrução, mas também consolo na obra dos orientalistas. Não tentei, como ele, obter um conhecimento crítico de seus dialetos, pois não vislumbrava a possibilidade de fazer qualquer outro uso deles além de uma diversão momentânea. Lia apenas para compreender o sentido, e aqueles autores recompensavam largamente meus esforços. Sua melancolia é suave, e sua alegria nos eleva a um ponto que eu jamais experimentara estudando os autores de qualquer outro país. Quando lemos seus escritos, a vida parece consistir num sol tépido e num jardim de rosas, nos sorrisos e no cenho franzido que caracterizam um inimigo justo e no fogo que consome nosso próprio coração. Quão diferente da poesia heroica e viril da Grécia e de Roma!

O verão passou enquanto eu me dedicava a esses estudos, e meu retorno a Genebra foi marcado para o final do outono; atrasei-me, porém, devido a vários imprevistos. O inverno chegou, e com ele a neve; as estradas foram consideradas intransitáveis e minha viagem, adiada até a primavera seguinte. Recebi com grande pesar esse atraso, pois ansiava por rever minha cidade natal e meus adorados amigos. Meu retorno só fora tão longamente adiado porque eu não estava disposto a deixar Clerval num lugar estranho enquanto ele ainda não tivesse se familiarizado com seus habitantes. Passamos alegremente o inverno, contudo, e a primavera chegou tarde, mas sua beleza compensou o atraso.

O mês de maio já começara, e todos os dias eu esperava a carta que deveria fixar a data de minha partida, quando Henry propôs que fizéssemos a pé um passeio pelos arredores de Ingolstadt, para que eu pudesse dar o meu adeus pessoal ao lugar em que morara durante tanto tempo. Aceitei com prazer essa proposta: eu gostava muito de me exercitar, e

Clerval sempre fora meu companheiro favorito nas caminhadas dessa natureza em minha terra natal.

Os passeios tomaram-nos 15 dias; minha saúde e disposição já haviam se restabelecido fazia muito tempo e fortaleciam-se ainda mais com o ar saudável que eu respirava, os pequenos incidentes que surgiam enquanto avançávamos e a conversa com meu amigo. Antes, o estudo afastara-me do convívio com meus companheiros e me tornara antissocial, mas Clerval trouxe à tona meus melhores sentimentos. Ensinou-me novamente a amar a natureza e os rostos alegres das crianças. Que grande amigo! Com quanta sinceridade você me estimava e se esforçava em elevar minha mente, até que ela estivesse no mesmo nível da sua! Uma ocupação egoísta me confinara e limitara, até que sua gentileza e seu afeto despertaram meus sentidos e fizeram com que se expandissem. Tornei-me a mesma criatura feliz que, poucos anos antes, amada por todos, não tinha qualquer preocupação ou pesar. Quando a natureza tinha o poder de me proporcionar as mais agradáveis sensações. O céu sereno e os campos verdejantes enchiam-me de êxtase. Era de fato uma primavera divina: as flores vicejavam nas sebes e as do verão já despontavam em botões. Eu já não era perturbado pelos pensamentos que, no ano anterior, me haviam esmagado com um peso terrível, imunes a meus esforços de me livrar deles.

Henry estava feliz por me ver alegre e compartilhava sinceramente de meus sentimentos; empenhava-se em me divertir, enquanto expressava as sensações que lhe ocupavam o espírito. As riquezas de sua mente, nessa ocasião, eram realmente espantosas; nas conversas, revelava-se muito imaginativo e várias vezes, imitando os escritores persas e árabes, inventava histórias de grande paixão e criatividade. Em outros momentos, recitava meus poemas favoritos ou me envolvia em discussões que sustentava engenhosamente.

Voltamos para a faculdade numa tarde de domingo; os camponeses estavam dançando, e todos aqueles que encontrávamos pareciam alegres e felizes. Eu próprio estava animado, e andava rindo e saltitando de alegria.

capítulo 7

Quando voltei, encontrei a seguinte carta de meu pai:

Meu caro Victor,

Você provavelmente esperou com impaciência uma carta para marcar a data de sua volta para junto de nós, e a princípio me senti tentado a escrever apenas umas poucas linhas, limitando-me a mencionar o dia em que o estaria esperando. Isso seria, porém, uma delicadeza na realidade cruel, e não ouso fazê-lo. Quão surpreso ficaria você, meu filho, quando, esperando encontrar uma recepção calorosa e festiva, se deparasse, ao contrário, com lágrimas e tristeza? E como posso, Victor, contar-lhe a nossa desgraça? A ausência com certeza não o deixou imune a nossas alegrias e nossos pesares, e como posso eu infligir dor ao meu filho, há tanto tempo ausente? Gostaria de prepará-lo para receber notícias muito tristes, mas sei que é impossível; agora mesmo seu olhar desliza sobre esta página, buscando as palavras que hão de lhe transmitir as terríveis notícias.

William morreu! Aquele menino encantador, cujos sorrisos enchiam-me o coração de alegria e ternura, que era um menino tão meigo e ainda assim tão divertido! Victor, ele foi assassinado!

Não tentarei consolá-lo. Vou me limitar a relatar as circunstâncias desse acontecimento.

Na última quinta-feira (dia 7 de maio), eu, seus irmãos e minha sobrinha saímos para uma caminhada em Plainpalais. A tarde estava calma e serena, e prolongamos o passeio, indo mais longe do que o habitual. O sol já se punha quando resolvemos voltar, e então descobrimos que William e Ernest, que haviam ido na frente, tinham desaparecido. Sentamo-nos, então, e esperamos que eles voltassem. Pouco depois, Ernest apareceu e perguntou se havíamos visto seu irmão; disse que os dois estavam brincando, que William correra para se esconder e que ele o procurara em vão. Esperou durante um bom tempo depois disso, mas William não retornara.

Tal relato nos alarmou, e continuamos a procurá-lo até o cair da noite, quando Elizabeth supôs que ele talvez tivesse voltado para casa. Não estava lá. Retornamos ao local, com tochas, pois eu não poderia descansar imaginando que meu doce menino se perdera e estava exposto à umidade da noite; Elizabeth também estava extremamente angustiada. Por volta das cinco da manhã, encontrei meu adorável garoto, que na noite anterior eu vira tão ativo, saudável e cheio de vida: ele jazia lívido e imóvel sobre a grama; a marca do dedo de seu assassino estava impressa em seu pescoço.

Foi carregado para casa, e a angústia visível em meu semblante revelou o segredo a Elizabeth. Ela estava decidida a ver o cadáver. A princípio, tentei preveni-la, mas ela insistiu e, entrando no quarto onde ele estava, examinou impacientemente o pescoço da vítima e, apertando as mãos, exclamou: "Ah, meu Deus! Assassinei meu menino querido!"

Desmaiou, e com extrema dificuldade fizemos com que se recobrasse. Quando voltou a si, foi só para suspirar e chorar. Disse-me que, naquela mesma tarde, William insistiu que ela o deixasse usar uma pequena e muito valiosa miniatura de sua mãe, que ela possuía. A miniatura desapareceu e foi, sem dúvida, a tentação que fez com que o assassino cometesse o crime. Não temos qualquer pista dele até o momento, embora nosso empenho em descobri-lo seja incansável; não trará de volta, porém, meu adorado William!

Venha, querido Victor; somente você pode consolar Elizabeth. Ela chora todo o tempo e acusa a si mesma injustamente de ter causado a morte dele; suas palavras dilaceram-me o coração. Estamos todos infelizes, mas não será esse um motivo a mais para que você volte e nos reconforte? Sua querida mãe! Ai de mim, Victor! Agradeço a Deus por ela não ter vivido o suficiente para testemunhar a morte cruel e miserável de seu querido caçula.

Venha, Victor, não com ideias de vingança contra o assassino, mas com sentimentos de paz e mansidão; isso curará as feridas em nosso espírito, ao invés de fazer com que supurem. Adentre esta casa de luto, meu caro, mas com gentileza e afeto para com aqueles que o amam, e não com ódio para com seus inimigos.

Com o afeto de seu desgostoso pai,

ALPHONSE FRANKENSTEIN
Genebra, 12 de maio de 17...

Clerval, que observara a expressão de meu rosto enquanto eu lia a carta, ficou surpreso em ver o desespero suceder-se à alegria que eu a princípio demonstrara ao receber notícias de meus amigos. Joguei a carta sobre a mesa e cobri o rosto com as mãos.

— Meu caro Frankenstein — exclamou Henry, quando percebeu que eu chorava com amargura —, será que você há de ser sempre infeliz? Meu querido amigo, o que houve?

Fiz-lhe um sinal para pegar a carta, enquanto eu próprio andava de um lado para outro do quarto, numa agitação extrema. Lágrimas rolaram também dos olhos de Clerval enquanto ele lia o relato da minha desgraça.

— Não posso lhe oferecer consolo, meu amigo — disse ele. — Esse incidente é irreparável. O que você pretende fazer?

— Partir imediatamente para Genebra. Vamos pedir que preparem os cavalos, Henry.

Durante o caminho, Clerval tentou dizer algumas palavras de consolo; só o que lhe restava fazer era expressar suas sinceras condolências.

— Pobre William! — disse. — Adorável criança tão querida agora repousa junto com sua mãe. Aqueles que o viram, alegre e radiante em sua meninice, hão de chorar essa perda prematura! Morrer de forma tão miserável, sentir o assassino a sufocá-lo! E que assassino, duas vezes culpado por ter destruído tão radiante inocência! Pobre menininho! Somente um consolo nos resta: seus amigos lamentam e choram, mas ele descansa. A agonia terminou, seus sofrimentos acabaram-se para sempre. A relva cobre seu corpo delicado, e ele não sente qualquer dor. Já não adianta ter-lhe piedade; devemos reservá-la para os infelizes que sobreviveram a ele.

Assim falou Clerval enquanto andávamos apressados pelas ruas; suas palavras ficaram impressas em minha mente, e eu as recordei mais tarde, quando estava só. Naquele momento, porém, saltei num cabriolé assim que os cavalos chegaram e disse adeus a meu amigo.

Minha viagem foi bastante melancólica. A princípio, eu queria avançar rápido, pois desejava consolar meus amados e pesarosos amigos e oferecer-lhes minha solidariedade. Ao aproximar-me de minha cidade natal, contudo, afrouxei o passo. Mal conseguia suportar a multiplicidade de sentimentos que se aglomeravam em meu coração. Atravessei paisagens que em minha infância eram familiares, mas em que eu não punha os olhos havia quase seis anos. Quantas mudanças poderiam ter ocorrido durante esse tempo! Uma modificação súbita e desoladora ocorrera; mas mil pequenas circunstâncias poderiam ter, passo a passo, provocado outras alterações — que, mesmo tendo ocorrido de forma mais tranquila, talvez não fossem menos profundas. O medo apossou-se de mim; não ousava avançar, temendo milhares de males sem nome que me faziam estremecer, embora eu fosse incapaz de defini-los.

Fiquei dois dias em Lausanne, tomado por esse sombrio estado de espírito. Contemplava o lago; as águas estavam plácidas, tudo ao redor estava calmo e as montanhas nevadas, "os palácios da natureza", não haviam mudado. Aos poucos aquela paisagem calma e celestial fez com que eu me recuperasse, e continuei minha viagem rumo a Genebra.

A estrada margeava o lago, que ficava mais estreito à medida que eu me aproximava de minha cidade natal. Distingui com maior clareza as encostas sombrias das montanhas do Jura e o topo brilhante do Mont Blanc. Chorei como uma criança. "Minhas queridas montanhas! Meu belo lago! De que modo acolhem este vagabundo? Seus picos estão limpos; o céu e o lago estão plácidos e azuis. Será isso para prognosticar a paz ou para zombar da minha infelicidade?"

Temo, meu amigo, tornar-me maçante ao me deter nesses pormenores iniciais, mas foram dias de relativa felicidade, e penso neles com satisfação. Minha terra, minha terra adorada! Quem poderia, além de um nativo, imaginar o prazer que senti ao rever seus rios, suas montanhas e, mais do que tudo, seu belo lago?

À medida que eu me aproximava de casa, no entanto, o pesar e o medo novamente tomaram conta de mim. A noite também se fechou ao meu redor, e senti-me ainda mais deprimido quando já mal podia divisar as montanhas escuras. A paisagem parecia um vasto e sombrio cenário do mal, e previ, de forma pouco clara, que estava destinado a tornar-me o mais infeliz dos seres humanos. Ai de mim! Minha profecia se concretizou, e só me enganei com relação a uma única particularidade: todo aquele sofrimento que eu imaginava e temia não representava a milésima parte da angústia que estava fadado a ter de suportar.

Era noite fechada quando cheguei aos arredores de Genebra; os portões da cidade já estavam fechados, e fui obrigado a passar a noite em Secheron, uma aldeia situada a uns dois quilômetros e meio dali. O céu estava sereno e, como eu não conseguia dormir, decidi visitar o local onde meu adorado William fora assassinado. Não podendo cruzar a cidade, fui obrigado a atravessar o lago num barco para chegar a Plainpalais. Durante essa curta viagem, vi os relâmpagos dançando no topo do Mont Blanc e desenhando no céu os mais belos arabescos. A tempestade parecia se aproximar rapidamente; ao chegar novamente em terra firme, subi uma pequena colina a fim de observá-la. Avançava; os céus estavam carregados de nuvens e logo senti pingos grossos caírem, com uma intensidade crescente.

Levantei-me e continuei a caminhar, embora a escuridão e a tempestade aumentassem a cada minuto e os trovões estourassem com um ruído terrível sobre minha cabeça, ecoando em Salève, no Jura e nos Alpes da Savoia; vívidos clarões dos relâmpagos ofuscavam-me os olhos, iluminando o lago e conferindo-lhe a aparência de um amplo lençol de fogo. Depois, por um instante, tudo parecia escuro como breu, até que os olhos se recobrassem do clarão precedente. A tempestade, como costuma acontecer na Suíça, vinha ao mesmo tempo de várias partes do céu. A mais violenta estava justamente ao norte da cidade, sobre aquela parte do lago que fica entre o promontório de Belrive e a aldeia de Coppet. Outra tempestade iluminava o Jura com pálidos clarões, e uma terceira sombreava e às vezes revelava o Môle, montanha íngreme a leste do lago.

Enquanto eu observava a tempestade, tão bela e ainda assim tão terrível, seguia adiante com passos rápidos. Aquela magnífica guerra nos céus enaltecia-me o espírito; juntei as mãos e exclamei, em voz alta:

— William, meu anjo querido! Este é o seu funeral, sua missa de réquiem!

Ao dizer essas palavras, percebi, na escuridão, um vulto que saiu furtivamente de trás de um grupo de árvores perto de mim; detive-me, olhando-o atentamente. Não podia estar enganado. O clarão de um relâmpago iluminou o vulto e revelou-me claramente suas formas; a estatura de gigante e a deformidade da aparência, mais horrenda do que seria possível num homem, no mesmo instante informou-me de que era aquele desgraçado, o vil demônio a que eu dera vida. O que fazia ali? Poderia ser ele (estremeci diante da ideia) o assassino de meu irmão? Tão logo o pensamento atravessou-me a imaginação, convenci-me de que era verdade; meus dentes tremiam, e tive que me encostar numa árvore em busca de apoio. O vulto passou rapidamente por mim e eu o perdi de vista na escuridão. Nenhum ser humano poderia ter matado aquela adorável criança. *Ele* era o assassino! Eu não tinha dúvidas. O simples fato de que tal ideia me ocorria já era uma prova irrefutável. Pensei em perseguir o demônio, mas teria sido em vão, pois outro clarão revelou-o já entre as rochas da encosta quase perpendicular do Mont Salève, colina que demarca a fronteira de Plainpalais ao sul. Ele rapidamente atingiu o topo e desapareceu.

Permaneci imóvel. Os trovões cessaram, mas a chuva continuava, e a paisagem foi envolvida por uma escuridão impenetrável. Revolvi em minha mente os eventos que, até então, buscara esquecer: cada uma das etapas de meu progresso rumo à criação, a aparição do ser que eu fizera com minhas próprias mãos, vivo, junto à minha cama, e sua partida. Quase dois anos já se haviam transcorrido desde a noite em que ele fora dotado de vida; seria aquele seu primeiro crime? Ai de mim! Libertara no mundo uma criatura vil que encontrava prazer nos massacres e na infelicidade alheia; pois não tinha assassinado meu irmão?

Ninguém seria capaz de imaginar a angústia que senti durante o restante da noite — que passei, molhado e com frio, ao relento. Não senti, porém, as inconveniências do tempo; minha imaginação estava tomada de cenas de maldade e desespero. Pensei no ser que lançara entre os homens e que dotara do poder e da determinação de levar a cabo propósitos nefandos, como aquele que acabara de perpetrar, como se fosse meu próprio fantasma, meu próprio espírito libertado de sua cova e forçado a destruir tudo o que me era querido.

O dia raiou e me dirigi à cidade. Os portões estavam abertos, e segui rapidamente para a casa de meu pai. Meu primeiro pensamento era o de revelar o que sabia a respeito do assassino e fazer com que se desse início imediatamente à perseguição. Detive-me, porém, quando refleti sobre a história que teria de contar. Um ser que eu mesmo criara e ao qual conferira vida encontrara-me à meia-noite entre os precipícios de uma montanha inacessível. Lembrei-me também da febre nervosa de que estivera acometido na época exata de que datava minha criação, e que faria parecer delírio uma história de qualquer modo absolutamente improvável. Bem sabia que, se outra pessoa me contasse uma história daquelas, eu a teria considerado um delírio de insanidade. Além disso, a natureza estranha daquele animal frustraria todas as buscas, mesmo que me dessem crédito a ponto de serem persuadidos a dar início a elas. E de que valeria persegui-lo? Quem conseguiria prender uma criatura capaz de escalar as encostas íngremes do Mont Salève? Tais reflexões fizeram com que eu tomasse minha decisão: permanecer em silêncio.

Eram aproximadamente cinco horas da manhã quando entrei na casa de meu pai. Disse aos empregados que não incomodassem minha família e fui para a biblioteca esperar pela hora em que eles normalmente acordavam.

Seis anos haviam transcorrido, passados como um sonho, exceto por um traço indelével, e lá estava eu de pé no mesmo lugar onde abraçara meu pai pela última vez, antes de minha partida para Ingolstadt. Querido e venerado pai! Eu ainda não o perdera, então. Olhei para o retrato de minha mãe que ficava sobre o console da lareira. Reproduzia um momento de sua vida, pintado segundo o desejo de meu pai, e retratava Caroline Beaufort na agonia de seu desespero, ajoelhada junto ao caixão de seu falecido pai. Suas roupas eram rústicas e sua face, pálida, mas havia um ar de dignidade e beleza que dificilmente causaria pena no observador. Abaixo desse quadro havia uma miniatura de William, e as lágrimas rolaram quando a vi. Assim me encontrava quando Ernest entrou; ouvira-me chegar e se apressara em ir me receber. A alegria de me rever mesclava-se a um desgosto profundo:

— Bem-vindo, querido Victor — disse. — Ah! Queria que você tivesse chegado três meses atrás, pois nos teria encontrado alegres e satisfeitos. Agora, vem compartilhar conosco uma aflição que nada pode aliviar; ainda assim, espero que sua presença anime um pouco nosso pai, que parece se afundar em desgraça. E você poderá persuadir a pobre Elizabeth a cessar com suas autoacusações torturantes e vãs. Pobre William! Ele era nosso amor e nosso orgulho!

Lágrimas incontidas rolaram dos olhos de meu irmão; um sentimento de agonia mortal se apoderou de meu corpo. Antes, a infelicidade de meu desolado lar só existia em minha imaginação; a realidade me atingia como outra desgraça, não menos terrível. Tentei acalmar Ernest: fiz-lhe perguntas mais detalhadas sobre meu pai e sobre aquela que chamava de prima.

— Ela precisa de consolo, mais do que qualquer um — disse Ernest. — Acusa a si mesma de ter causado a morte de meu irmão, e isso a deixa muito infeliz. Mas agora que o assassino foi encontrado...

— O assassino, encontrado! Meu Deus! Como é possível? Quem tentaria persegui-lo? É impossível, tão impossível quanto ultrapassar o vento ou represar um rio com um pouco de palha. Eu também o vi; ele estava solto, noite passada!

— Não entendo o que você quer dizer — replicou meu irmão, surpreso —, mas a descoberta que fizemos aumenta nosso pesar. Ninguém teria acreditado, a princípio, e mesmo agora Elizabeth não se convence, apesar das provas. De fato, quem teria imaginado que Justine Moritz, que era tão afável e gostava tanto de toda a família, poderia de súbito tornar-se capaz de um crime tão espantoso, tão aterrador?

— Justine Moritz! Pobre moça, é ela a acusada? Mas está sendo acusada injustamente; todos sabem disso. Ninguém acredita que tenha sido ela, não é mesmo, Ernest?

— A princípio, ninguém acreditava, mas vieram à tona alguns incidentes que quase nos obrigaram a acreditar. E o comportamento dela tem sido tão confuso que acrescenta às provas factuais um peso que temo não deixar qualquer possibilidade de dúvida. Ela irá a julgamento hoje, porém, e então você ficará a par de tudo.

Ele contou que, na manhã em que o assassinato do pobre William foi descoberto, Justine adoeceu, ficando de cama por vários dias. Durante esse período, uma das criadas, examinando por acaso os trajes que ela usava na noite do crime, descobriu em seu bolso a miniatura de minha mãe, que parecia ter sido o motivo do assassinato. No mesmo instante, a criada mostrou-a para uma outra, que, sem dizer uma palavra à família, foi procurar um magistrado; com base no depoimento delas, Justine foi presa. Ao ser acusada, a pobre moça confirmou amplamente as suspeitas, por causa de sua conduta extremamente confusa.

Era um relato estranho, mas não abalou minha fé, e eu repliquei, com veemência:

— Vocês estão todos enganados; conheço o assassino. Justine, a pobre e boa Justine, é inocente.

Nesse instante, meu pai entrou. Vi a infelicidade gravada fundo em seu semblante, mas ele se esforçou em me receber alegremente, e depois que trocamos nossos cumprimentos cheios de pesar teríamos falado de outra coisa que não a nossa desgraça se Ernest não tivesse exclamado:

— Meu Deus, papai! Victor diz que sabe quem foi o assassino do pobre William!

— Também sabemos, infelizmente — replicou meu pai. — Eu teria de fato preferido continuar para sempre ignorante a descobrir tamanha perversão e ingratidão em alguém que tinha em tão alto apreço.

— Meu querido pai, o senhor se engana; Justine é inocente.

— Se for, que Deus proíba que sofra como culpada. Irá a julgamento hoje e espero sinceramente que seja absolvida.

Essas palavras me acalmaram. Estava firmemente convencido, em meu íntimo, de que Justine — e, na verdade, qualquer ser humano — era inocente daquele crime. Não temia, portanto, que pudesse ser oferecida qualquer prova circunstancial forte o suficiente para condená-la. Minha história não era do tipo que eu pudesse alardear publicamente; o terror que ela encerrava faria com que a gente do povo a considerasse loucura. Será que alguém além de mim, o criador, na verdade acreditaria, a menos que seus sentidos o convencessem, na existência do monumento vivo da presunção e da imprudente ignorância que eu soltara no mundo?

Logo Elizabeth reuniu-se a nós. O tempo operara mudanças nela desde a última vez em que eu a vira; dotara-a de uma graça que ultrapassava a beleza de sua infância. Lá estavam a mesma candura, a mesma vivacidade — às quais agora se reunia, porém, uma expressão de maior sensibilidade e inteligência. Recebeu-me com grande demonstração de afeto:

— Sua chegada, querido primo — disse ela —, me enche de esperança. Você talvez encontre alguma forma de defender minha pobre e inocente Justine. Ah! Quem há de estar a salvo, se ela for condenada por um crime? Confio na inocência dela tanto quanto na minha própria. A desgraça abate-se com peso redobrado sobre nós; não apenas perdemos aquele adorável e querido menino, mas essa moça, por quem tenho um afeto sincero, há de ser levada por um destino ainda pior. Se ela for condenada, eu jamais voltarei a sentir alegria. Mas ela não há de ser. Tenho certeza disso. E então ficarei feliz outra vez, mesmo após a triste morte de meu pequeno William.

— Ela é inocente, minha Elizabeth — eu disse —, e isso há de ser provado; não tema, e deixe que sua alma se alegre com a certeza de que Justine será absolvida.

— Como você é generoso e gentil! Todos acreditam que ela seja culpada, e isso me deixa infeliz, pois sei que é impossível. Ver todos os outros defenderem essa opinião de forma tão intensa me deixou sem esperanças — soluçou ela.

— Querida sobrinha — disse meu pai —, enxugue suas lágrimas. Se ela for, como você acredita, inocente, confie na justiça de nossas leis e no vigor com que hei de evitar a menor sombra de parcialidade.

capítulo 8

Passamos momentos tristes até às 11 horas, quando deveria começar o julgamento. Meu pai e o resto da família foram obrigados a servir de testemunhas, e eu os acompanhei à corte. Durante toda aquela triste paródia da justiça sofri uma verdadeira tortura. O que estava em decisão ali era se o resultado de minha curiosidade e vontade desordenada causaria a morte de dois semelhantes: um deles, uma criança sorridente, inocente e cheia de alegria; o outro, destruído de modo ainda mais horrível, com todos os agravantes da infâmia por ter cometido um assassinato tão torpe. Justine era também uma moça de muitos méritos e qualidades, que prometiam tornar-lhe a vida agradável; agora, tudo havia de se apagar num túmulo desonroso, e eu seria o culpado! Teria preferido um milhão de vezes confessar-me eu próprio culpado do crime atribuído a Justine, mas estava ausente quando foi cometido, e uma declaração como essa seria considerada o delírio de um louco, sem eximir da culpa aquela que sofria por minha causa.

Justine parecia calma. Estava de luto, e a expressão grave de seu rosto deixava-a ainda mais bonita. Parecia, no entanto, confiante em sua inocência e não tremia, apesar dos olhares odiosos que lhe eram dirigidos; pois toda a benevolência que, em outras circunstâncias, sua beleza teria despertado era ofuscada na mente dos espectadores pelas imagens fantasiosas da enormidade do que ela supostamente cometera. Estava tranquila, mas sua tranquilidade era obviamente artificial, e como sua confusão fora antes considerada prova de sua culpa, ela tentava assumir agora uma aparência de coragem. Quando entrou na corte, correu os olhos ao redor e logo descobriu onde estávamos sentados. Lágrimas pareceram turvar-lhe os olhos quando nos viu, mas ela logo se recobrou, e um ar de afetuosa tristeza parecia atestar sua absoluta inocência.

O julgamento começou, e depois que o promotor expôs a acusação, várias testemunhas foram chamadas. Reuniam-se contra ela vários fatos estranhos que poderiam ter feito vacilar qualquer um que não tivesse uma prova de sua inocência tal como a que eu tinha. Estivera fora de casa durante toda a noite do crime e, de madrugada, tinha sido vista por uma mulher que trabalhava no mercado, não muito longe do local onde o corpo da criança assassinada fora mais tarde encontrado. A mulher lhe perguntou o que fazia ali, mas Justine olhou-a de forma muito estranha e lhe respondeu de modo confuso e ininteligível. Voltou para casa por volta das oito horas, e quando lhe perguntaram onde tinha passado a noite, dissera que tinha ficado procurando o menino, indagando angustiada se tinham notícias dele. Quando lhe mostraram o corpo, caiu numa crise violenta de histeria e ficou de cama por vários dias.

Nesse momento, foi apresentada a miniatura que a criada encontrara em seu bolso; e quando Elizabeth, com a voz falhando, comprovou ser a mesma que, uma hora antes de o menino ter desaparecido, ela pusera ao redor de seu pescoço, um murmúrio de horror e indignação encheu a corte.

Justine foi chamada para apresentar sua defesa. Conforme prosseguia o julgamento, sua fisionomia se alterara. Surpresa, terror e tristeza se expressavam de forma intensa. Às vezes, ela lutava contra as lágrimas, mas quando foi convocada a fazer sua declaração, reuniu suas forças e falou com uma voz audível, embora trêmula.

— Deus sabe — disse ela — que sou inteiramente inocente. Mas não tenho a pretensão de fazer com que meus protestos me absolvam. Sustento minha inocência na explicação simples e clara dos fatos que foram citados contra mim, e espero que a reputação que sempre mantive faça com que meus juízes se inclinem na direção de uma interpretação favorável onde quaisquer circunstâncias pareçam duvidosas ou dignas de suspeita.

Relatou então que, com a permissão de Elizabeth, passara a noite do crime na casa de uma tia em Chêne, aldeia situada a cerca de cinco quilômetros de Genebra. Ao retornar, por volta das nove horas, encontrou uma mulher que lhe perguntou se tinha notícias da criança que estava desaparecida. Alarmada com a notícia, passou várias horas procurando por William, e, quando os portões de Genebra foram fechados, viu-se obrigada a ficar longas horas num celeiro pertencente a uma cabana, não querendo incomodar os moradores, que conhecia bem. Passou a maior parte da noite ali, desperta; quando amanhecia, acreditou cair no sono por alguns instantes, e passos a despertaram. O dia raiava, e ela deixou seu abrigo a fim de tentar mais uma vez encontrar meu irmão. Se chegou a se aproximar do local onde estava o corpo dele, foi sem saber. Que tenha ficado aturdida ao ser questionada pela mulher do mercado não era de surpreender, já que passara uma noite insone e que o destino do pobre William ainda era incerto. No que dizia respeito à miniatura, não tinha condições de oferecer qualquer explicação.

— Sei — prosseguiu a vítima infeliz — que esse pormenor em especial depõe fatalmente contra mim, mas está fora de meu poder explicá-lo. Tendo expressado minha absoluta ignorância, só o que me resta é fazer conjecturas acerca das probabilidades de a miniatura ter ido parar no meu bolso. Também aqui, porém, não vejo saída. Acredito não ter um único inimigo sobre a face da Terra, e é certo que ninguém teria sido tão perverso a ponto de querer me destruir injustificadamente. Terá o assassino colocado a miniatura ali? Não sei de qualquer oportunidade que lhe possa ter sido dada para fazê-lo; ou, se de fato dei-lhe essa chance, teria ele roubado a joia para desfazer-se dela tão cedo?

"Coloco minha causa nas mãos de meus juízes, mas ainda assim não vejo esperança. Peço permissão para que algumas testemunhas sejam interrogadas acerca de meu perfil moral, e, se o depoimento delas não for mais relevante do que minha suposta culpa, devo ser condenada, embora tenha fé de que minha salvação está em minha inocência."

Foram chamadas várias testemunhas que a conheciam havia muitos anos, e todas falaram bem dela; o medo, porém, e o horror do crime que supunham ter sido cometido por Justine as deixaram receosas e reticentes. Elizabeth viu até mesmo esse último recurso — sua índole excelente e sua conduta impecável — prestes a trair a acusada, quando, apesar de sua extrema perturbação, pediu permissão para dirigir-se à corte.

— Sou a prima do infeliz menino que foi assassinado — disse ela — ou, melhor dizendo, sua irmã, pois fui educada por seus pais e vivi com eles desde bem antes de seu nascimento. É possível, portanto, que censurem o fato de me apresentar para testemunhar nesta ocasião, mas quando vejo alguém que é como uma irmã prestes a perecer por causa da covardia de seus supostos amigos, insisto em pedir permissão para falar, de modo a poder dizer o que sei a respeito de sua moral. Conheço bem a acusada. Vivi na mesma casa que ela, primeiro por cinco anos e depois por quase dois. Durante esse tempo, pareceu-me ser a mais amável e bondosa das criaturas humanas. Tratou de Mme Frankenstein, minha tia, quando de sua última doença, com o maior afeto e cuidado. Em seguida, cuidou da própria mãe ao longo de uma enfermidade cansativa, de uma forma que despertou a admiração de todos que a conheciam. Depois disso, voltou a viver na casa de meu tio, onde era adorada por toda a família. Tinha laços profundos com o menino que agora está morto, e sua conduta para com ele era como a de uma mãe amorosa. De minha parte, não hesito em dizer que apesar de todas as provas apresentadas contra ela acredito em sua completa inocência. Ela jamais haveria de sentir-se tentada a cometer uma ação dessas; quanto à ninharia que constitui a prova principal, eu a teria de bom grado dado a Justine, pois muito a estimo e valorizo.

Um murmúrio de aprovação seguiu-se ao apelo simples e poderoso de Elizabeth, mas era devido à sua generosa interferência, e não em favor da pobre Justine, contra quem a indignação pública voltou-se com renovada violência, acusando-a da mais negra ingratidão. Ela própria chorou enquanto Elizabeth falava, mas não respondeu. Minha agitação e minha angústia eram extremas durante todo o julgamento. Eu acreditava na inocência de Justine, sabia que era verdadeira. Será que o demônio que assassinara meu irmão (nem por um minuto eu duvidava disso) teria podido também, por pura e diabólica diversão, denunciar uma inocente e levá-la à morte e à desonra? O horror de minha situação era insuportável, e quando percebi que a voz do povo e a fisionomia dos juízes já haviam condenado minha vítima infeliz, corri para fora da corte, angustiado. As torturas que sofria a acusada não se igualavam às minhas; a inocência amparava-a, mas as garras do remorso dilaceravam-me o peito, sem ceder.

Passei uma noite na mais completa desolação. Na manhã seguinte, fui à corte; meus lábios e garganta estavam ressecados. Não ousava fazer a pergunta fatal, mas conheciam-me, e o oficial adivinhou o motivo de minha visita. A votação já havia sido realizada; todos os votos eram pretos, e Justine fora condenada.

Não sou capaz de tentar descrever o que senti naquele momento. Já havia experimentado sensações de horror anteriormente, e tentei narrá-las com as expressões adequadas; mas palavras não seriam capazes de transmitir a ideia do desespero atroz por que então passei. A pessoa a quem me dirigi acrescentou que Justine já confessara a culpa.

— Essa prova — observou ele — nem seria necessária num caso tão óbvio, mas estou satisfeito por ter surgido; e, na verdade, nenhum de nossos juízes gosta de condenar um criminoso com base em provas circunstanciais, mesmo que tão decisivas.

Eram notícias inesperadas e estranhas; o que poderiam significar? Será que meus olhos me haviam iludido? E estaria eu tão louco quanto o mundo inteiro acreditaria que estivesse se revelasse o alvo de minhas suspeitas? Voltei depressa para casa, e Elizabeth perguntou, ansiosa, qual havia sido o resultado.

— Minha prima — repliquei —, o caso foi decidido da forma como talvez você esperasse; todos os juízes prefeririam fazer sofrer dez inocentes a deixar escapar um culpado. Mas ela confessou.

Era um golpe terrível para a pobre Elizabeth, que acreditara com tanta convicção na inocência de Justine.

— Ai de mim! — disse ela. — Como poderei voltar a acreditar na bondade humana? Justine, que eu tanto estimava e que considerava uma irmã, como pôde ela vestir aqueles sorrisos de inocência só para trair? Seus olhos doces pareciam incapazes de qualquer crueldade ou malícia, e no entanto ela cometeu um assassinato!

Logo depois, soubemos que a pobre vítima expressara o desejo de ver minha prima. Meu pai não queria que Elizabeth fosse, mas disse que deixava a decisão a cargo dos sentimentos e do julgamento dela.

— Sim — disse Elizabeth —, eu irei, embora ela seja culpada; e você, Victor, há de me acompanhar; não posso ir sozinha.

A ideia dessa visita era como uma tortura para mim, mas ainda assim não podia me recusar.

Entramos na lúgubre cela e vimos Justine sentada num monte de palha, na outra extremidade; suas mãos estavam algemadas e a cabeça apoiava-se sobre os joelhos. Ergueu-se ao nos ver entrar e, quando fomos deixados a sós com ela, jogou-se aos pés de Elizabeth, soluçando amargamente. Minha prima também chorava.

— Ah, Justine! — disse ela. — Por que você me roubou o último consolo? Eu acreditava na sua inocência e, embora estivesse então desolada, não estava tão infeliz quanto estou agora.

— E a senhora também acredita que eu seja tão perversa assim? A senhora também se reúne a meus inimigos para me esmagar, para condenar-me como assassina? — sua voz estava sufocada pelos soluços.

— Levante-se, minha pobre garota — disse Elizabeth —; por que se ajoelha, se é inocente? Não estou entre seus inimigos; acreditava em sua inocência, a despeito de quaisquer provas, até ser informada de que você mesma se declarara culpada. Essa declaração, diz você, é falsa; e tenha certeza, querida Justine, de que nada além de sua confissão poderia abalar por um único instante minha confiança.

— Confessei, mas confessei uma mentira. Confessei, na esperança de obter a absolvição; mas agora essa mentira pesa mais intensamente em meu coração do que todos os meus pecados. Que Deus do céu me perdoe! Desde que fui condenada, meu confessor não me deixou mais em paz; ameaçou-me, até que eu quase comecei a me reconhecer no monstro que ele descrevia. Ameaçou-me com a excomunhão e com o fogo do inferno, se eu permanecesse impenitente. Cara senhora, eu não tinha ninguém em quem me apoiar; todos olhavam para mim como uma desgraçada destinada à ignomínia e à perdição. O que eu podia fazer? Num mau momento, concordei com uma mentira e agora estou verdadeiramente infeliz.

Ela se interrompeu, chorando, e depois continuou:

— Foi com horror que pensei, minha cara senhora, que pudesse vir a acreditar que sua Justine, tão estimada por sua abençoada tia e por quem a senhora tinha tanta afeição, fosse uma criatura capaz de cometer um crime digno de ninguém menos do que o próprio diabo. Querido William! Adorada e abençoada criança! Logo hei de revê-lo no céu, e voltaremos a ser felizes; isso me consola, estando eu fadada a ser difamada e morta.

— Ah, Justine! Perdoe-me por ter por um momento desconfiado de você. Por que confessou? Mas não lamente, querida. Não tema. Hei de proclamar sua inocência, hei de prová-la. Hei de derreter os corações empedernidos de seus inimigos com minhas lágrimas e orações. Você não vai morrer! Você, minha companheira, minha irmã, perecer no cadafalso! Não! Eu jamais conseguiria sobreviver a um infortúnio tão terrível.

Justine meneou a cabeça pesarosamente.

— Não tenho medo de morrer — disse ela —; essa angústia já passou. Deus elimina minhas fraquezas e me dá coragem para suportar o pior. Deixo um mundo triste e amargurado; e, se a senhora lembrar-se de mim e pensar em mim como alguém que foi injustamente condenada, resigno-me ao destino que me aguarda. Aprenda comigo, cara senhora, a submeter-se com paciência aos desígnios dos céus.

Durante essa conversa, eu me afastara para um canto da cela, onde podia esconder a horrível angústia que se apossava de mim. Desespero! Quem ousaria falar disso? A pobre vítima, que no dia seguinte teria de atravessar a apavorante fronteira entre a vida e a morte, não sentia, como eu, uma agonia tão profunda e amargurada. Cerrei os dentes e os rangi, soltando um gemido que vinha do mais íntimo de meu espírito. Justine sobressaltou-se. Quando viu quem era, aproximou-se de mim e disse:

— Caro senhor, é muito gentil de sua parte vir me visitar; o senhor, espero, não acredita que eu seja culpada?

Eu não conseguia responder.

— Não, Justine — disse Elizabeth —, ele está mais convencido de sua inocência do que eu estava, pois mesmo quando soube que você confessara, não acreditou que fosse culpada.

— Agradeço-lhe sinceramente. Nesses últimos momentos, sinto a mais profunda gratidão por aqueles que pensam em mim com carinho. Como é gentil o afeto dos outros por alguém tão miserável quanto eu! Acaba com mais da metade de meus infortúnios, e sinto como se pudesse morrer em paz, agora que minha inocência é reconhecida pela senhora, minha querida, e por seu primo.

Desse modo, a pobre sofredora tentava reconfortar os outros e a si mesma. Alcançara, de fato, a resignação almejada. Eu, porém, o verdadeiro assassino, sentia revolver-se em meu peito a angústia que não haveria de morrer, e que me impossibilitava qualquer esperança de consolo. Elizabeth também chorava e sentia-se infeliz, mas seu sofrimento também era o da inocência, que, como uma nuvem que passa diante da bela lua, encobre-a por um momento, mas não pode roubar-lhe o brilho. A angústia e o desespero haviam atingido o âmago do meu coração; eu trazia dentro de mim um inferno que nada poderia extinguir. Ficamos várias horas com Justine, e foi com grande dificuldade que Elizabeth conseguiu ir embora.

— Gostaria — exclamou ela — que também eu estivesse destinada a morrer junto com você. Não posso viver neste mundo de angústia.

Justine assumiu um ar de alegria, enquanto reprimia, com dificuldade, suas lágrimas amarguradas. Abraçou Elizabeth e disse, numa voz da qual só conseguira suprimir parcialmente a emoção:

— Adeus, doce senhora, querida Elizabeth, minha adorada e única amiga; que os céus, em sua generosidade, a protejam e abençoem; que seja este o último pesar que a senhora venha a sentir! Viva e seja feliz, e faça com que outros o sejam.

E, na manhã seguinte, Justine morreu. A eloquência de partir o coração com que Elizabeth se expressara não conseguiu demover os juízes de sua declarada convicção na culpa daquela santa sofredora. Receberam com indiferença meus apelos apaixonados e indignados. Quando recebi as respostas frias desses homens e ouvi seus argumentos insensíveis e cruéis, a confissão que pretendia fazer morreu-me nos lábios. Poderia, dessa forma, autoproclamar-me um louco, mas não revogar a sentença que recebera minha infeliz vítima. Ela morreu no cadafalso como uma assassina!

Das torturas de meu coração, voltei-me para contemplar o pesar profundo e calado de minha Elizabeth. Também era responsabilidade minha! E o desgosto de meu pai, e a desolação daquela casa antes tão feliz; tudo aquilo havia sido causado por minhas mãos três vezes culpadas! Vocês choram, pobres infelizes, mas não são essas suas últimas lágrimas! Novamente hão de prantear sobre um túmulo, e seus lamentos serão ouvidos outra vez, e mais outra! Frankenstein, seu filho, seu parente, seu velho e adorado amigo; aquele que daria cada gota de sangue por vocês, que não tem um único pensamento ou sensação de alegria se não estiverem espelhados em seus queridos semblantes, que abençoaria o próprio ar que respiram e passaria a vida a servi-los, ele ordena que vocês chorem, que derramem lágrimas incontáveis; e ficará muito feliz se desse modo o destino inexorável for cumprido — se a destruição tiver fim antes que a paz do túmulo venha suceder seus tristes tormentos!

Assim falou minha alma profética enquanto eu, dilacerado pelo remorso, pelo horror e pelo desespero, via aqueles que amava chorarem em vão sobre as sepulturas de William e Justine, as primeiras e desafortunadas vítimas de minhas ímpias habilidades.

capítulo 9

Nada é mais doloroso ao espírito humano do que, após sentimentos vivos provocados por uma rápida sucessão de eventos, a calma mortiça da inação e da segurança que se sucedem e aniquilam o medo, mas também privam de esperança o espírito. Justine morrera, descansava, e eu estava vivo. O sangue corria livremente em minhas veias, mas o peso do desespero e do remorso oprimia-me o coração, e nada poderia removê-lo. O sono fugia de meus olhos. Eu perambulava como um espírito maligno, pois cometera ações nocivas e mais horrendas do que se poderia descrever — mais, muito mais ainda estava por vir (eu dizia a mim mesmo). Ainda assim, meu coração transbordava de generosidade e de amor pela virtude. Eu começara minha vida cheio de boas intenções e ansiava pelo momento em que poderia colocá-las em prática e fazer-me útil aos outros seres humanos. Agora, tudo estava arruinado; em vez daquela serenidade de consciência que me permitia olhar para o passado satisfeito comigo mesmo e daí obter a promessa de novas esperanças, o remorso e o sentimento de culpa haviam se apoderado de mim, e me impeliam a um inferno de torturas tão intensas que nenhuma língua poderia descrever.

Esse estado mental consumia-me a saúde, que talvez nunca tivesse se recuperado inteiramente do primeiro choque que recebera. Eu evitava o rosto das pessoas; todo som que representasse alegria ou satisfação era como tortura para mim; a solidão era o consolo que me restava: uma solidão profunda, negra, mortífera.

Meu pai observava com aflição essa perceptível alteração em minha disposição geral e em meus hábitos e tentava, com argumentos baseados naquilo que sentia, tendo a consciência serena de uma vida sem culpas, inspirar-me firmeza e despertar em mim a coragem para dissipar a nuvem negra que pairava sobre mim.

— Você acha, Victor — indagava ele —, que eu também não sofro? Ninguém poderia amar um filho mais do que eu amava seu irmão — lágrimas assomaram-lhe aos olhos enquanto falava —, mas não é um dever para com os sobreviventes que evitemos aumentar seu sofrimento demonstrando uma tristeza desmedida? É também um dever para consigo mesmo, pois o pesar excessivo impede o progresso e a diversão, e mesmo o cumprimento das obrigações cotidianas; desse modo, nenhum homem é adequado para a sociedade.

Embora fosse um bom conselho, era totalmente inaplicável ao meu caso; eu devia ter sido o primeiro a esconder minhas angústias e consolar meus amigos, se às minhas outras sensações o remorso e o terror não tivessem associado a amargura e o alarme. Agora, só podia responder ao meu pai com um olhar de desespero, e tentar sair-lhe de vista.

Nessa época, havíamos nos recolhido a nossa casa em Belrive. A mudança foi particularmente agradável para mim. O fato de os portões se fecharem regularmente às dez horas e a impossibilidade de permanecer no lago depois desse horário faziam com que nossa residência entre os muros de Genebra fosse muito maçante para mim. Eu com a mudança estava livre. Com frequência, depois que o resto da família se recolhia para dormir, eu pegava o barco e passava muitas horas sobre a água. Às vezes, tendo içado as velas, era carregado pelo vento; e às vezes, depois de remar até o meio do lago, deixava o barco seguir seu próprio rumo e dava vazão às minhas infelizes reflexões. Frequentemente, sentia-me tentado, quando tudo estava em paz ao meu redor e eu era o único ser inquieto que vagava insone numa paisagem tão bela e celestial — à exceção de algum morcego ou das rãs, cujo coaxar áspero e incessante só era ouvido quando eu me aproximava da margem —, frequentemente, eu dizia, sentia-me tentado a mergulhar no lago silencioso, para que as águas pudessem se fechar para sempre sobre mim e sobre minhas infelicidades. Continha-me, porém, quando pensava na sofredora e heroica Elizabeth, que eu tanto amava, e cuja existência estava atada à minha. Pensava também em meu pai e no irmão que sobrevivera; deveria eu, num gesto de covardia, deixá-los desprotegidos e expostos à malícia do demônio que eu libertara entre eles?

Nesses momentos, chorava amargamente e desejava recobrar minha paz de espírito apenas para poder oferecer-lhes consolo e felicidade. Não podia ser assim, porém. O remorso aniquilava qualquer esperança.

Eu fora o autor de males inalteráveis e vivia com o medo constante de que o monstro que eu criara realizasse alguma nova perversidade. Tinha uma obscura sensação de que aquela história ainda não chegara ao fim, e de que ele voltaria a cometer algum crime notório, que por sua enormidade haveria quase de apagar as lembranças do passado. Haveria sempre motivo para temer, enquanto algo que eu amasse permanecesse vivo. É impossível ter ideia do ódio que eu sentia por aquele demônio. Quando pensava nele, rangia os dentes, meus olhos se inflamavam e eu desejava com ardor extinguir a vida que tão impensadamente lhe conferira. Quando refletia sobre seus crimes e sobre sua malícia, meu ódio e meu desejo de vingança ultrapassavam todas as fronteiras da moderação. Teria feito uma peregrinação ao pico mais alto dos Andes, se pudesse, ao chegar, precipitá-lo lá de cima. Desejava vê-lo de novo, a fim de dar livre curso à minha ira profunda sobre ele e vingar as mortes de William e Justine.

Nossa casa estava de luto. A saúde de meu pai fora profundamente abalada pelo horror dos acontecimentos recentes. Elizabeth estava triste e desanimada; já não encontrava satisfação em suas ocupações rotineiras; todos os prazeres pareciam-lhe um sacrilégio para com os mortos. Lágrimas e sofrimento infinitos eram o que ela então considerava o justo tributo a pagar à inocência que havia sido devastada, destruída. Já não era aquela criatura alegre que, quando ainda bem jovem, caminhava comigo às margens do lago e falava com empolgação de nossas expectativas acerca do futuro. O primeiro daqueles pesares que nos são enviados para começar a nos afastar da vida havia se imposto a Elizabeth, e sua sombra a enfraquecia e lhe extinguia os sorrisos tão adoráveis.

— Quando reflito, meu querido primo — dizia ela —, sobre a morte lastimável de Justine Moritz, já não vejo o mundo e suas obras da forma como antes via. Antes, eu encarava os relatos de imoralidade e imperfeição que lia em livros ou ouvia dos outros como lendas de dias passados, ou como males imaginários; pelo menos eram remotos e mais familiares à razão do que à imaginação. Agora, porém, a infelicidade entrou em nossa casa, e os homens me parecem monstros sedentos do sangue um do outro.

"Decerto que estou sendo, contudo, injusta. Todos acreditavam que a pobre moça era culpada, e se ela pudesse ter cometido o crime pelo qual pagou, com certeza seria a mais vil das criaturas humanas. Por causa de uma pequena joia, matar o filho de sua benfeitora e amiga, uma criança da qual ela cuidara desde o nascimento, e que parecia amar como se fosse seu próprio filho! Não posso consentir na morte de nenhum ser humano, mas certamente teria considerado uma criatura dessas inadequada a permanecer na sociedade dos homens. Mas ela era inocente. Eu sei, eu sinto que era inocente; você é da mesma opinião, e isso confirma a minha. Ah! Victor, quando a mentira se parece tanto com a verdade, quem pode assegurar-se de que é ou que há de ser feliz? Sinto como se estivéssemos caminhando à beira de um precipício, em cuja direção uma multidão avança, tentando lançar-me no abismo. William e Justine foram assassinados, e o criminoso escapa; está solto no mundo, livre, e talvez seja respeitado. Mas mesmo que eu fosse condenada a perecer no cadafalso pelos mesmos crimes, não trocaria de lugar com um miserável desses."

Ouvi esse discurso com a mais intensa agonia. Eu era, não na intenção, mas nas consequências, o verdadeiro assassino. Elizabeth leu a angústia em meu semblante e, tomando-me gentilmente a mão, disse:

— Meu querido amigo, você precisa se acalmar. Esses acontecimentos me afetaram, sabe Deus quão profundamente; mas não estou tão infeliz quanto você. Há em seu rosto uma expressão de desespero e às vezes de desejo de vingança que me faz tremer. Querido Victor, livre-se dessas paixões negativas. Lembre-se dos amigos ao seu redor, que depositam todas as esperanças em você. Será que perdemos a capacidade de fazê-lo feliz? Ah! Enquanto nos amarmos, enquanto formos sinceros uns com os outros, aqui nesta terra de paz e beleza, seu país natal, poderemos colher as mais tranquilas bênçãos, e o que poderá perturbar-nos a paz?

E não poderiam tais palavras, ditas por aquela que eu amava e considerava o maior tesouro entre todos os que a sorte me concedera, ser suficientes para afugentar aquele demônio que se ocultava em meu coração? Enquanto ela falava, aproximei-me dela, como se tivesse medo de que naquele exato momento o destruidor estivesse perto a fim de roubá-la de mim.

Nem a ternura da amizade nem a beleza da terra ou do céu eram capazes, no entanto, de livrar minha alma do pesar. Mesmo a linguagem do amor era ineficaz. Eu estava cercado por uma nuvem em que nenhuma influência benéfica conseguia penetrar. Era como o cervo ferido arrastando seus membros fracos até um bosque cerrado, para lá ver a flecha com que fora atingido e morrer.

Às vezes, eu conseguia lutar contra o desespero sombrio que me assolava e vencê-lo, mas noutras vezes o turbilhão de paixões da minha alma levava-me a buscar, através do exercício físico e da mudança de ambiente, algum alívio daquelas sensações intoleráveis. Foi durante uma crise dessas que eu de súbito saí de casa e, dirigindo meus passos aos vales alpinos, que ficavam próximos, busquei, na magnificência daquelas paisagens eternas, esquecer a mim mesmo e a meus pesares, que eram, enquanto humanos, efêmeros. Dirigi-me ao vale de Chamounix. Visitara-o com frequência durante minha meninice. Seis anos haviam se passado desde então: eu me via reduzido a destroços, mas nada mudara naquela paisagem selvagem e eterna.

Fiz a cavalo a primeira parte de minha viagem. Em seguida, aluguei uma mula, que tem os passos mais seguros e estaria menos sujeita a se machucar naquelas estradas acidentadas. Fazia bom tempo; estávamos em meados do mês de agosto, quase dois meses após a morte de Justine: aquela época desafortunada na qual situo o início de toda minha infelicidade. O peso sobre meu espírito diminuía sensivelmente conforme mergulhava ainda mais fundo no desfiladeiro do Arve. As montanhas imensas e os precipícios que se projetavam sobre mim dos dois lados, o barulho do rio correndo furioso entre as rochas e a queda impetuosa das cachoeiras ao meu redor eram a voz de uma força tão poderosa quanto a da Onipotência. Deixei de temer qualquer ser menos poderoso do que o que criara e comandava os elementos, ali revelados em sua forma mais espetacular. Ainda assim, ao passo que eu subia, o vale assumia um aspecto mais deslumbrante e magnífico. Castelos em ruínas projetando-se nos precipícios das montanhas cobertas de pinheiros, o impetuoso Arve, as cabanas que espiavam aqui e ali por entre as árvores, tudo isso formava uma paisagem de beleza singular que se tornava sublime com a presença dos grandiosos Alpes, cujos domos e pirâmides brancos e resplandecentes elevavam-se sobre tudo o mais, como se pertencessem a um outro mundo, como se fossem a moradia de uma outra raça de seres.

Atravessei a ponte de Pélissier, onde a garganta formada pelo rio abria-se diante de mim, e comecei a subir a montanha que se projetava sobre ela. Logo depois, cheguei ao vale de Chamounix. Não é tão belo e pitoresco quanto o de Servox, que eu acabara de atravessar, mas é mais impressionante e sublime. As montanhas altas e nevadas eram suas fronteiras mais próximas, mas eu já não via castelos em ruínas e campos férteis. Geleiras imensas rodeavam a estrada; eu ouvia o estrondo retumbante da avalanche que caía e notei a fina poeira de neve que ficava depois de sua passagem. Mont Blanc, o supremo e magnífico Mont Blanc, erguia-se por entre as agulhas ao redor, e seu domo extraordinário dominava o vale.

Durante essa viagem, fui tomado várias vezes por uma sensação quase entorpecente de prazer, perdida havia muito. Alguma curva da estrada, algum detalhe novo que eu subitamente notava e reconhecia lembravam-me dias passados e associavam-se à alegria despreocupada da meninice. O próprio vento tinha uma voz reconfortante, e a mãe natureza pedia-me que desse um fim ao meu pranto. Então, mais uma vez a influência benéfica deixava de agir — encontrava-me de novo preso aos grilhões do pesar e entregue às infelicidades da reflexão. Incitava com as esporas meu animal, em seguida, tentando esquecer o mundo, meus temores e, acima de tudo, a mim mesmo — ou, numa atitude mais desesperada, apeava e atirava-me na grama, assolado pelo horror e pelo desespero.

Cheguei, afinal, ao povoado de Chamounix. A exaustão sucedeu-se ao extremo cansaço físico e mental que eu suportara. Por um curto espaço de tempo, permaneci na janela observando os pálidos relâmpagos que dançavam sobre o Mont Blanc e ouvindo o curso rápido do Arve, que seguia seu ruidoso caminho lá embaixo. Esses mesmos sons tranquilizantes funcionaram como canção de ninar ao meu estado de excessiva tensão. Quando deitei a cabeça no travesseiro, o sono acercou-se de mim; senti-o chegar e o abençoei, pois haveria de me conceder a dádiva do esquecimento.

capítulo 10

Passei o dia seguinte caminhando a esmo pelo vale. Encontrei-me junto à nascente do Arveiron, que se origina numa geleira e avança lentamente do topo das montanhas até obstruir o vale. As encostas íngremes das vastas montanhas estavam à minha frente; a parede da geleira projetava-se sobre mim; alguns pinheiros estilhaçados apareciam esparsos ao redor; e o silêncio solene daquela gloriosa sala de audiências da natureza imperial só era rompido pelas ondas ruidosas da queda de algum fragmento grande, o barulho estrondoso, que as montanhas ecoavam, da avalanche ou do gelo a se romper — o gelo acumulado que, através do trabalho silencioso de leis imutáveis, era de quando em quando despedaçado e dilacerado, como se fosse um brinquedo em suas mãos. Esse cenário magnífico e sublime proporcionava-me o maior consolo que eu estava em condições de obter. Fazia com que eu me elevasse acima de qualquer sentimento mesquinho, e, embora não eliminasse meu pesar, domava-o e me tranquilizava. Em algum nível, também afastava minha mente dos pensamentos nos quais ela se perdera ao longo do último mês. Recolhi-me para descansar, à noite; as magníficas paisagens que contemplara durante o dia vinham, por assim dizer, assistir-me o sono. Reuniram-se ao meu redor — o pico nevado e imaculado, o cume radiante, os pinheirais, o desfiladeiro áspero e nu, a águia que voava alto, entre as nuvens — todos eles se juntaram em torno de mim e me disseram que repousasse em paz.

Para onde haviam ido quando acordei, na manhã seguinte? Tudo aquilo que me apaziguava o espírito fora embora junto com o sono, e a mais negra melancolia nublava-me todos os pensamentos. A chuva caía torrencialmente, e um nevoeiro espesso escondia o topo das montanhas, de modo que eu nem mesmo via os rostos daqueles poderosos amigos. Mesmo assim, penetraria em seu véu de névoa e procuraria por eles em seu refúgio nas nuvens. O que eram, para mim, a chuva e a tempestade? Minha mula foi trazida à minha porta, e resolvi subir ao topo do Montanvert. Lembrei-me do efeito que a visão daquela geleira imensa e em eterno movimento produzira em minha mente quando a contemplara pela primeira vez. Enchera-me, então, de um êxtase sublime que dera asas à minha alma e lhe permitira voar acima do mundo obscuro rumo à luz e à alegria. A visão do que havia de mais majestoso e aterrador na natureza de fato sempre tivera o efeito de transportar minha mente para um estado solene e fazer com que eu esquecesse as preocupações passageiras da vida. Decidi ir sem um guia, pois estava bem familiarizado com o caminho, e a presença de outra pessoa destruiria a grandeza solitária daquela paisagem.

A subida é íngreme, mas o caminho faz curvas frequentes em curtos intervalos, o que nos permite vencer a perpendicularidade da montanha. É uma paisagem terrivelmente desolada. Em milhares de pontos, podem-se ver as marcas das avalanches de inverno; ali, há árvores quebradas e espalhadas pelo chão, algumas destruídas por completo, outras vergadas, apoiando-se nas rochas salientes da montanha ou, transversalmente, em outras árvores. O caminho, à medida que subimos, é interceptado por gargantas de neve, para cujo interior pedras sempre rolam, vindas de cima; uma delas é particularmente perigosa, pois o mais suave ruído, como o de uma conversa em voz alta, faz com que o ar se mova o suficiente para despejar a destruição sobre a cabeça daquele que estiver falando. Os pinheiros não são altos ou viçosos, mas sombrios e acrescentam à paisagem um ar de severidade. Olhei para o vale lá embaixo; um nevoeiro cerrado elevava-se dos rios que corriam ali e enroscava-se numa densa espiral em torno da montanha oposta, cujo pico se escondia nas nuvens uniformes, enquanto a chuva caía do céu escuro e sublinhava a impressão melancólica que me transmitia a paisagem ao meu redor. Ai de nós! Por que o homem se ufana de possuir uma sensibilidade superior àquela aparente nos animais selvagens? Isso só os torna mais necessários. Se nossos impulsos se restringissem à fome, à sede e ao desejo, talvez fôssemos quase livres; no entanto, somos empurrados pelo vento que sopra e interpretamos qualquer palavra ou paisagem fortuita como nos convém.

Descansamos; os sonhos nos envenenam o sono.
Levantamos; um pensamento fortuito corrompe-nos o dia.
Sentimos, imaginamos ou raciocinamos; sorrimos ou choramos.
Aceitamos nossos pesares, ou afastamos nossas preocupações;
Tanto faz: pois a alegria, assim como a tristeza,
Sempre encontra livre o caminho de partida.
O dia de ontem talvez não venha a ser como o amanhã;
Nada permanece, exceto a inconstância![3]

Já era quase meio-dia quando cheguei ao topo. Durante algum tempo, sentei-me sobre uma rocha que dominava o mar de gelo. A neblina cobria ambos e a montanha em torno. Em seguida, uma brisa dissipou a nuvem, e desci até a geleira. A superfície é muito irregular, elevando-se como as ondas de um mar revolto e descendo bastante, intercalada por fendas profundas. O campo de gelo estende-se por quase cinco quilômetros, mas levei cerca de duas horas para atravessá-lo. Do outro lado, a montanha é uma rocha perpendicular e nua. Montanvert estava então no outro extremo, a uma distância de cinco quilômetros; acima, erguia-se o Mont Blanc, em sua aterradora majestade. Eu estava numa reentrância da rocha, observando aquela paisagem estupenda, maravilhosa. O mar, ou, melhor dizendo, o vasto rio de gelo, serpenteava entre as montanhas menores, cujos topos elevados projetavam-se sobre seus recônditos. Os picos gelados e resplandecentes brilhavam à luz do sol, acima das nuvens. Meu coração, que antes estivera aflito, agora se enchia de um sentimento semelhante à alegria. Exclamei:

— Espíritos errantes, se de fato estão vagando, e não repousam em suas camas estreitas, permitam que eu tenha essa tênue felicidade, ou levem-me como seu companheiro para longe das alegrias da vida.

Ao dizer essas palavras, divisei subitamente o vulto de um homem, a alguma distância, avançando em minha direção com uma velocidade sobre-humana. Ele saltava sobre as fendas do gelo, entre as quais eu andara com tanta cautela; também sua estatura parecia, ao passo que ele se aproximava, exceder a dos homens. Fiquei perturbado; meus olhos se turvaram e me senti prestes a desmaiar, mas logo o vento forte e

3 Trecho do poema "Mutability", de Percy Bysshe Shelley (1792-1822). (N.T.)

gelado das montanhas fez com que eu me recobrasse. Percebi, enquanto o vulto se aproximava (visão terrível e odiosa!) tratar-se do desgraçado que eu criara. Tremi de raiva e de terror, decidindo-me a esperar que ele chegasse mais perto para então me atracar com ele num combate mortal. Ele se aproximou; seu semblante expressava uma angústia profunda, mesclada com desdém e malignidade, enquanto sua feiura sobrenatural tornava-o quase insuportável a olhos humanos. Eu, porém, notei-o apenas superficialmente; a raiva e o ódio haviam me privado, em princípio, da palavra, e recobrei-me apenas para despejar sobre ele a expressão de minha furiosa aversão e desprezo.

— Demônio! — exclamei. — Você ousa se aproximar de mim? E não teme que meu braço dê vazão a um furioso desejo de vingança sobre sua cabeça infeliz? Vá embora, inseto vil! Ou melhor, fique, para que eu possa esmagá-lo até que vire poeira! E, ah!, se eu pudesse, com a extinção de sua desgraçada existência, fazer reviver as vítimas que você tão diabolicamente assassinou!

— Eu esperava uma recepção como essa — disse o demônio. — Todos os homens odeiam os infelizes; como, então, devo eu ser odiado, eu que sou o mais miserável dos seres vivos! Ainda assim, você, meu criador, me detesta e despreza; sua criatura, à qual está atado por vínculos que só podem ser dissolvidos com a destruição de um de nós. Propõe-se a me matar. Como ousa brincar dessa forma com a vida? Cumpra seu dever para comigo, e eu cumprirei o meu para com você e com o resto da humanidade. Se concordar com minhas condições, deixarei a eles e a você em paz; caso se recuse, porém, hei de empanturrar as mandíbulas da morte, até que ela se sacie com o sangue dos amigos que ainda restam a você.

— Monstro odioso! Você é um demônio! As torturas do inferno são uma vingança por demais suave para seus crimes. Diabo desgraçado! Condena-me por tê-lo criado; venha, então, para que eu dê fim à centelha de vida que tão negligentemente concedi!

Minha raiva era incontrolável; saltei sobre ele, impelido por todos os sentimentos de que um ser humano pode se armar para matar outro. Ele facilmente se esquivou e disse:

— Fique calmo! Rogo-lhe que me ouça antes de dar vazão à sua raiva sobre minha esforçada pessoa. Já não sofri o bastante, para que você queira aumentar minha infelicidade? A vida, embora talvez seja apenas um acúmulo de angústias, me é cara, e hei de defendê-la. Lembre-se de que me fez mais poderoso do que você próprio; minha estatura é mais elevada do que a sua, e minhas juntas são mais elásticas. Não hei de ser tentado, porém, a combatê-lo. Sou sua criatura e serei manso e dócil àquele que é por natureza meu senhor e rei, se você também fizer a sua parte, aquela que deve a mim. Ah, Frankenstein, não se iguale a todos os demais, esmagando a mim, que mereço sua justiça e mesmo sua clemência e afeto. Lembre-se de que sou sua criatura; devia ser seu Adão, mas sou, antes, o anjo caído, que você priva de felicidade, mesmo sem que eu tenha cometido qualquer ato condenável. Em todos os lugares, vejo contentamento, do qual somente eu me encontro excluído. Fui benevolente e bom; o sofrimento fez de mim um ser diabólico. Faça-me feliz, e hei de ser outra vez virtuoso.

— Vá embora! Não vou ouvi-lo. Nada temos em comum; somos inimigos. Vá embora, ou então testemos nossas forças numa luta, na qual um dos dois deve perecer.

— Como posso sensibilizá-lo? Será que nenhuma súplica fará com que olhe de maneira favorável para sua criatura, que implora sua bondade e compaixão? Acredite em mim, Frankenstein, fui bondoso. Minha alma resplandecia de amor pela humanidade; mas não é verdade que estou só, miseravelmente só? Você, meu criador, odeia-me; que esperanças posso nutrir com relação a seus semelhantes, que nada me devem? Desdenham-me e me detestam. As montanhas desertas e as geleiras mortíferas são o meu refúgio. Aqui tenho perambulado há vários dias; as cavernas de gelo, que somente eu não temo, são minha morada, e a única que os homens não relutam em me conceder. Saúdo esses céus cinzentos, que são mais gentis comigo do que os semelhantes do meu criador. Se a humanidade inteira soubesse da minha existência, faria como você, armando-se com a finalidade de me destruir. Não devo odiar aqueles que me abominam? Não pouparei meus inimigos. Sou infeliz, e eles hão de compartilhar minha desgraça. Está em seu poder recompensar-me e livrá-los de um mal cujas amplas dimensões serão de sua inteira responsabilidade; não apenas você e sua família, mas milhares de outros hão de ser tragados pelo turbilhão da minha raiva. Deixe que sua compaixão se sensibilize e não me desdenhe. Ouça minha história; depois de ouvi-la, abandone-me ou tenha piedade de mim, de acordo com seu julgamento. Mas ouça-me. Os culpados têm o direito, pelas leis humanas, e por mais sanguinárias que elas sejam, de falar a seu próprio favor antes de ser condenados. Ouça-me, Frankenstein. Você me acusa de assassinato, mas ainda assim destruiria, com a consciência tranquila, sua própria criatura. Ah, louvada seja a eterna justiça dos homens! Ainda assim, não peço que me poupe; ouça-me, e então, se puder, e se for essa sua vontade, destrua a obra de suas próprias mãos.

— Por que você me traz à memória — retorqui — fatos cuja lembrança me causa arrepios, por saber que sou a causa deles, que sou seu infeliz autor? Maldito seja o dia, demônio abominável, em que você viu pela primeira vez a luz! Malditas sejam as mãos que o criaram, mesmo que sejam as minhas próprias! Você me tornou mais infeliz do que sou capaz de expressar. Não me deixou a capacidade de refletir e indagar se estou sendo justo com você ou não. Vá embora! Livre-me da visão de seu detestável ser!

— Eis como irei livrá-lo, meu criador — disse ele, colocando sobre meus olhos suas odiosas mãos, que afastei com violência. — Dessa forma afasto a visão que tanto abomina. Ainda assim, você pode me ouvir e conceder-me sua compaixão. Pelas virtudes que um dia possuí, faço-lhe este pedido. Ouça minha história; é longa e estranha, e a temperatura deste lugar não é adequada a seus delicados sentidos. Venha até a cabana lá no alto da montanha. O sol ainda está alto no céu; antes que ele tenha descido para se esconder por trás de seus precipícios e iluminar outro mundo, você terá ouvido minha história e poderá decidir. Está em suas mãos a escolha: ou abandonarei para sempre a proximidade dos homens e levarei uma vida inofensiva, ou serei o tormento de seus semelhantes e o autor de sua rápida ruína.

Ao dizê-lo, ele tomou a dianteira e seguiu pelo gelo; fui atrás. Meu coração pesava, e eu nada respondi, mas, conforme caminhava, avaliei os inúmeros argumentos que ele usara e decidi pelo menos ouvir sua história. Movia-me a curiosidade, em parte, e a compaixão selou minha resolução. Eu supunha, até então, ser ele o assassino de meu irmão e estava ansioso para que confirmasse ou negasse essa crença. Além disso, eu sentia pela primeira vez o que eram as obrigações de um criador para com sua criatura, e que devia tentar fazê-lo feliz antes de reclamar de sua perversidade. Tais motivos impeliam-me a atender seu pedido. Atravessamos o gelo, portanto, e subimos a rocha que ficava na outra extremidade. O ar estava frio, e a chuva começou a cair de novo; entramos na cabana. O demônio tinha um ar exultante; eu tinha um peso no coração e sentia-me deprimido. Consenti em ouvir, no entanto, sentando-me perto da fogueira que meu odioso companheiro acendera. Ele começou, então, a narrar sua história.

capítulo 11

— É com dificuldade considerável que me lembro da época em que comecei a existir; todos os eventos desse período estão confusos e indistintos. Uma estranha multiplicidade de sensações apoderara-se de mim, e eu via, sentia, ouvia e distinguia aromas simultaneamente; na verdade, só depois de muito tempo aprendi a distinguir entre as operações de meus vários sentidos. Gradativamente, recordo-me, uma luz mais forte pressionava meus nervos, e eu era obrigado a fechar os olhos. A escuridão descia então sobre mim e me perturbava, mas eu mal a assimilara quando, ao abrir os olhos, como agora suponho, a luz mais uma vez se derramava sobre mim. Creio que caminhava num declive, mas logo senti uma grande alteração em minhas sensações. Antes, corpos escuros e opacos me cercavam, inacessíveis a meu tato e a minha visão; depois, porém, eu descobria que podia andar livremente, sem obstáculos que não pudesse ultrapassar ou evitar. A luz tornava-se mais e mais opressiva a meus olhos, e como o calor me deixava esgotado enquanto eu caminhava, procurei um lugar onde pudesse encontrar sombra. Tratava-se da floresta perto de Ingolstadt; lá, deitei-me junto a um córrego e descansei, até que me senti afligido pela fome e pela sede. Isso me despertou de um estado quase dormente, e comi algumas frutas silvestres que encontrei nas árvores ou caídas pelo chão. Satisfiz minha sede no córrego e, deitando-me, fui vencido pelo sono.

"Estava escuro quando acordei; também sentia frio e um certo medo, instintivamente, ao me descobrir tão desamparado. Antes de deixar seu apartamento, como estava com frio, vestira algumas roupas, mas eram insuficientes para me proteger do sereno. Eu me sentia um pobre infeliz, desamparado e miserável; nada sabia e nada conseguia distinguir. A dor, porém, invadia-me por todos os lados, e eu me sentei e chorei.

"Logo uma luz suave insinuou-se no céu, dando-me uma sensação de prazer. Ergui-me e vi um vulto radiante erguer-se por entre as árvores.[4] Contemplei-o com uma espécie de admiração. Movia-se devagar, mas iluminava-me o caminho, e mais uma vez me pus a procurar frutas silvestres. Ainda fazia frio quando encontrei, sob uma das árvores, um enorme manto, com o qual me cobri, e sentei-me no chão. Não me ocupavam a mente ideias distintas; tudo estava confuso. Eu percebia a luz, e a fome, e a sede, e a escuridão; inúmeros barulhos ressoavam em meus ouvidos e cheiros oriundos de toda parte chegavam até mim. O único objeto que eu conseguia distinguir era a lua brilhante, e nela eu fixava meus olhos com prazer.

"Vários dias e várias noites se passaram, e o orbe da noite já diminuíra consideravelmente quando comecei a distinguir minhas sensações umas das outras. Aos poucos, divisei com clareza o límpido riacho que me saciava a sede e as árvores cujas folhagens me davam sombra. Fiquei encantado quando descobri a fonte de um som agradável que me chegava com frequência aos ouvidos: vinha da garganta de animaizinhos alados que várias vezes interpunham-se entre meus olhos e a luz. Também comecei a observar, mais acuradamente, os vultos que me rodeavam e a perceber os limites do radiante teto de luz que me cobria. Às vezes, tentava imitar os sons agradáveis dos pássaros, mas não era capaz. Às vezes, desejava exprimir minhas sensações à minha própria maneira, mas os sons estranhos e inarticulados que produzia assustavam-me e faziam com que eu me calasse novamente.

"A lua desaparecera da noite e de novo aparecera, menor, enquanto eu ainda estava na floresta. A essa altura, minhas sensações já haviam se tornado distintas, e novas ideias ocorriam-me todos os dias. Meus olhos acostumaram-se com a luz a perceber os objetos em suas formas corretas; eu distinguia os insetos das plantas e, aos poucos, uma planta da outra. Descobri que o pardal só emitia sons ásperos, enquanto aqueles do melro e do tordo eram doces e sedutores.

"Um dia, quando o frio oprimia-me, encontrei uma fogueira, feita por uns vagabundos que haviam passado por ali, e deleitei-me com o calor que me proporcionou. Em minha alegria, pus as mãos nas brasas

4 A Lua.

acesas, mas rapidamente as removi, com um grito de dor. Estranho, pensei eu, que a mesma causa produzisse efeitos tão opostos! Examinei os materiais da fogueira e, com alegria, descobri que era feita de madeira. Rapidamente recolhi alguns galhos, mas ainda estavam molhados e não queimaram. Fiquei entristecido com isso e sentei-me, quieto, observando o fogo queimar. A madeira molhada que eu pusera perto do calor secou e inflamou-se. Refleti a respeito e, tocando os vários galhos, descobri a causa. Fui então juntar uma grande quantidade de madeira, que poderia secar e usar como combustível para a fogueira durante um bom tempo. Quando chegou a noite, trazendo consigo o sono, temi que minha fogueira se extinguisse. Cobri-a cuidadosamente com madeira seca e folhas e coloquei galhos molhados por cima; em seguida, esticando meu manto, deitei-me no chão e adormeci.

"Já era manhã quando acordei, e minha primeira preocupação foi conferir a fogueira. Descobri-a, e uma brisa suave logo fez nascer ali uma chama. Também confeccionei, com os galhos, um leque, o que me permitia fazer reviver as chamas quando já estavam quase extintas. Quando anoiteceu novamente, descobri, com prazer, que o fogo fornecia luz além de calor, e que essa descoberta era-me favorável para minha alimentação, pois notei que alguns dos restos de vísceras de animais que os viajantes haviam deixado estavam grelhados e tinham gosto muito melhor do que as frutas silvestres que eu colhia nas árvores. Tentei, portanto, preparar do mesmo modo minha comida, colocando-a sobre as brasas ardentes. Descobri que esse procedimento estragava as frutas, mas que tornava as nozes e raízes mais saborosas.

"A comida, no entanto, escasseou, e eu frequentemente passava o dia inteiro procurando em vão bolotas que pudessem me aplacar a agonia da fome. Quando me dei conta disso, decidi abandonar o local que até então habitava e procurar um onde as poucas necessidades que eu experimentava fossem mais facilmente satisfeitas. Ao ir-me dali, lamentei muito a perda da fogueira que obtivera por acaso e que não sabia como reproduzir. Fiquei várias horas considerando seriamente essa dificuldade, mas fui obrigado a desistir de quaisquer tentativas de encontrar uma solução; envolto no manto, pus-me a caminho, através da floresta, na direção do poente. Passei três dias andando a esmo e finalmente cheguei à planície. Nevara bastante na noite precedente, e os campos estavam cobertos por um branco uniforme; a aparência era desoladora, e notei que meus pés ficavam gelados com a substância úmida que cobria o chão.

"Eram aproximadamente sete horas da manhã, e eu ansiava por obter comida e abrigo; divisei por fim uma pequena cabana, numa elevação do terreno, decerto construída para ser utilizada por algum pastor. Era uma visão nova para mim, e examinei-lhe a estrutura com grande curiosidade. Encontrando a porta aberta, entrei. Um velho estava sentado lá dentro, perto de uma fogueira, sobre a qual preparava seu desjejum. Virou-se ao ouvir um ruído e, percebendo-me, soltou um grito alto. Deixou a cabana e saiu correndo pelo campo numa velocidade de que não parecia ser capaz, dada sua compleição física debilitada. Seu aspecto, diferente de qualquer outra coisa que eu até então tivesse visto, e sua fuga, de certa forma, surpreenderam-me. Eu fiquei encantado, porém, com a aparência da cabana: ali a neve e a chuva não podiam penetrar; o chão estava seco, e o local me pareceu tão maravilhoso e divino quanto Pandemônio pareceu aos demônios do inferno depois de seus sofrimentos no lago de fogo. Devorei com avidez o que restara do desjejum do pastor, que consistia em pão, queijo, leite e vinho; desse último, porém, não gostei. Em seguida, vencido pelo cansaço, deitei-me em meio a um monte de palha e adormeci.

"Era meio-dia quando acordei, e, atraído pelo calor do sol, que brilhava intensamente sobre o chão coberto de branco, decidi recomeçar minha viagem. Depositando o restante do desjejum do pastor numa bolsa que encontrei, segui adiante através dos campos por várias horas, até que, ao crepúsculo, cheguei a uma aldeia. Como essa visão me pareceu miraculosa! Os casebres, as casinhas mais arrumadas e as moradias prósperas revezavam-se na atração de minhas atenções. Os legumes e as verduras nos jardins e o queijo e o leite que eu via nas janelas de algumas das casinhas despertaram meu apetite. Entrei numa das melhores, mas mal pusera os pés à porta e as crianças começaram a gritar. Uma das mulheres desmaiou. A aldeia inteira mobilizou-se; alguns fugiam, alguns me atacavam, até que, dolorosamente ferido pelas pedras e por muitas outras coisas que atiravam em mim, escapei rumo ao campo e, atemorizado, refugiei-me numa choupana praticamente vazia, que tinha uma aparência deplorável depois dos palácios que eu contemplara na aldeia. Essa choupana, porém, era anexa a uma casa de aspecto limpo e agradável, mas depois de minha última experiência, que tão caro me custara, eu não ousava entrar ali.

"O lugar onde eu me refugiara era construído de madeira, mas de teto tão baixo que eu mal conseguia me sentar ali com as costas retas. Não havia madeira cobrindo o chão, que era de terra, mas estava seco. Embora o vento penetrasse por inúmeras frestas, encontrei ali um refúgio agradável para me proteger da neve e da chuva.

"Recolhi-me, então, e me deitei, feliz por haver encontrado um abrigo — por mais miserável que fosse — à inclemência da estação e, sobretudo, à barbaridade dos homens.

"Tão logo raiou o dia, arrastei-me de joelhos a fim de ver a casa adjacente e descobrir se poderia permanecer na habitação que encontrara. A choupana situava-se junto aos fundos da casa e era circundada, no lado em que ficava exposta, por um chiqueiro e um límpido tanque. Uma das partes estava aberta, e por ali eu entrara; ali, porém, cobri com pedras e madeira todas as frestas através das quais eu pudesse ser visto, mas de forma a poder retirá-las quando quisesse sair; toda a luz que recebia vinha através do chiqueiro e era-me suficiente.

"Tendo assim arrumado minha moradia e acarpetado-a com palha limpa, recolhi-me, pois divisei o vulto de um homem a alguma distância, e ainda me lembrava bem demais do tratamento que recebera na véspera para confiar nele. Primeiro eu havia, contudo, arranjado o meu sustento daquele dia: um pão grosseiro, que roubara, e uma xícara, com a qual eu poderia beber mais facilmente do que com as mãos a água pura que corria junto ao meu abrigo. O chão era um pouco elevado, de modo que se mantinha seco por completo, e a proximidade da chaminé da casa deixava-o razoavelmente quente.

"Estando assim suprido, decidi morar naquela choupana até que ocorresse algo que alterasse minha determinação. Era de fato um paraíso, se comparada à floresta desolada, minha residência anterior, com os galhos dos quais pingava a chuva e com a terra molhada. Comi com prazer meu desjejum e estava prestes a remover uma tábua a fim de apanhar um pouco d'água quando ouvi passos, e, olhando através de uma pequena fresta, vi uma criatura jovem, com um balde apoiado na cabeça, passar diante da minha choupana. Era uma menina de porte nobre, diferente daquele que eu até então observara nos moradores dos casebres e nos empregados das fazendas. Estava, porém, modestamente vestida; uma grosseira saia azul e um camisão de linho eram toda sua indumentária. Seus belos cabelos estavam trançados, mas não exibiam enfeites e ela parecia paciente, embora triste. Perdi-a de vista, e em cerca de 15 minutos ela retornou carregando o balde, que estava agora parcialmente cheio de leite. Enquanto caminhava, parecendo cansada com o fardo, um jovem foi encontrá-la, e sua fisionomia expressava um desalento ainda maior. Murmurando algumas palavras com um ar melancólico, ele apanhou o balde que ela carregava sobre a cabeça e levou-o ele próprio para o interior da casa. Ela o seguiu, e os dois desapareceram. Pouco depois, vi o jovem atravessar novamente o campo que ficava atrás da casa, com algumas ferramentas nas mãos; a garota também trabalhava, às vezes, dentro de casa, às vezes, do lado de fora.

"Examinando minha moradia, descobri que uma das janelas da casa fizera outrora comunicação com a choupana, mas as vidraças haviam sido preenchidas com madeira. Numa delas, havia uma fresta quase imperceptível através da qual mal se podia espreitar. Essa diminuta fenda deixava entrever uma pequena sala, caiada e limpa, mas com pouca mobília. A um canto, próximo ao fogo baixo, sentava-se um velho, cuja cabeça se apoiava nas mãos numa atitude desconsolada. A jovem ocupava-se em arrumar a casa; logo em seguida, tirou algo de dentro de uma gaveta, o que lhe ocupou as mãos, e sentou-se junto ao velho, que, pegando um instrumento, começou a tocar e a produzir sons mais suaves do que o canto do tordo e do melro. Era uma visão adorável, mesmo para mim, pobre infeliz que nunca antes contemplara a beleza. O cabelo prateado e o semblante bondoso do velho morador da casa despertaram em mim um sentimento de reverência, enquanto o jeito suave da garota despertou em mim o amor. Ele tocava uma ária doce e queixosa que notei fazer brotarem lágrimas dos olhos de sua afável companheira, o que ele não notou até que ela começou a soluçar de maneira audível. Pronunciou, então, algumas palavras, e a bela moça, deixando de lado o trabalho, ajoelhou-se aos seus pés. Ele fez com que ela se erguesse e sorriu com tamanha gentileza e afeto que fui tomado por sensações de uma natureza peculiar e irresistível: eram uma mistura de dor e satisfação, como eu nunca antes experimentara, nem com a fome nem com o frio, com o calor ou com o alimento; afastei-me da janela, incapaz de suportar essas emoções.

"Logo em seguida o jovem voltou, carregando nos ombros uma certa quantidade de madeira. A garota foi encontrá-lo à porta, ajudou-o a descarregar seu fardo e, levando um pouco da lenha para o interior da casa, colocou-a no fogo. Então, ela e o jovem afastaram-se para um canto, e ele lhe mostrou que arranjara pão e um pedaço de queijo. Ela pareceu satisfeita e foi até a horta apanhar algumas raízes e verduras, que pôs na água e depois no fogo. Continuou, em seguida, seu trabalho, enquanto o jovem foi até a horta e pareceu ocupar-se em tentativas de escavar e arrancar raízes. Depois de se dedicar a essa tarefa durante cerca de uma hora, a jovem reuniu-se a ele e entraram juntos em casa.

"Nesse ínterim, o velho ficara tristonho, mas assumiu um ar mais alegre quando seus companheiros surgiram; os três sentaram-se para comer. A refeição foi rápida. A moça voltou a ocupar-se com a arrumação da casa, diante do que o velho caminhou durante alguns minutos, sob o sol, apoiando-se no braço do jovem. Nada poderia exceder em beleza o contraste entre aquelas duas esplêndidas criaturas. Um deles era velho, com cabelos cor de prata e uma fisionomia que irradiava bondade e amor; o mais jovem tinha o rosto frágil e gracioso, cujos traços eram moldados com a mais perfeita simetria, mas ainda assim seus olhos e seu porte expressavam uma enorme tristeza e desalento. O velho voltou para a casa, e o moço, com ferramentas diferentes daquelas que usara pela manhã, dirigiu-se para o campo.

"A noite logo caiu, mas, para minha extrema surpresa, descobri que os moradores da casa tinham um meio de prolongar a luz com o uso de velas, e fiquei maravilhado ao descobrir que o pôr do sol não punha fim ao prazer que eu experimentara observando meus vizinhos humanos. À noite, a jovem e seu companheiro ocuparam-se com várias coisas que eu não compreendia; o velho pegou novamente o instrumento que produzira os sons divinos com os quais eu me encantara pela manhã. Assim que terminou, o jovem começou não a tocar, mas a pronunciar sons monótonos que em nada se assemelhavam à harmonia do instrumento do velho ou das canções dos pássaros; descobri, então, que ele lia em voz alta, mas, naquela época, eu ainda não sabia coisa alguma acerca da ciência das palavras ou das letras.

"A família, depois de ter assim se ocupado por algum tempo, extinguiu a luz e recolheu-se, supus, para repousar."

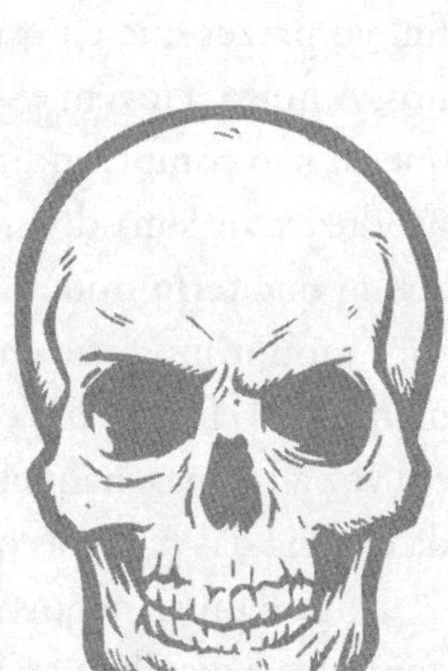

capítulo 12

— Deitei-me sobre a palha, mas não consegui dormir. Pensava no que ocorrera durante o dia. O que mais me impressionara havia sido o comportamento daquela gente, suas maneiras delicadas, e eu ansiava em me reunir a eles, mas não ousava fazê-lo. Lembrava-me bem demais do tratamento que recebera dos bárbaros habitantes da aldeia na noite anterior e decidi permanecer, qualquer que fosse a conduta que pudesse dali em diante pensar em adotar, quieto em minha choupana, observando e me esforçando em descobrir os motivos que determinavam suas ações.

"Os moradores da casa acordaram antes do sol, na manhã seguinte. A jovem arrumou a casa e preparou a comida, e o jovem partiu após a primeira refeição.

"Aquele dia se passou na mesma rotina da véspera. O rapaz estava sempre ocupado fora de casa, e a garota, em vários e trabalhosos afazeres em casa. O velho, que logo notei ser cego, dedicava suas horas livres ao instrumento ou à reflexão. Nada poderia exceder o amor e o respeito que os moradores mais jovens demonstravam por seu venerável companheiro. Realizavam com gentileza todos os deveres para com ele e todos os cuidados ditados pelo afeto; o velho os recompensava com seus sorrisos bondosos.

"Não estavam de todo felizes. O jovem e sua companheira amiúde afastavam-se para um canto e pareciam chorar. Eu não via motivo algum para sua infelicidade, que no entanto afetava-me profundamente. Se criaturas tão adoráveis eram infelizes, era menos estranho que eu, um ser solitário e imperfeito, me sentisse miserável. Por que, contudo, estaria aquela gente bondosa infeliz? Possuíam uma casa encantadora (era-o, a meus olhos) e todos os luxos; tinham fogo para aquecê-los quando sentissem frio e deliciosas iguarias para comer quando sentissem fome; vestiam-se com roupas ótimas. Além disso, desfrutavam da companhia um do outro, conversavam e trocavam diariamente olhares de afeto e gentileza. O que estaria por trás de suas lágrimas? Será que realmente significavam dor? Eu era, a princípio, incapaz de responder a essas perguntas, mas a atenção constante e o tempo esclareceram várias coisas que antes pareciam enigmáticas.

"Um período considerável se passou antes que eu descobrisse uma das causas da tristeza daquela adorável família: a pobreza, que os afligia num grau alarmante. Seu alimento consistia exclusivamente nas verduras de sua horta e no leite de uma única vaca, que escasseava no inverno, quando seus donos mal podiam arranjar-lhe comida que a sustentasse. Acredito que sofressem com frequência, e de forma pungente, a aflição da fome, sobretudo os dois mais jovens, pois várias vezes punham comida diante do velho sem ter reservado coisa alguma para si.

"Esse gesto de grande bondade comovia-me sensivelmente. Eu me acostumara a roubar, durante a noite, uma parte de suas provisões para meu consumo, mas quando percebi que, assim agindo, causava sofrimento aos moradores da casa, parei de fazê-lo e me saciava com frutas silvestres, nozes e raízes que colhia num bosque próximo.

"Também descobri outras formas de ajudá-los em seu trabalho. Notei que o rapaz passava boa parte do dia recolhendo madeira para a família usar no fogo; durante a noite, eu frequentemente apanhava suas ferramentas, que logo aprendi a usar, e trazia para casa madeira suficiente para o consumo de vários dias.

"Lembro-me, na primeira vez que o fiz, de que a jovem, ao abrir a porta pela manhã, pareceu muito surpresa ao ver uma grande pilha de madeira do lado de fora. Disse algumas palavras em voz alta, e o rapaz foi ter com ela, também expressando surpresa. Notei, satisfeito, que ele não foi à floresta naquele dia e ficou fazendo consertos na casa e cuidando da horta.

"Fiz, aos poucos, uma descoberta ainda mais importante: a de que aquelas pessoas tinham um método para comunicar suas experiências e seus sentimentos uns aos outros através de sons articulados. Percebi que as palavras que diziam causavam satisfação ou dor, sorrisos ou tristeza, no semblante daqueles que ouviam. Era, de fato, uma ciência divina, com a qual eu desejava ardentemente familiarizar-me. Todos os meus esforços nesse sentido viam-se, porém, frustrados. Sua pronúncia era rápida, e as palavras que diziam não tinham qualquer conexão aparente com os objetos visíveis, de modo que eu era incapaz de descobrir pistas através das quais pudesse desvendar-lhes o mistério. Aplicando-me com afinco, no entanto, e após ter permanecido em minha choupana no intervalo de vários ciclos da lua, descobri os nomes que eram dados a alguns dos mais familiares objetos do discurso; aprendi e passei a usar as palavras 'fogo', 'leite', 'pão' e 'madeira'. Também aprendi os nomes dos moradores da casa. O rapaz e sua companheira tinham cada um vários nomes, mas o velho, apenas um: 'pai'. A moça era chamada de 'irmã' ou Ágatha, e o rapaz, de Félix, 'irmão' ou 'filho'. Não seria capaz de descrever a satisfação que experimentei quando aprendi as ideias associadas a cada um desses sons e me tornei capaz de pronunciá-los. Distinguia várias palavras sem ainda ser capaz de compreendê-las ou aplicá-las, tais como 'bom', 'querido', 'infeliz'.

"Desse modo passei o inverno. A atitude geral tão afável e a beleza dos moradores da casa os tornaram muito caros a mim; quando estavam infelizes, eu me sentia deprimido; quando se alegravam, eu compartilhava sua alegria. Via poucos seres humanos além deles, e, se por acaso algum outro entrava na casa, suas maneiras ríspidas e seu jeito rude de andar só faziam realçar, a meus olhos, a superioridade de meus amigos. O velho, eu notava, procurava com frequência encorajar seus filhos, como descobri que ele às vezes os chamava, a livrar-se da melancolia. Falava-lhes com uma voz alegre, com uma expressão de bondade que proporcionava satisfação até mesmo a mim. Ágatha ouvia com respeito e às vezes seus olhos se enchiam de lágrimas, que ela tentava enxugar de forma imperceptível; eu notava que, em geral, seu semblante e seu tom de voz alegravam-se depois de ter ouvido as exortações do pai. O mesmo não se dava com Félix. Ele era sempre o mais tristonho dos três e parecia, até mesmo à minha tosca percepção, ter sofrido mais profundamente do que seus amigos. Se o seu semblante era mais pesaroso, contudo, sua voz era mais alegre do que a de sua irmã, sobretudo quando ele se dirigia ao velho.

"Eu poderia enumerar várias ocasiões que, embora corriqueiras, demonstravam a índole daquela boa gente. Em meio à pobreza e à privação, Félix levou com satisfação para sua irmã a primeira florzinha branca que despontou sobre a neve que cobria o chão. De manhã cedo, antes que ela se levantasse, ele removia a neve que obstruía seu caminho até o curral, tirava água do poço e trazia madeira do alpendre, onde, para sua eterna surpresa, sempre encontrava o estoque renovado por mãos invisíveis. Durante o dia, creio eu, trabalhava às vezes numa fazenda vizinha, pois com frequência saía e só retornava à hora do jantar, mas não trazia madeira consigo. Outras vezes, trabalhava na horta, mas como havia pouco o que fazer durante o inverno, lia para o velho e para Ágatha.

"Essas leituras me intrigavam bastante, a princípio, mas aos poucos descobri que o rapaz pronunciava muitas das mesmas palavras quando lia e quando falava. Conjecturei, portanto, que encontrava no papel sinais compreensíveis para a fala e eu ansiava ardentemente por decifrá-los também; mas como seria possível, já que eu nem mesmo entendia os sons que esses sinais representavam? Eu progredia sensivelmente nessa ciência, mas não o suficiente para acompanhar qualquer tipo de conversação — embora dedicasse integralmente meus esforços mentais a esse empreendimento, pois foi fácil perceber que, ainda que eu ansiasse em me revelar para os moradores da casa, não deveria fazê-lo antes de ter primeiro dominado sua linguagem, cujo conhecimento talvez me permitisse fazer com que eles relevassem minhas deformidades físicas, das quais eu também me dera conta a partir do contraste constantemente apresentado aos meus olhos.

"Eu admirava as formas perfeitas dos moradores daquela casa — sua graça, beleza e compleição delicada; quão aterrorizado fiquei, porém, quando vi a mim mesmo na água transparente de um charco! A princípio, recuei, incapaz de acreditar que fosse de fato eu quem se refletia ali; quando me dei conta de que eu era, na verdade, este monstro que sou, fui assolado pelas mais amargas sensações de abatimento e humilhação. Ai de mim! Eu não compreendia na íntegra os efeitos fatais dessa miserável deformidade.

"Quando o sol tornou-se mais quente e a luz do dia mais longa, a neve desapareceu, e vi as árvores nuas e a terra escura. Dali em diante, Félix tinha mais trabalho, e a comovente ameaça de fome iminente desaparecera. Sua comida, mais tarde vim a descobrir, não era refinada, mas nutritiva, e conseguiam o suficiente para sustentá-los. Vários tipos novos de vegetais brotaram na horta, e eram preparados e levados à mesa. Esses sinais de conforto aumentavam diariamente, à medida que a estação avançava.

"Ao meio-dia, apoiando-se no filho, o velho caminhava, sempre que não houvesse chuva — nome que descobri aplicar-se às águas que o céu despejava. Isso ocorria com frequência, mas um vento forte secava rapidamente a terra, e a estação tornava-se ainda mais agradável do que até então.

"Meus hábitos de vida na choupana não variavam. Pela manhã, eu ficava atento à movimentação dos moradores da casa, e, quando eles se dispersavam em seus diversos afazeres, eu dormia; o resto do dia era dedicado a observar meus amigos. Quando eles se recolhiam para descansar, e se houvesse lua ou se a noite estivesse estrelada, eu ia até o bosque apanhar minha comida e a lenha para a casa. Quando voltava, e tão frequentemente quanto necessário, limpava a neve do caminho e cumpria as tarefas das quais vira Félix se ocupar. Descobria mais tarde que esse trabalho, realizado por mãos invisíveis, muito os surpreendia. Uma ou duas vezes os ouvi, nessas ocasiões, pronunciar as palavras 'espírito bom', 'maravilhoso'; não compreendia, porém, seu significado.

"Meus pensamentos naquele momento se tornavam mais ativos, e eu ansiava em descobrir os sentimentos daquelas criaturas adoráveis, aquilo que os estimulava. Estava curioso em saber por que Félix parecia tão miserável e Ágatha tão triste. Pensava (pobre desgraçado!) que talvez estivesse em meu poder devolver a felicidade àquela gente que tanto a merecia. Quando eu dormia ou me ausentava, a imagem do venerável pai cego, da suave Ágatha e do bom Félix adejava diante de mim. Considerava-os seres superiores que talvez houvessem de arbitrar meu destino futuro. Desenhei mentalmente milhares de quadros em que eu me apresentava a eles e tentava adivinhar sua recepção. Supunha que seriam tomados pela repugnância, até que, com minha conduta mansa e minhas palavras conciliatórias, eu conquistasse primeiro sua simpatia e depois seu amor.

"Tais pensamentos animavam-me e faziam com que eu me aplicasse com devoção renovada à aquisição da arte da linguagem. Meus instrumentos vocais eram, de fato, rústicos, mas maleáveis; embora minha voz fosse bem diferente da música suave do timbre deles, ainda assim eu pronunciava as palavras que compreendia com relativa facilidade. Eu era o burro de carga e o cãozinho de estimação; o gentil burro de carga cujas intenções são benévolas com certeza mereceria, embora suas maneiras fossem rudes, um tratamento melhor do que receber pancadas e ser execrado.

"As chuvas agradáveis e a tepidez propícia da primavera alteraram sensivelmente o aspecto da terra. Homens que antes dessa mudança pareciam ter estado escondidos em cavernas se dispersavam e se dedicavam às inúmeras artes da lavoura. Os pássaros cantavam melodias mais alegres e as folhas começavam a brotar nas árvores. Que terra tão feliz! Morada digna dos deuses, que, tão pouco tempo antes, estava gelada, úmida e insalubre. Minha alma se elevava diante do aspecto encantador da natureza; o passado apagava-se em minha memória, o presente era tranquilo e o futuro iluminava-se com raios intensos de esperança e perspectiva de felicidade."

capítulo 13

— Acerco-me agora da parte mais comovente de minha história. Hei de relatar eventos que imprimiram em mim sentimentos responsáveis por me transformar daquilo que era naquilo que hoje sou.

"A primavera avançava rapidamente; o clima tornou-se bom e os céus já não tinham nuvens. Surpreendia-me com o que antes era deserto e lúgubre então vicejasse com as mais belas flores e plantas. Meus sentidos encantavam-se com deliciosos aromas e a beleza da paisagem.

"Foi num desses dias, quando os moradores da casa faziam o repouso periódico de seu trabalho — o velho tocava seu violão e os filhos escutavam —, que observei estar o semblante de Félix melancólico com uma intensidade difícil de expressar. Ele suspirava frequentemente, e logo seu pai interrompeu a música; perguntei-me se ele não estaria, assim, indagando as causas do pesar de seu filho. Félix lhe respondeu com um tom de voz alegre, e o velho recomeçava a música quando alguém bateu na porta.

"Era uma dama a cavalo, acompanhada por um camponês, seu guia. Vestia um traje escuro e cobria-se com um espesso véu negro. Ágatha fez uma pergunta, à qual a estranha respondeu pronunciando apenas, com um tom suave na voz, o nome de Félix. Sua voz era melodiosa, mas diferente da de qualquer um de meus amigos. Ao ouvir essa palavra, Félix apressou-se em ir ter com a dama, que, ao vê-lo, afastou o véu; divisei um rosto de expressão e beleza angélicas. Seus cabelos eram de um ébano brilhante e estavam curiosamente trançados; seus olhos eram escuros, mas doces, embora vivos. Suas feições tinham proporções regulares e eram prodigiosamente belas, cada face tingida com um adorável tom róseo.

"Félix pareceu extasiado ao vê-la: todos os traços do pesar desapareceram-lhe do rosto, que imediatamente passou a revelar uma alegria arrebatadora, da qual eu mal poderia supor que ele fosse capaz. Seus olhos faiscavam e sua face ruborizava de satisfação; naquele momento, achei-o tão belo quanto a estrangeira. Ela parecia tomada por diferentes sentimentos: enxugando umas poucas lágrimas de seus belos olhos, estendeu a mão a Félix, que a beijou, arrebatado, e chamou-a, conforme pude distinguir, de sua doce árabe. Ela não pareceu compreendê-lo mas sorriu. Félix a ajudou a desmontar e, dispensando seu guia, conduziu-a até a casa. Ele e o pai conversaram; a jovem forasteira ajoelhou-se aos pés do velho e lhe teria beijado a mão, mas ele fez com que ela se erguesse e abraçou-a afetuosamente.

"Logo percebi que, embora a forasteira pronunciasse sons articulados e parecesse ter uma linguagem própria, não era compreendida pelos moradores da casa, e tampouco os compreendia. Faziam muitos sinais cujo significado eu não alcançava, mas vi que sua presença difundia alegria na casa, dispersando a tristeza como o sol dissipa a névoa matutina. Félix parecia particularmente feliz e recebeu sua árabe com sorrisos de satisfação. Ágatha, a sempre gentil Ágatha, beijou as mãos da adorável estrangeira e, apontando para seu irmão, fez sinais que a mim pareciam querer dizer que ele estivera triste até sua chegada. Algumas horas se passaram assim, enquanto eles expressavam alegria em seus rostos, uma alegria cuja causa eu não compreendia. Notei, em seguida, pela frequente recorrência de um som que a estrangeira imitava, que ela estava tentando aprender a língua deles; ocorreu-me instantaneamente que eu deveria fazer uso das mesmas instruções, com o mesmo propósito. A estrangeira aprendeu cerca de vinte palavras na primeira aula; a maioria delas, de fato, eram aquelas que eu já havia compreendido antes, mas tirei proveito das outras.

"Ao cair da noite, Ágatha e a árabe recolheram-se cedo. Quando se separaram, Félix beijou a mão da estrangeira e disse 'boa noite, doce Safie'. Ficou acordado até bem mais tarde, conversando com o pai, e deduzi, pela frequente repetição de seu nome, que a adorável hóspede era o assunto daquela conversa. Eu desejava ardentemente compreendê-los e mobilizava todas as minhas faculdades nesse sentido, mas a tarefa revelou-se absolutamente impossível.

"Na manhã seguinte, Félix saiu para trabalhar, e depois que as tarefas habituais de Ágatha foram cumpridas, a árabe sentou-se aos pés do velho e, tomando seu violão, tocou algumas árias tão arrebatadoramente belas que no mesmo instante trouxeram-me aos olhos lágrimas de tristeza e encanto. Ela cantou, e sua voz fluía numa cadência rica, crescendo ou esvaindo-se como a de um rouxinol dos bosques.

"Quando terminou, deu o violão para Ágatha, que a princípio recusou. Tocou uma ária simples, que sua voz acompanhou com um timbre doce, mas sem a maravilhosa força da estrangeira. O velho parecia arrebatado e disse algumas palavras que Ágatha tentou explicar a Safie, e com as quais ele aparentemente desejava expressar que ela lhe proporcionara um enorme prazer com sua música.

"Os dias se passavam então na mesma paz de antes, com uma única alteração: a alegria tomara o lugar da tristeza nos semblantes de meus amigos. Safie estava sempre alegre e feliz; ela e eu progredíamos rapidamente no conhecimento da língua, e em dois meses comecei a compreender a maioria das palavras pronunciadas por meus protetores.

"Nesse ínterim, a terra escura cobriu-se de vegetação, e nas colinas verdes disseminaram-se inumeráveis flores, doces ao olfato e à visão, estrelas de brilho pálido entre os bosques enluarados; o sol tornou-se mais quente, e as noites, claras e refrescantes. Minhas perambulações noturnas eram muito prazerosas, embora tivessem sido consideravelmente encurtadas pelo pôr do sol tardio e pela aurora, que chegava mais cedo; eu nunca me aventurava longe à luz do dia, receoso de deparar-me com o mesmo tratamento que recebera antes, na primeira aldeia em que entrara.

"Meus dias se passavam numa extrema atenção, a fim de poder dominar mais rapidamente a língua; posso me gabar de um progresso mais veloz do que o da árabe, que compreendia muito pouca coisa e falava com pronúncia imperfeita, ao passo que eu entendia e era capaz de imitar quase todos os sons que eram falados.

"Eu progredia na fala e também aprendia a ciência das letras, enquanto a ensinavam à estrangeira; isso descortinou-me um vasto campo de admiração e prazer.

"O livro com o qual Félix ensinava a Safie era *Ruínas de Palmira*, de Volney. Eu não teria compreendido o significado se Félix, ao lê-lo, não tivesse feito explicações muito detalhadas. Escolhera aquela obra, dizia, porque seu estilo declamatório era composto à imitação de autores orientais. Através dessa obra, obtive um conhecimento superficial da história e um panorama dos vários impérios que existiam no mundo, no presente. Pude discernir entre os hábitos, governos e religiões das diferentes nações da Terra. Ouvi a respeito dos indolentes asiáticos, da genialidade e da atividade mental estupendas dos gregos, das guerras e das maravilhosas virtudes dos antigos romanos — e de sua subsequente decadência —, do declínio do poderoso império da cavalaria, da cristandade e dos reis. Ouvi sobre a descoberta do hemisfério americano e chorei, com Safie, pelo irremediável destino de seus nativos.

"Essas maravilhosas narrativas inspiraram-me sentimentos estranhos. Seria o homem, de fato, a um tempo tão poderoso, tão virtuoso e magnífico, e ainda assim tão perverso e torpe? Parecia às vezes um mero herdeiro do princípio do mal e noutras tudo o que se pode conceber de mais nobre e divino. Ser um homem eminente e virtuoso parecia a maior glória alcançável por qualquer criatura sensível; ser torpe e perverso, como muitas personalidades históricas, parecia a pior degradação, uma condição mais abjeta que a da toupeira ou do verme inofensivo. Durante muito tempo, não fui capaz de compreender como poderia um homem assassinar seu semelhante ou mesmo por que havia leis e governos; quando, no entanto, ouvi detalhes da perversidade e das matanças, minha surpresa se desfez e me afastei, com aversão e desgosto.

"Cada conversa dos habitantes da casa inaugurava novas maravilhas para mim. Enquanto eu ouvia as instruções que Félix dava à árabe, o estranho sistema da sociedade humana era-me explicado. Ouvi a respeito das divisões de propriedade, de imensas fortunas e sórdida pobreza, de classes, linhagens e sangue nobre.

"As palavras faziam com que eu refletisse sobre minha própria situação. Aprendi que os atributos mais valorizados pelos seus semelhantes eram a linhagem nobre e imaculada combinada à riqueza. Um homem talvez fosse respeitado se tivesse uma dessas duas vantagens, mas sem ambas era considerado, exceto em casos muito raros, um vagabundo e um escravo, fadado a trabalhar em benefício dos poucos escolhidos!

"E o que era eu? A respeito de minha criação e de meu criador eu era, ainda, inteiramente ignorante, mas sabia não possuir dinheiro, amigos ou qualquer tipo de propriedade. Era, além disso, dotado de uma forma física horrendamente deformada e repulsiva; não tinha sequer a mesma natureza dos homens. Era mais ágil que eles e podia sobreviver com uma alimentação menos refinada; suportava os extremos do calor e do frio sem que eles fossem tão prejudiciais ao meu corpo; minha estatura excedia a deles. Quando olhava ao redor, não via seres como eu, tampouco ouvia falar a respeito. Seria eu, então, um monstro, uma nódoa sobre a face da Terra, da qual todos os homens fugiam e que todos os homens repudiavam?

"Não posso descrever-lhe a agonia que me infligiram tais reflexões. Tentava dispersá-las, mas o pesar só aumentava minha sabedoria. Ah, quem me dera ter permanecido para sempre em minha floresta natal e não tivesse conhecido outras sensações além da fome, da sede e do calor!

"De que estranha natureza é o conhecimento! Adere-se à mente da qual antes se apoderara como o líquen sobre a pedra. Eu às vezes desejava livrar-me de todos os pensamentos e sentimentos, mas descobri que só havia um modo de sobrepujar a dor, e era através da morte — um estado que eu temia mas não compreendia. Eu admirava a virtude e os bons sentimentos e amava o comportamento pacífico e as louváveis qualidades dos habitantes daquela casa, mas estava excluído de qualquer contato com eles, exceto através daquilo que obtinha sub-repticiamente, quando ninguém me via ou sabia de minha existência, e que aumentava, ao invés de satisfazer, meu desejo de me unir a meus semelhantes. As palavras gentis de Ágatha e os sorrisos vivazes da encantadora árabe não eram para mim. As meigas exortações do velho e a conversa animada de Félix não eram para mim. Desgraçado miserável e infeliz!

"Outras lições eu aprendia ainda mais profundamente. Ouvia falar na diferença dos sexos e do nascimento e crescimento de filhos; como o pai idolatrava os sorrisos do bebê e as animadas primeiras atividades do filho mais velho, como toda a vida e as preocupações da mãe se concentravam em seu precioso fardo, como as mentes das crianças se expandiam e adquiriam conhecimento; ouvia falar de irmãos, irmãs e todos os vários níveis de relações que unem os seres humanos uns aos outros através de laços naturais.

"Onde estavam, porém, meus amigos e familiares? Nenhum pai cuidara de mim na infância, nenhuma mãe me abençoara com sorrisos e carícias; ou, se o haviam feito, toda minha vida passada era agora um borrão, uma lacuna em branco em que eu nada distinguia. Nas minhas mais antigas recordações, eu já era da mesma altura e tamanho da época dessas reflexões. Nunca vira um ser que se assemelhasse a mim ou que estivesse desejoso de estabelecer relações comigo. O que era eu? A pergunta retornava, e o único modo de respondê-la era com lamentos.

"Logo explicarei o rumo que esses sentimentos tomaram, mas permita-me agora voltar aos habitantes da casa, cuja história despertou em mim sentimentos tão variados quanto a indignação, a alegria e a surpresa, que ao fim se resumiram em mais amor e reverência por meus protetores (pois assim me aprazia chamá-los, forma inocente e algo dolorosa de iludir a mim mesmo)."

capítulo 14

— Algum tempo transcorreu antes que eu me pusesse a par da história de meus amigos, história que não podia deixar de ficar profundamente impressa em minha mente, pois se desdobrou numa série de fatos interessantes e maravilhosos para alguém tão completamente inexperiente quanto eu era.

"O nome do velho era De Lacey. Ele descendia de uma honrada família da França e lá vivera por muitos anos, rico, respeitado por seus superiores e amado por seus iguais. Seu filho foi preparado para servir o país, e Ágatha estava no mesmo nível das damas mais distintas. Poucos meses antes de minha chegada, eles moravam numa cidade suntuosa chamada Paris, cercados de amigos; tinham a seu dispor todos os prazeres que a virtude, o refinamento intelectual e o bom gosto, somados a uma fortuna moderada, podiam proporcionar.

"O pai de Safie havia sido a causa da ruína da família. Tratava-se de um comerciante turco que havia morado em Paris por muitos anos e que, por alguma razão que não consegui descobrir, começou a ser considerado suspeito aos olhos do governo. Foi detido e trancado na prisão no dia exato em que Safie chegava de Constantinopla para se juntar a ele. O turco foi julgado e condenado à morte. A injustiça da sentença era óbvia; toda a Paris estava indignada. Achava-se que sua religião e fortuna haviam sido a causa da condenação, e não o crime que alegavam ter cometido.

"Félix estava, por acaso, presente ao julgamento; seu horror e sua indignação tornaram-se incontroláveis quando ouviu a decisão da corte. Fez, naquele momento, um voto solene de que iria libertá-lo e começou a procurar a forma de fazê-lo. Depois de muitas inúteis tentativas de conseguir ser admitido na prisão, descobriu uma janela com grades numa parte do edifício que não era vigiada pelos guardas. Era a janela da masmorra do infeliz Muhammadan, que, acorrentado, aguardava em desespero a execução daquela bárbara sentença. Félix acercou-se da janela, à noite, e informou o prisioneiro acerca de suas intenções em benefício dele. O turco, surpreso e animado, tentou fazer com que o empenho de seu libertador aumentasse através de promessas de recompensas e dinheiro. Félix rejeitou essas ofertas com desdém, mas, quando viu a bela Safie, que recebera permissão para visitar o pai e que expressava, com seus gestos, extrema gratidão, o jovem teve de admitir para si mesmo que o cativo possuía um tesouro que recompensaria generosamente aquele trabalho difícil e os riscos que corria.

"O turco logo percebeu a impressão que sua filha causara no coração de Félix e procurou atrair o jovem ainda mais para sua causa, prometendo-lhe a mão da filha em casamento assim que fosse levado a um lugar seguro. Félix era por demais delicado para aceitar essa oferta, mas aguardava ansiosamente a possibilidade desse evento como consumação de sua felicidade.

"Ao longo dos dias seguintes, enquanto avançavam os preparativos para a fuga do comerciante, o empenho de Félix aumentou com o fato de receber várias cartas daquela moça encantadora, que encontrara uma maneira de expressar seus pensamentos na língua de seu amado através da ajuda de um velho, um servo de seu pai que sabia francês. Agradeceu-lhe com os termos mais calorosos pelos serviços que ele pretendia prestar a seu pai, e ao mesmo tempo lamentava seu próprio destino.

"Possuo cópias dessas cartas, pois encontrei meios, durante o tempo em que morei na choupana, de adquirir o domínio da escrita, e as cartas estavam com frequência nas mãos de Félix e Ágatha. Antes de partir irei dá-las a você; elas comprovarão a verdade do meu relato. No momento, porém, como o sol já declinou bastante, só terei tempo de reproduzir sua essência.

"Safie contava que sua mãe era uma árabe cristã, capturada e feita escrava pelos turcos. Graças à sua beleza, logo ganhou o coração do pai de Safie, que se casou com ela. A moça falava com entusiasmo e com alto apreço de sua mãe, que, nascida em liberdade, desprezava a escravidão a que agora fora reduzida. Instruíra a filha nos dogmas de sua religião e ensinou-a a aspirar a um elevado desenvolvimento intelectual e a uma independência espiritual proibidos às mulheres seguidoras de Maomé. Essa senhora morreu, mas seus ensinamentos ficaram gravados para sempre na mente de Safie, que adoecia ante a perspectiva de voltar à Ásia e ser enclausurada entre as paredes de um harém, onde só teria permissão de se ocupar com passatempos infantis, inadequados ao seu temperamento e ao seu espírito, agora acostumado a ideias grandiosas e à nobre aspiração à virtude. A perspectiva de se casar com um cristão e ficar num país onde era permitido às mulheres ter uma posição social elevada parecia-lhe encantadora.

"Foi marcado o dia da execução do turco, mas na véspera dessa data ele deixou a prisão e antes do nascer do dia estava a muitos quilômetros de distância de Paris. Félix obtivera passaportes em seu próprio nome e nos de seu pai e sua irmã. Comunicara previamente seu plano ao pai, que ajudou, deixando sua casa sob o pretexto de estar partindo em viagem e indo se esconder com a filha num bairro obscuro de Paris.

"Félix conduziu os fugitivos pela França até Lyon, e através de Mont Cenis até Livorno, onde o comerciante decidiu esperar por uma oportunidade favorável para ingressar em alguma região dos domínios turcos. Safie decidiu permanecer com seu pai até o momento de sua partida, antes do qual ele renovara sua promessa de que ela se casaria com o jovem que o libertara. Félix continuava em sua companhia, na expectativa de que a promessa se concretizasse; naquele ínterim, aproveitava o convívio com a árabe, que demonstrava por ele o mais simples e mais sincero afeto. Conversavam com a ajuda de um intérprete, e às vezes simplesmente trocando olhares; Safie cantava para ele as árias divinas de sua terra natal.

"O turco permitia essas intimidades e encorajava as esperanças dos jovens apaixonados, enquanto, em seu coração, tinha elaborado planos bem diferentes. Abominava a ideia de que sua filha se unisse a um cristão, mas temia o ressentimento de Félix se ele se mostrasse pouco entusiasmado, pois sabia que ainda estaria em poder de seu libertador se ele decidisse entregá-lo ao governo da Itália, país em que então se encontravam. Refletiu sobre centenas de planos através dos quais conseguiria prolongar a farsa até que ela já não fosse necessária, e levar secretamente sua filha consigo quando partisse. Seus planos foram facilitados pelas notícias que chegaram de Paris.

"O governo francês ficou furioso com a fuga de sua vítima e usou de todos os meios para descobrir e punir o libertador. O plano de Félix foi logo descoberto, e De Lacey e Ágatha, presos. As notícias chegaram aos ouvidos de Félix e fizeram com que despertasse de seu sonho de felicidade. Seu pai idoso e cego e sua delicada irmã estavam numa repugnante masmorra enquanto ele desfrutava do ar livre e da companhia daquela a quem amava. Essa ideia torturava-o. Acertou rapidamente com o turco que, caso este encontrasse uma oportunidade favorável para fugir antes de seu retorno à Itália, Safie ficaria hospedada num convento em Livorno; em seguida, deixando a adorável árabe, dirigiu-se às pressas a Paris e entregou-se, esperando assim obter a liberdade de De Lacey e Ágatha.

"Não foi bem-sucedido. Ficaram presos durante cinco meses, até que ocorreu o julgamento, cujo resultado foi o confisco de sua fortuna e a condenação ao exílio perpétuo fora de seu país natal.

"Encontraram um miserável refúgio naquela casa na Alemanha, onde os encontrei. Félix logo ficou sabendo que o turco traiçoeiro, por quem ele e sua família tiveram de suportar um castigo tão inaudito, ao descobrir que seu salvador havia sido reduzido à pobreza e à ruína traiu a honra e os bons sentimentos, deixando a Itália com sua filha e enviando a Félix de forma afrontosa uma ninharia em dinheiro para, como ele mesmo disse, ajudá-lo a levar a cabo algum plano com relação à sua manutenção no futuro.

"Tais eram os eventos que oprimiam o coração de Félix e faziam dele, quando o vi pela primeira vez, o mais infeliz de sua família. Ele poderia suportar a pobreza e, como tal infortúnio havia sido a recompensa por sua virtude, ufanava-se dele. Mas a ingratidão do turco e a perda de sua adorada Safie eram desgraças mais amargas e irreparáveis. A chegada da árabe infundia agora vida nova a sua alma.

"Quando chegou a Livorno a notícia de que Félix fora privado de sua fortuna e de sua posição social, o comerciante ordenou à filha que não pensasse mais no amado e se preparasse para voltar a seu país natal. A índole generosa de Safie ficou ultrajada com essa ordem; ela tentou discutir com seu pai, mas ele a deixou, irritado e reiterando sua ordem tirânica.

"Alguns dias depois, o turco entrou nos aposentos da filha e lhe disse, apressadamente, que tinha motivos para crer que a residência deles em Livorno havia sido divulgada e que ele seria em breve entregue ao governo francês; em consequência disso, contratou um barco que o levasse a Constantinopla, e para lá partiria dentro de algumas horas. Tinha a intenção de deixar sua filha sob os cuidados de um empregado de confiança, para seguir, quando fosse oportuno, com a maior parte das propriedades dele, que ainda não haviam chegado a Livorno.

"Quando se viu sozinha, Safie elaborou na mente o plano de conduta que lhe cabia seguir naquela emergência. Morar na Turquia era uma perspectiva odiosa, à qual sua religião e seus sentimentos eram contrários. Através de alguns papéis de seu pai que lhe chegaram às mãos, ela ficou sabendo acerca do exílio de seu amante e descobriu o nome do lugar onde ele então residia. Hesitou por algum tempo, mas afinal tomou sua decisão. Levando consigo algumas joias que lhe pertenciam e um pouco de dinheiro, deixou a Itália com uma criada, uma nativa de Livorno que compreendia, porém, o idioma da Turquia, e partiu rumo à Alemanha.

"Chegou em segurança a uma cidade que ficava a cerca de cem quilômetros da casa de De Lacey, quando sua criada adoeceu gravemente. Safie cuidou dela com o mais devotado afeto, mas a pobre moça morreu e a árabe viu-se sozinha; não estava familiarizada com a língua daquele país e era inteiramente ignorante acerca dos hábitos do mundo. Caiu em boas mãos, contudo. A italiana mencionara o nome do local aonde se dirigiam, e depois de sua morte a mulher em cuja casa se hospedavam garantiu que Safie chegasse em segurança à casa de seu amado."

capítulo 15

— Tal era a história dos adorados moradores daquela casa. Fiquei profundamente impressionado. Aprendi, com os aspectos da vida social que revelavam, a admirar as virtudes daquelas pessoas e a desaprovar os defeitos dos homens.

"Ainda assim, porém, considerava o crime um mal distante — a bondade e a generosidade estavam sempre presentes diante de mim, incitando em meu íntimo o desejo de me tornar um ator naquele palco movimentado ao qual tantas qualidades admiráveis eram convocadas e onde se exibiam. Ao explicar, porém, o progresso do meu intelecto, não posso omitir um fato que ocorreu no começo do mês de agosto, naquele mesmo ano.

"Certa noite, durante minha visita habitual ao bosque próximo, onde eu obtinha minha comida e levava lenha para a casa de meus protetores, encontrei no chão uma valise de couro que continha várias peças de vestuário e alguns livros. Apoderei-me avidamente do achado e levei-o de volta para a minha choupana. Por sorte, os livros eram escritos naquele idioma que eu aprendera na casa; eram eles o *Paraíso perdido*, um volume das *Vidas paralelas*, de Plutarco, e *Os sofrimentos do jovem Werther*. Estar de posse daquele tesouro me encheu de alegria; a partir dali estudava e exercitava minha mente o tempo todo nessas histórias, enquanto meus amigos se ocupavam de seus afazeres cotidianos.

"Mal posso lhe descrever o efeito que esses livros tiveram. Inspiraram-me uma infinidade de novas imagens e sentimentos que às vezes me deixavam extasiado, mas com maior frequência afundavam-me na mais negra depressão. Em *Os sofrimentos do jovem Werther*, além do interesse de sua história simples e comovente, tantas opiniões são discutidas e tantas luzes lançadas sobre o que até então haviam sido assuntos obscuros para mim que ali encontrei uma fonte inesgotável de especulação e admiração. Os hábitos domésticos e tranquilos ali descritos, combinados a sentimentos elevados, que tinham por objeto algo fora dos interesses pessoais, estavam bem de acordo com minha experiência entre meus protetores e com as necessidades sempre vivas em meu peito. Eu considerava o próprio Werther, porém, um ser mais divino do que todos que eu jamais vira ou imaginara; não era pretensioso, mas profundo. Os trechos que discorriam sobre morte e suicídio pareciam ter sido calculados para me encher de admiração. Eu não tinha a pretensão de penetrar nos méritos do caso, mas simpatizava com as opiniões do herói, cuja morte chorei mesmo sem compreendê-la com exatidão.

"Enquanto lia, contudo, eu me concentrava em meus próprios sentimentos e condição. Considerava-me parecido e, ao mesmo tempo, estranhamente diferente dos seres sobre os quais lia e cujas conversas ouvia. Simpatizava com eles e os compreendia, em parte, mas ainda não tinha tudo consolidado na mente; não dependia de quem quer que fosse e não tinha relações. Sempre encontrava livre o caminho de partida, e ninguém lamentaria minha morte. Eu era um ser odioso, de estatura gigantesca. O que isso significava? Quem era eu? O que era eu? De onde eu vinha? Qual era o meu destino? Essas perguntas eram sempre recorrentes, mas eu não tinha a capacidade de respondê-las.

"O volume das *Vidas paralelas*, de Plutarco, que eu possuía, continha a história dos fundadores das antigas repúblicas. Esse livro teve sobre mim um efeito bastante distinto de *Os sofrimentos do jovem Werther*. Com a imaginação de Werther, aprendi a melancolia e o desânimo, mas Plutarco ensinou-me pensamentos elevados; ergueu-me acima da esfera infeliz de minhas próprias reflexões e me fez admirar e amar os heróis de épocas passadas. Muito do que eu lia ultrapassava-me a compreensão e a experiência. Eu tinha um conhecimento muito confuso do que eram reinos, amplas extensões de terra, rios imensos e vastos mares. Não tinha qualquer noção, porém, do que fossem cidades e grandes congregações de homens. A casa de meus protetores fora a única escola em que eu estudara a natureza humana, mas aquele livro revelava novos e mais grandiosos cenários. Li a respeito de homens envolvidos com os negócios públicos, governando ou massacrando sua espécie. Eu sentia crescer em mim um grande apreço pela virtude e uma aversão aos maus hábitos, até onde era capaz de compreender o significado desses termos, tão relativos, ao aplicá-los, para meu exclusivo deleite e sofrimento. Induzido por esses sentimentos, fui obviamente levado a admirar legisladores pacíficos — Numa, Sólon e Licurgo, mais do que Rômulo e Teseu. Os hábitos de meus protetores fizeram com que essas impressões se gravassem fundo em minha mente; se eu tivesse sido apresentado à humanidade por um jovem soldado, sedento de glória e de matança, talvez fosse imbuído de sensações diferentes.

"Já o *Paraíso perdido* despertou emoções diferentes e muito mais profundas. Li-o do mesmo modo com que lera os outros dois volumes que me haviam caído nas mãos: como se fosse uma história real. Fez nascer em mim todos os sentimentos de admiração e reverência que a representação de um Deus onipotente rivalizando com suas criaturas era capaz de produzir. Eu me identificava com frequência nas várias situações, quando percebia a similaridade. Como Adão, nenhum laço aparentemente me unia a qualquer outro ser existente; seu estado era bastante diferente do meu, contudo, em todos os outros aspectos. Ele surgira das mãos de Deus como uma criatura perfeita, próspera e feliz, protegida pelos cuidados especiais de seu Criador; tinha permissão para se comunicar com seres de natureza superior e para deles adquirir sabedoria, mas eu era um infeliz, indefeso e só. Várias vezes considerei Satã o emblema mais justo de minha condição, pois frequentemente sentia, como ele, ao observar o contentamento de meus protetores, o fel da inveja crescer dentro de mim.

"Um outro evento confirmou e fortaleceu tais sentimentos. Logo após minha chegada à choupana, descobri alguns papéis no bolso da roupa que eu levara de seu laboratório. A princípio, não lhes dei importância, mas naquele momento era capaz de decifrar os caracteres em que tinham sido escritos, comecei a estudá-los atenciosamente. Era o seu diário relativo aos quatro meses que precederam a minha criação. Você descreveu com detalhes naquelas páginas cada passo dado no progresso de seu trabalho; a essa narrativa mesclavam-se relatos de fatos cotidianos. Sem dúvida que se recorda desses papéis. Aqui estão. Tudo é relatado nas páginas que fazem referência a minha amaldiçoada origem; os mínimos detalhes daquela série de eventos repugnantes que a produziram são expostos. É feita uma minuciosa descrição da minha abominável pessoa, numa linguagem que denota seu próprio horror e torna o meu indelével. Sentia-me cada vez mais enojado ao ler. 'Odioso foi o dia em que recebi a vida!', exclamei, em minha agonia. 'Maldito criador! Por que fez de mim um monstro tão hediondo de quem até mesmo você se afastou, com aversão? Deus, em sua piedade, fez os homens belos e encantadores, à Sua imagem; meu aspecto, porém, é uma representação asquerosa do seu, e a mínima semelhança torna-o ainda mais horrendo. Satã tinha seus companheiros, outros demônios, para admirá-lo e encorajá-lo, porém eu sou solitário e abominado.'

"Tais foram as reflexões de minhas horas de abatimento e solidão. Ao observar, contudo, as virtudes dos moradores da casa, sua índole afável e bondosa, persuadi-me de que quando eles soubessem de minha admiração por essas qualidades haveriam de se compadecer de mim e tolerar-me a deformidade física. Poderiam pôr para fora de casa alguém que, mesmo monstruoso, pedia sua compaixão e amizade? Decidi, afinal, não me desesperar, mas preparar-me de todas as formas possíveis para uma conversa com eles, que haveria de decidir meu destino. Adiei essa tentativa por mais alguns meses, pois a importância atribuída a seu sucesso enchia-me de terror ante a possibilidade de fracasso. Além disso, percebia que minha compreensão aumentava tanto com a experiência de cada dia que não me dispunha a fazer uma tentativa antes de permitir que alguns meses mais refinassem a minha sagacidade.

"Naquele ínterim, várias mudanças ocorreram na casa. A presença de Safie difundia felicidade entre seus habitantes, e descobri também que reinava ali a fartura. Félix e Ágatha passavam mais tempo divertindo-se e conversando e serviçais ajudavam-nos em seus afazeres. Não pareciam ricos, mas estavam satisfeitos e felizes; seus sentimentos eram de serenidade e paz, enquanto os meus tornavam-se mais tumultuados a cada dia. A aquisição de mais conhecimento só fazia me revelar com maior clareza o pária desgraçado que eu era. Acalentava esperanças, é verdade, mas elas desapareciam quando eu me via refletido na água ou quando via minha sombra à luz da lua, mesmo tratando-se de uma imagem débil e de uma sombra inconstante.

"Eu tentava repelir esses medos e me fortalecer para a prova à qual decidira me submeter dentro de alguns meses. Às vezes, permitia que meus pensamentos vagassem, liberados da razão, pelos campos do paraíso, e ousava imaginar criaturas afáveis e graciosas que compreendiam meus sentimentos e alegravam minhas tristezas; seus rostos angélicos se abriam em sorrisos de consolo. Era, contudo, um sonho; nenhuma Eva mitigava minhas penas ou compartilhava meus pensamentos. Eu estava só. Lembrava-me da súplica de Adão a seu Criador, mas onde estava o meu? Abandonara-me, e com amargura no coração eu o amaldiçoava.

"Assim se passou o outono. Vi, com surpresa e pesar, as folhas murcharem e caírem, e a natureza assumir novamente a aparência nua e triste que exibia na época em que contemplara pela primeira vez os bosques e a adorável lua. Não me incomodei, porém, com o clima frio; minha estrutura física habilitava-me a suportar melhor o frio que o calor. Minha principal fonte de prazer era, contudo, a visão das flores, dos pássaros e de tudo aquilo que enfeitava alegremente o verão; quando fui por eles abandonado, minha atenção concentrou-se sobretudo nos moradores da casa. Sua felicidade não diminuiu com o fim do verão. Amavam-se e se solidarizavam uns com os outros; a alegria que sentiam com aquele convívio não esmorecia com as casualidades que tinham lugar em torno deles. Quanto mais eu os observava, maior se tornava o desejo de pedir sua proteção e generosidade; meu coração ansiava em ser conhecido e amado por aquelas criaturas afáveis. Ver seus doces rostos voltados para mim com afeto era o ponto culminante de minhas ambições. Não ousava pensar que haveriam de desviá-los, com desdém e horror. Os pobres que batiam na sua porta nunca eram mandados embora. Eu pedia, era verdade, dádivas maiores do que um pouco de comida ou repouso: desejava gentileza e simpatia, mas disso não acreditava ser totalmente indigno.

"O inverno avançava, e um ciclo completo de estações passara desde que eu despertara para a vida. Minhas atenções, nesse momento, estavam exclusivamente voltadas ao plano de entrar na casa de meus protetores. Ponderei acerca de muitos projetos, mas aquele em que afinal me fixei era o de entrar na casa quando o cego estivesse sozinho. Eu tinha sagacidade suficiente para perceber que meu aspecto hediondo era o principal motivo de horror entre aqueles que me haviam visto antes. Minha voz, embora áspera, nada tinha de terrível; pensei, portanto, que se na ausência dos filhos eu conseguisse conquistar a simpatia e a proteção do velho De Lacey, talvez desse modo pudesse vir a ser tolerado por meus protetores mais jovens.

"Certo dia, quando o sol brilhava sobre as folhas vermelhas caídas pelo chão e espalhava alegria, embora negasse calor, Safie, Ágatha e Félix partiram para uma longa caminhada pelos campos, deixando o velho, que assim o desejara, sozinho na casa. Quando seus filhos partiram, ele pegou o violão e tocou diversas árias tristes e bonitas, mais tristes e bonitas do que qualquer outra que eu o tivesse ouvido tocar antes. A princípio, sua fisionomia iluminou-se de prazer, mas à medida que continuava seguiram--se a reflexão e a melancolia. Afinal, deixando de lado o instrumento, ele sentou-se e se deixou absorver pelos pensamentos.

"Meu coração batia rápido; aquela era a hora e o momento da prova, que decidiria minhas esperanças ou concretizaria meus medos. Os serviçais haviam ido a uma feira nos arredores. Tudo estava silencioso no interior da casa e nas proximidades; era uma excelente oportunidade. Ainda assim, quando comecei a pôr meu plano em prática, os membros não me obedeceram e caí no chão. Ergui-me de novo e, valendo-me de toda a força que possuía, removi as tábuas que pusera diante da choupana a fim de encobrir meu refúgio. O ar fresco me revigorou, e com renovada determinação aproximei-me da porta da casa.

"Bati.

"— Quem está aí? — perguntou o velho. — Entre.

"Entrei.

"— Perdoe-me esta invasão — eu disse. — Sou um viajante em busca de um pouco de repouso; ficaria imensamente grato se o senhor me permitisse ficar alguns minutos junto ao fogo.

"— Entre — disse De Lacey —, e tentarei, na medida do possível, atender às suas necessidades. Infelizmente, porém, meus filhos estão longe de casa, e como sou cego, creio que será difícil arranjar-lhe um pouco de comida.

"— Não se preocupe, gentil anfitrião; tenho comida. Só preciso de calor e repouso.

"Sentei-me, e o silêncio se seguiu. Eu sabia que cada minuto era-me precioso, mas ainda assim permanecia indeciso acerca da forma de como iniciar a conversa, quando o velho dirigiu-se a mim:

"— Pelo seu idioma, forasteiro, suponho que o senhor seja meu conterrâneo. É francês?

"— Não, mas fui educado por uma família francesa e essa é a única língua que compreendo. Irei agora pedir a proteção de alguns amigos, por quem tenho sincera afeição e cujos favores espero conseguir.

"— São alemães?

"— Não, são franceses. Mas mudemos de assunto. Sou uma criatura infeliz e desamparada; olho ao meu redor e não tenho parentes ou amigos sobre a Terra. Essas pessoas amáveis que estou indo encontrar nunca me viram e pouco sabem sobre mim. Estou apavorado, pois, se lá falhar, serei um pária no mundo para sempre.

"— Não se desespere. Não ter amigos é de fato uma infelicidade, mas os corações dos homens, quando não têm preconceitos devido a algum óbvio interesse pessoal, são cheios de amor fraterno e caridade. Fique, portanto, confiante: se esses amigos são bons e amáveis, não perca as esperanças.

"— Eles são gentis, são as melhores criaturas do mundo; mas infelizmente têm preconceitos com relação a mim. Tenho uma índole boa; até hoje tenho levado uma vida inofensiva e, em certo nível, beneficiado outros. Mas um preconceito fatal turva-lhes os olhos, e onde deveriam ver um amigo gentil e sensível, veem apenas um monstro detestável.

"— Esse é de fato um infortúnio; mas se o senhor é mesmo inocente, não conseguirá fazê-los mudar de ideia?

"— Estou prestes a abraçar essa tarefa, e é por causa dela que sinto um medo tão esmagador. Amo com ternura esses amigos; tenho mantido, durante vários meses e sem o conhecimento deles, o hábito de lhes prestar favores diários. Acreditam, no entanto, que eu desejo prejudicá-los, e é esse preconceito que preciso derrubar.

"— Onde moram esses amigos?

"— Perto daqui.

"O velho fez uma pausa, e em seguida continuou:

"— Se o senhor me relatar sem reservas os pormenores de sua história, talvez eu possa ser útil para ajudar a desfazer o preconceito dessa gente. Sou cego e não posso tecer julgamentos com base em sua aparência, mas há algo em suas palavras que me leva a crer na sua sinceridade. Sou pobre e sou um exilado, mas hei de ter uma satisfação genuína em poder de alguma forma ser útil a uma criatura humana.

"— Meu bom senhor, agradeço-lhe e aceito sua generosa oferta. Com essa gentileza, o senhor me dá novo ânimo, e acredito que com sua ajuda não me serão negadas a companhia e a solidariedade de seus semelhantes.

"— Que os céus não permitam! Mesmo que o senhor fosse um criminoso, pois assim seria levado ao desespero, e não à virtude. Também sou um desafortunado; eu e minha família fomos condenados, ainda que inocentes; imagine, então, se sua infelicidade não me sensibiliza.

"— Como posso lhe agradecer, meu único e bondoso benfeitor? De seus lábios ouvi a voz da gentileza dirigida a mim; serei sempre grato. E a sensibilidade que o senhor agora demonstra assegura-me de meu sucesso junto aos amigos que estou prestes a encontrar.

"— Posso perguntar os nomes e a residência desses amigos?

"Fiz uma pausa. Aquele, pensei eu, era o momento decisivo, que haveria de me negar ou de proporcionar-me a felicidade eterna. Procurei em vão ter firmeza suficiente para responder-lhe, mas o esforço acabou com toda a força que ainda me restava; afundei na cadeira e comecei a soluçar alto. Nesse instante, ouvi os passos de meus jovens protetores. Não tinha um momento a perder. Agarrando a mão do velho, exclamei:

"— Esta é a hora! Salve-me, proteja-me! O senhor e sua família são os amigos que eu busco. Não me abandone no momento da provação!

"— Meu Deus! — exclamou o velho. — Quem é o senhor?

"Nesse instante, a porta da casa se abriu. Félix, Safie e Ágatha entraram. Como posso descrever seu horror e sua consternação ao me ver? Ágatha desmaiou e Safie, incapaz de pensar em sua amiga, correu para fora da casa. Félix disparou em minha direção e, com força inumana, arrancou-me de seu pai, a cujos joelhos eu me agarrava; arrebatado pela fúria, atirou-me ao chão e golpeou-me violentamente com um pedaço de pau. Eu poderia tê-lo despedaçado membro a membro, como o leão faz com o antílope. Meu coração, porém, afundava dentro de mim com uma tristeza amarga, e nada fiz. Vi-o prestes a repetir o golpe quando, subjugado pela dor e pela angústia, deixei a casa e, em meio ao tumulto geral, fugi despercebido para a minha choupana."

capítulo 16

— Maldito, maldito criador! Por que razão continuei vivo? Por que, naquele instante, não extingui a centelha de existência que você tão arbitrariamente concedera? Não sei; o desespero ainda não se apoderara de mim; meus sentimentos eram a raiva e o desejo de vingança. Poderia ter destruído com prazer aquela casa e seus moradores e ter me fartado com seus gritos e sua desgraça.

"Quando caiu a noite, deixei meu refúgio e andei a esmo pela floresta; e então, quando não mais me retinha o medo de ser descoberto, dei vazão à minha angústia com uivos assustadores. Eu era como um animal selvagem que se soltara de sua armadilha, destruindo os objetos que me obstruíam e vagando pela floresta com a rapidez de um cervo. Ah! Que noite miserável passei! As estrelas frias brilhavam, escarnecendo de mim, e as árvores nuas sacudiam os braços sobre minha cabeça; vez por outra, a voz doce de um pássaro se fazia ouvir em meio àquele silêncio profundo. Todas as coisas desfrutavam do repouso ou da satisfação — exceto eu, que, como satanás, trazia um inferno dentro de mim e, descobrindo-me rejeitado, queria arrancar as árvores, espalhar o caos e a destruição ao meu redor, para depois me sentar e me comprazer com as ruínas.

"Tais eram, porém, sensações extremadas que não tinham como perdurar; fiquei cansado com o excesso de esforço físico e me afundei na grama úmida, abatido pela impotência e pelo desespero. Entre as miríades de homens existentes, não havia um único disposto a se apiedar de mim ou a me prestar ajuda. Deveria eu, então, ser gentil com meus inimigos? Não. Naquele momento declarei guerra perpétua à espécie e, acima de tudo, àquele que me dera vida e me mandara embora rumo àquela insuportável desgraça.

"O sol nasceu; ouvi vozes humanas e sabia ser impossível retornar ao meu refúgio naquele dia. Escondi-me portanto em meio à vegetação mais espessa, determinado a usar as horas seguintes refletindo sobre a minha situação.

"O sol agradável e o ar puro me fizeram recuperar um pouco de tranquilidade; quando considerei o que me ocorrera na casa, foi inevitável acreditar que tinha sido precipitado demais em minhas conclusões. Eu com certeza agira de forma imprudente. A conversa parecia ter sensibilizado o pai a meu favor, e fui um tolo ao me expor à repulsa de seus filhos. Devia ter deixado que o velho De Lacey se familiarizasse comigo e ter me revelado aos poucos ao resto da família, quando estivessem preparados para que eu me aproximasse. Não acreditava, porém, que meus erros fossem irreversíveis, e depois de muito refletir decidi voltar à casa, procurar pelo velho e, com meu relato, conquistar sua cumplicidade.

"Esses pensamentos me acalmaram, e à tarde caí num sono profundo; mas meu sangue fervia e não me permitiu ter sonhos pacíficos. A cena horrível da véspera se repetia sem cessar diante de meus olhos: as mulheres corriam e o furioso Félix arrancava-me dos pés de seu pai. Acordei exausto, e ao descobrir que já era noite saí furtivamente de meu esconderijo, em busca de comida.

"Depois de aplacar a fome, encaminhei-me à já conhecida trilha que levava à casa. Lá, tudo estava em paz. Esgueirei-me para dentro de minha choupana e ali fiquei, aguardando em silêncio a hora habitual em que a família acordava. A hora passou, o sol já estava alto no céu, mas os moradores da casa não apareceram. Eu tremia violentamente, temendo algum terrível infortúnio. O interior da casa estava escuro e não se ouvia qualquer movimento; não sou capaz de descrever a agonia desse suspense.

"Logo em seguida, dois camponeses iam passando, mas, parando junto à casa, começaram a conversar, gesticulando com violência. Eu não compreendia o que diziam, já que falavam a língua daquele país, diferente daquela de meus protetores. Pouco depois, no entanto, Félix se aproximou com outro homem; fiquei surpreso, pois sabia que ele não saíra da casa naquela manhã, e procurei, ansioso, descobrir através de suas palavras o significado daquele insólito desaparecimento.

"— O senhor está ciente — disse-lhe seu companheiro — de que será obrigado a pagar o equivalente ao aluguel de três meses e a perder a safra de sua horta? Não quero levar vantagens injustas e, portanto, peço-lhe que tire alguns dias para refletir sobre sua determinação.

"— É totalmente inútil — replicou Félix. — Nunca mais poderemos morar em sua casa. A vida de meu pai corre grande risco, por causa do terrível acontecimento que lhes relatei. Minha esposa e minha irmã jamais vão se recobrar do terror que sentiram. Rogo-lhe que não discuta mais comigo. Tome de volta sua propriedade e deixe-me ir embora deste lugar.

"Félix tremia violentamente ao dizer essas palavras. Ele e seu companheiro entraram na casa, onde permaneceram por alguns minutos, e depois saíram. Nunca mais vi qualquer um dos membros da família de De Lacey.

"Permaneci em minha choupana durante o resto do dia, num estado de desespero absoluto e estúpido. Meus protetores haviam partido, e com isso desfeito o único vínculo que me ligava ao mundo. Pela primeira vez, os sentimentos de ódio e desejo de vingança encheram-me o peito, e eu não tentei controlá-los, mas, permitindo-me ser levado pela correnteza, inclinei-me na direção da injúria e da morte. Quando pensei em meus amigos, na doce voz de De Lacey, nos olhos meigos de Ágatha, na beleza exótica da árabe, esses pensamentos desapareceram e um jorro de lágrimas de certa forma me acalmou. Quando mais uma vez, porém, lembrei-me de que eles me haviam desdenhado e rejeitado, a raiva retornou, uma onda de raiva, e, incapaz de fazer mal aos homens, eu dirigia minha fúria contra objetos inanimados. Enquanto a noite avançava, depositei vários materiais combustíveis em torno da casa e, depois de ter destruído os menores vestígios do cultivo da horta, esperei com uma forçada impaciência até que a lua tivesse desaparecido para dar início à minha operação.

"Com a noite, um vento furioso surgiu, vindo da floresta, e rapidamente dispersou as nuvens que haviam ficado no céu; os relâmpagos rasgavam a escuridão como uma enorme avalanche e produziam em minha alma uma espécie de insanidade que rompia todas as fronteiras da razão e da reflexão. Pus fogo num galho seco de árvore e lancei com fúria ao redor da afeiçoada casa, meus olhos ainda fixos no horizonte a oeste, cuja beirada a lua quase tocava. Enfim, uma parte do orbe se escondeu, e eu brandi o galho. A lua se ocultou, e, com um grito alto, pus fogo na palha, na urze e no mato que recolhera. O vento avivou o fogo, e a casa foi rapidamente envolvida pelas chamas, que se agarravam a ela e a lambiam com suas línguas múltiplas e destruidoras.

"Logo que me convenci de que nenhuma ajuda conseguiria salvar uma única parte da casa, saí dali e fui buscar refúgio na floresta.

"E agora, com o mundo diante de mim, que direção devia seguir? Resolvi fugir para longe do cenário de meus infortúnios; para mim, contudo, odiado e desprezado, qualquer lugar haveria de se revelar igualmente horrível. Afinal pensei em você. Descobri, lendo seus papéis, que você era meu pai, meu criador; e haveria alguém mais adequado a quem eu pudesse recorrer do que o homem que me concedera a vida? Nas aulas que Félix dera a Safie, a geografia não fora omitida. Eu aprendera ali a localização dos diferentes países do mundo. Você mencionara Genebra como sendo sua cidade natal, e naquela direção resolvi seguir.

"Como, porém, eu haveria de me orientar? Sabia que tinha de viajar na direção sudoeste para alcançar meu destino, mas meu único guia era o sol. Eu não sabia os nomes das cidades pelas quais devia passar, tampouco podia pedir informações a quem quer que fosse, mas não perdi as esperanças. Somente de você eu poderia esperar obter auxílio, embora não nutrisse por sua pessoa qualquer sentimento além do ódio. Criador insensível e cruel! Você me dotara de percepções e paixões para depois mandar-me embora, objeto de escárnio e terror da humanidade. Era o único, porém, de quem eu poderia exigir piedade e a correção de tal erro, e decidi buscar junto a você a justiça que, em vão, tentara obter de qualquer outro ser humano.

"Minhas viagens foram longas, e intensos os sofrimentos que tive de suportar. O outono já ia avançado quando parti da região onde morara por tanto tempo. Só viajava à noite, temeroso de me deparar com o rosto de um ser humano. A natureza se deteriorava ao meu redor, e o sol já não fornecia calor algum; a chuva e a neve caíam ao meu redor, rios enormes congelavam, a superfície da terra se tornava dura e fria, e nua, e eu não encontrava abrigo. Ah, terra! Com que frequência amaldiçoei a causa da minha existência! A mansidão de minha natureza desaparecera da minha alma, dando lugar à amargura e ao rancor. Quanto mais eu me aproximava do lugar onde você residia, mais profundamente sentia o espírito de vingança aceso em meu coração. A neve caía, a superfície dos rios endurecia, mas eu não descansava. Alguns acidentes naturais aqui e ali me guiavam, e eu possuía um mapa da região, mas frequentemente saía de minha rota e vagava a esmo. A agonia de meus sentimentos não me dava trégua; não ocorreu um único incidente do qual minha raiva e minha angústia não pudessem se alimentar; quando, porém, eu chegava às fronteiras da Suíça, na época em que o sol recobrava seu calor e a terra verdejava outra vez, ocorreu um fato que acentuou de maneira muito particular minha amargura e melancolia.

"Eu normalmente repousava durante o dia e só viajava quando a noite me protegia dos olhos dos homens. Certa manhã, contudo, descobrindo que meu caminho atravessava uma densa floresta, aventurei-me a seguir viagem após o nascer do sol; aquele dia, um dos primeiros de primavera, alegrava até mesmo a mim, com o encanto de sua luz e com o efeito balsâmico do ar fresco. Senti renascerem em mim a mansidão e o prazer, que pareciam mortos havia muito. Algo surpreso com a novidade daquelas sensações, deixei-me levar por elas e, esquecendo minha solidão e deformidade, ousei ficar feliz. Lágrimas suaves voltaram a correr-me pelo rosto, e cheguei a erguer com gratidão meus olhos úmidos para aquele sol abençoado, que tanta alegria me proporcionava.

"Continuei meu caminho sinuoso pelas trilhas até chegar ao final da floresta, margeada por um rio fundo e de correnteza veloz, sobre o qual muitas árvores inclinavam seus galhos, agora cheios de brotos por causa da primavera recém-chegada. Detive-me ali, sem saber ao certo que rumo tomar, quando ouvi o som de vozes, o que me induziu a buscar esconderijo por trás de um cipreste. Mal havia me escondido quando uma menina veio correndo na direção do lugar onde eu estava, rindo, como se fugisse de alguém por brincadeira. Correu ao longo das margens íngremes do rio, mas de repente escorregou e caiu na água de correnteza veloz. Saí correndo de meu esconderijo e, com um enorme esforço, nadando contra a corrente, salvei-a e a levei até a margem. Ela havia perdido os sentidos, e eu tentava de todas as formas possíveis reanimá-la quando fui subitamente interrompido pela aproximação de um camponês, provavelmente a pessoa da qual ela fugia por brincadeira. Ao me ver, ele disparou em minha direção e, arrancando-me a garota dos braços, fugiu para dentro da floresta. Segui-o rapidamente, e mal sabia por quê; quando o homem viu que eu me aproximava, contudo, apontou-me a arma que carregava consigo e disparou. Caí no chão, e meu agressor, com uma rapidez ainda maior, escapou para o interior da floresta.

"Era aquele, então, o pagamento pela minha bondade! Eu salvara da morte um ser humano e, como recompensa, agora contorcia-me de dor por causa daquela ferida que me despedaçara a carne e o osso. Os sentimentos de afabilidade e mansidão que eu experimentara poucos minutos antes deram lugar a um ódio infernal, que me fazia ranger os dentes. Enfurecido pela dor, jurei eterna inimizade a todos os homens e jurei também que haveria de me vingar. A agonia da ferida sobrepujou-me, porém; meu pulso enfraqueceu e desmaiei.

"Durante algumas semanas, levei uma vida miserável na floresta, tentando curar o ferimento que recebera. A bala penetrara-me o ombro, e eu não sabia se havia permanecido lá ou se passara através dele; de qualquer modo, não tinha condições de extraí-la. Meu sofrimento também aumentava com a opressiva sensação da injustiça e ingratidão que havia na atitude de meu agressor. Eu reiterava diariamente meus votos de vingança — uma vingança profunda e mortífera, pois só assim seria compensado pelo ultraje e pela angústia que suportara.

"Depois de algumas semanas, o ferimento cicatrizou, e eu segui viagem. As dificuldades que enfrentava já não eram mitigadas pelo sol radiante e pela brisa suave da primavera; todas as alegrias eram um escárnio que insultava minha ruína e me faziam sentir de forma ainda mais dolorosa que não tinha direito à satisfação e ao prazer.

"Meus esforços, contudo, aproximavam-se agora do fim, e dois meses depois cheguei aos arredores de Genebra.

"Era noite, e me recolhi num esconderijo entre os campos que circundam a cidade, a fim de meditar sobre a forma de me dirigir a você. Oprimiam-me o cansaço e a fome, e eu me sentia infeliz demais para me comprazer com as suaves brisas noturnas ou com a perspectiva de ver o sol se pôr atrás das estupendas montanhas do Jura.

"Nesse momento, um sono leve atenuou-me a dor das reflexões, mas foi perturbado pela aproximação de uma bela criança, que vinha correndo com toda a alegria de sua infância até o recanto onde eu estava. De súbito, ao contemplá-la, ocorreu-me que aquela criaturinha não tinha preconceitos e que vivera muito pouco para ter desenvolvido a aversão à deformidade. Se eu pudesse, portanto, capturá-la e educá-la para ser minha companheira e amiga, não haveria de me sentir tão só sobre aquela terra povoada.

"Movido por esse impulso, agarrei o garoto quando ele passou e puxei-o para junto de mim. Logo que me viu, ele cobriu os olhos com as mãos e deu um grito estridente; eu tirei à força suas mãos de sobre o rosto e lhe disse:

"— Menino, o que significa isso? Não tenho a intenção de machucá-lo; ouça-me.

"Ele se debatia violentamente.

"— Deixe-me ir — exclamou. — Monstro horroroso! Você quer me comer e me cortar em pedacinhos. Você é um ogro. Deixe-me ir ou conto ao papai.

"— Garoto, você jamais voltará a ver seu pai; precisa vir comigo.

"— Monstro horrível! Deixe-me ir. Meu pai trabalha para o governo, ele é M. Frankenstein e vai puni-lo. Não ouse me prender.

"— Frankenstein! Você pertence à família de meu inimigo, aquele ao qual jurei vingança eterna! Será minha primeira vítima.

"O menino se debatia e me cobria de injúrias que levavam o desespero a meu coração; apertei sua garganta para silenciá-lo, e um instante depois ele jazia morto aos meus pés.

"Contemplei minha vítima; meu coração encheu-se de exultação e de diabólico triunfo. Batendo as palmas das mãos, exclamei:

"— Também eu tenho o poder da destruição; meu inimigo não é invulnerável. Esta morte lhe trará desespero, e centenas de outros infortúnios hão de atormentá-lo e destruí-lo.

"Quando fixei os olhos na criança, vi que algo brilhava em seu pescoço. Apanhei-o; era o retrato de uma belíssima mulher. Apesar de minha malignidade, a imagem me enterneceu e atraiu. Por uns poucos instantes contemplei com satisfação seus olhos negros, emoldurados por longos cílios, e seus lábios adoráveis, mas logo minha raiva retornou;

lembrei-me de que fora privado para todo o sempre dos encantos de criaturas bonitas como aquela, e de que a mulher cujo rosto eu agora contemplava perderia, ao me ver, aquele ar de bondade divina, assumindo uma expressão de medo e asco.

"Surpreende-o que tais pensamentos aguçassem minha ira? Só o que me surpreende é o fato de eu ter, naquele momento, dado vazão ao que sentia através de exclamações angustiadas, em vez de precipitar-me no meio dos homens e perecer na tentativa de destruí-los.

"Assolado por tais sentimentos, deixei o local onde cometera o assassinato e, em busca de um esconderijo mais afastado, entrei num celeiro que me parecera vazio. Uma mulher dormia sobre um monte de palha; era jovem, e não tão bela quanto aquela cujo retrato eu levava, mas de aspecto agradável e resplandecente com os encantos da juventude e da saúde. Eis aqui, pensei, um daqueles sorrisos que proporcionam alegria a todos, menos a mim. E, então, inclinei-me para a frente e sussurrei:

"— Acorde, bela moça, seu amante está aqui; aquele capaz de dar a vida em troca de um olhar afetuoso seu. Minha amada, acorde!

"A moça adormecida se moveu; um calafrio de terror percorreu meu corpo. Será que ela de fato haveria de acordar, e me ver, e me amaldiçoar, e denunciar o assassino? Sem dúvida assim agiria quando seus olhos se abrissem e ela se deparasse comigo. Aquele pensamento me enlouqueceu e agitou o demônio dentro de mim — eu não haveria de sofrer, mas ela, sim. Caberia a ela pagar pelo crime que eu cometera por estar eternamente privado de tudo o que ela poderia me dar. Ela era a origem do crime; que caísse sobre ela a punição! Graças às aulas de Félix e às leis sanguinárias dos homens, eu agora aprendera a agir com malícia. Curvei-me sobre ela e fixei a miniatura numa das dobras de seu vestido. Ela voltou a se mover, e eu fugi.

"Durante alguns dias, vaguei pelo local onde esses acontecimentos tinham se dado, às vezes desejando ver você, às vezes decidido a deixar para sempre o mundo e seus infortúnios. Afinal, cheguei até estas montanhas e perambulei por seus imensos recessos, consumido por uma paixão ardente que só você pode satisfazer. Não iremos nos separar até que você tenha me prometido realizar o meu pedido. Sou infeliz e só; os homens não hão de se relacionar comigo; mas alguém que fosse deformado e horrível como eu não poderia negar-se a mim. Minha companheira deve ser da mesma espécie e ter os mesmos defeitos. Esse ser você deve criar."

capítulo 17

A criatura parou de falar e fixou os olhos em mim na expectativa de uma resposta. Eu estava, no entanto, aturdido, perplexo e incapaz de conferir às minhas ideias um mínimo de ordem que me permitisse compreender toda a extensão de sua proposta. Ele continuou:

— Você deve criar uma fêmea com quem eu possa viver e compartilhar os sentimentos de compreensão e harmonia necessários ao meu ser. É o único que pode fazer isso, e exijo-o como um direito que não deve se recusar a conceder.

A última parte de seu relato reacendera em mim a raiva que desaparecera quando ele narrava sua vida pacífica entre os moradores daquela casa na Alemanha, e quando disse essas palavras eu já não era capaz de conter a fúria que ardia em mim.

— Recuso-me — repliquei —, e nenhuma tortura será capaz de extrair de mim o consentimento. Você pode me tornar o mais miserável dos seres, mas jamais há de fazer com que eu pareça um homem vil aos meus próprios olhos. Criar outro como você e ver a maldade de ambos se associar para desgraçar o mundo! Vá embora! Já lhe dei sua resposta; pode me torturar, mas jamais consentirei.

— Você está errado — replicou o demônio —, e em vez de ameaçá-lo contento-me em argumentar. Sou mau porque sou infeliz. Não sou repudiado e detestado por toda a humanidade? Você, meu criador, triunfaria fazendo-me em pedaços; lembre-se disso e diga-me por que devo ter pelos homens mais piedade do que eles têm por mim. Se você me jogasse dentro de uma dessas fendas no gelo e me destruísse, eu, a criação de suas próprias mãos, não chamaria seu gesto de assassinato. Devo respeitar os homens quando eles me condenam? Se me fosse permitido conviver com os homens, numa relação cordial, em vez de danos eu lhes traria mil benefícios, com lágrimas de gratidão por ter sido aceito. Mas não pode ser assim. Os sentidos humanos são barreiras intransponíveis para nossa união. Não me comportarei, porém, com a submissão da escravidão abjeta. Hei de vingar as injúrias que recebi; se não sou capaz de inspirar amor, causarei medo, e sobretudo a você, meu arqui-inimigo, por ser meu criador, juro que nutrirei um ódio eterno. Tome cuidado; farei tudo para destruí-lo e não descansarei enquanto não tiver devastado seu coração, de forma tão absoluta que o fará amaldiçoar a hora em que nasceu.

Uma raiva diabólica o movia ao dizer essas palavras; seu rosto se enrugava em contorções horríveis demais para serem vistas pelos olhos dos homens; ele logo se acalmou, porém, e prosseguiu:

— Minha intenção é discutir racionalmente. Essa paixão me é perniciosa, pois você não se dá conta de que é a causa de toda sua intensidade. Se algum ser tivesse por mim sentimentos de compreensão, eu o recompensaria um milhão de vezes; pelo bem dessa única criatura, eu faria as pazes com toda a humanidade! Permito-me, porém, sonhos de felicidade que não têm como ser realizados. O que lhe peço é que seja razoável e moderado; exijo uma criatura do outro sexo, mas tão horrenda quanto eu. A gratificação é pequena, mas é tudo o que posso ter, e hei de me contentar com ela. É verdade que seremos monstros, apartados do mundo, mas por causa disso ficaremos mais unidos. Nossas vidas não serão felizes, mas serão inofensivas e livres da angústia que agora sinto. Ah! Meu criador, faça-me feliz; deixe que eu me sinta grato a você por esse único benefício! Deixe-me ter a experiência de despertar a simpatia em algum ser existente; não me negue esse pedido!

Fiquei comovido. Estremeci ao pensar no que poderia advir de minha anuência, mas senti que havia uma certa justiça em sua argumentação. Sua história e os sentimentos que ele expressava provavam se tratar de uma criatura de sensações refinadas, e eu não lhe devia, enquanto seu criador, toda a felicidade que estivesse em meu poder proporcionar? Ele viu a mudança de meus sentimentos e prosseguiu:

— Se a resposta for positiva, nem você nem qualquer outro ser humano nos há de rever. Irei para as vastas selvas sul-americanas. Minha comida não é igual à dos homens; não sacrifico o cordeiro e o cabrito para me empanturrar. As nozes e as frutas silvestres alimentam-me o suficiente. Minha companheira terá essa mesma natureza e há de se contentar com a mesma comida. Faremos nossa cama com folhas secas; o sol brilhará sobre nós como brilha sobre os homens e fará com que nosso alimento amadureça. O quadro que lhe descrevo é pacífico e humano, e você deve sentir que negá-lo seria um capricho de seu poder e crueldade. Mesmo tendo sido tão impiedoso em relação a mim, vejo agora a compaixão em seus olhos; deixe-me aproveitar essa ocasião e persuadi-lo a me prometer o que tão ardentemente desejo.

— Você propõe — repliquei — desaparecer dos lugares habitados pelos homens e ir viver naquela selva onde os animais selvagens serão seus únicos companheiros. Como poderá, você que tanto anseia pelo amor e pela compreensão dos homens, permanecer nesse exílio? Voltará, mais uma vez em busca de simpatia, e há de se confrontar com a repulsa; suas paixões malévolas vão se renovar, e você terá uma companheira para ajudá-lo na tarefa da destruição. Assim não pode ser; pare com sua argumentação, pois não posso consentir.

— Como são inconstantes os seus sentimentos! Um instante atrás você estava comovido com meu relato; por que volta a ficar empedernido diante de minhas queixas? Juro, pela terra em que vivo, e por você, que me criou, que com a companheira que me for dada eu desaparecerei de perto dos homens e viverei, como determinar meu destino, no mais selvagem dos lugares. Minhas paixões nocivas já terão desaparecido, pois eu terei encontrado alguém que me compreenda! Minha vida há de seguir em paz, e na hora da morte não amaldiçoarei meu criador.

Suas palavras tiveram um estranho efeito sobre mim. Eu sentia pena dele, e às vezes o desejo de consolá-lo, mas quando o contemplava, quando via aquela massa asquerosa que se movia e falava, meu coração se abatia e meus sentimentos passavam a ser o horror e o ódio. Tentava reprimir tais sensações; pensava que, como não tinha como me solidarizar com ele, não podia lhe negar a pequena cota de felicidade que ainda estava em meu poder conceder-lhe.

— Você jura ser inofensivo — eu disse —, mas já não demonstrou um nível de malícia capaz de me fazer, com razão, desconfiar de você? Não poderia até mesmo tudo isso ser um artifício que há de aumentar seu triunfo, proporcionando-lhe a capacidade de efetuar uma vingança ainda mais extensa?

— Como pode dizer isso? Não admito zombaria e exijo uma resposta. Se eu não tiver vínculos e um pouco de afeto, então o ódio e a maldade serão o meu quinhão; o amor de outro ser destruirá a causa de meus crimes, e ninguém saberá de minha existência. Minha má conduta é filha de uma solidão forçada, que abomino, e minhas virtudes necessariamente despertarão se eu viver em comunhão com um semelhante. Ganharei o afeto de uma criatura sensível e farei parte da cadeia da existência e dos acontecimentos de que me encontro agora excluído.

Fiz uma pausa para refletir sobre tudo o que ele relatara e os vários argumentos que apresentara. Pensei nas virtudes que ele prometia desenvolver no começo de sua existência e a subsequente ruína de todos os sentimentos benignos devido à aversão e ao desprezo que por ele manifestaram seus protetores. Sua força e suas ameaças não foram omitidas em minhas reflexões; uma criatura capaz de viver nas cavernas das geleiras e se esconder, quando perseguido, no cume de precipícios inacessíveis, tinha poderes com os quais seria inútil tentar competir. Depois de pesar longamente esses dados, concluí que a justiça de que tanto ele quanto meus semelhantes eram merecedores exigia-me que concordasse em satisfazer seu pedido. Voltando-me para ele, portanto, disse:

— Consinto em atendê-lo, sob seu juramento solene de deixar para sempre a Europa e qualquer outro lugar próximo à moradia dos homens, tão logo eu lhe entregue uma fêmea que irá acompanhá-lo em seu exílio.

— Juro — exclamou ele — pelo sol e pelo céu azul, e pela chama do amor que arde em meu coração, que, se satisfizer meu pedido, enquanto todas essas coisas existirem não tornará a me ver. Volte para casa e comece a trabalhar; observarei ansiosamente seu progresso, e não tema, pois só hei de aparecer quando tiver terminado.

Dizendo isso, ele subitamente me deixou, receoso talvez de que pudesse ocorrer alguma mudança em meus sentimentos. Vi-o descer a montanha com uma velocidade maior do que a do voo da águia e desaparecer logo depois entre as ondulações do mar de gelo.

Sua narrativa ocupara o dia todo, e o sol já tocava o horizonte quando ele partiu. Eu sabia que devia me apressar em descer até o vale, pois logo cairia a escuridão, mas meu coração estava pesado e meus passos, lentos.

O esforço de caminhar pelas trilhas estreitas e sinuosas da montanha tentando firmar os pés a cada passo deixou-me confuso, tomado como estava pelas emoções que os eventos ocorridos naquele dia haviam provocado. A noite já ia avançada quando cheguei ao local de descanso que ficava na metade do caminho e sentei-me junto à fonte. As estrelas brilhavam em intervalos, reveladas pelas nuvens; os pinheiros escuros erguiam-se diante de mim e vez por outra uma árvore partida jazia sobre o chão. Era uma paisagem de maravilhosa solenidade e despertava em mim estranhos pensamentos. Chorei, amargurado, e apertando as mãos em agonia exclamei:

— Ó estrelas, ó nuvens e vento, estão todos reunidos para escarnecer de mim; se realmente têm piedade, esmaguem minhas sensações e memória; reduzam-me ao nada. Se não, vão embora e me deixem na escuridão.

Tais pensamentos eram desvairados e miseráveis, mas não sou capaz de descrever ao senhor como o eterno cintilar das estrelas pesava sobre mim e como cada rajada de vento assemelhava-se, a meus ouvidos, ao siroco opressivo e ameaçador, prestes a me arrebatar.

O dia raiou antes que eu chegasse à aldeia de Chamounix; não descansei e regressei de imediato a Genebra. Mesmo em meu íntimo, eu não era capaz de exprimir minhas sensações — pesavam sobre mim como se fossem uma montanha, e sua intensidade esmagava minha agonia. Assim, voltei para casa e lá chegando fui ter com minha família. Minha aparência abatida e desarrumada deixou-os alarmados, mas não respondi a uma única pergunta; na verdade, eu mal falava. Sentia-me como se tivesse sido amaldiçoado — como se não tivesse direito a exigir-lhes solidariedade —, como se nunca mais pudesse vir a desfrutar de uma relação de amizade com eles. Ainda assim, porém, eu os amava com adoração e, para salvá-los, resolvi me dedicar àquela tão odiosa tarefa. A perspectiva de tal ocupação fazia com que qualquer outro evento de minha existência passasse como um sonho diante de meus olhos, e só aquele pensamento parecia fazer parte da minha vida real.

capítulo 18

Dias e depois semanas se passaram após meu retorno a Genebra, e eu não conseguia reunir coragem suficiente para recomeçar meu trabalho. Temia a vingança daquele demônio, que devia estar desapontado, mas mesmo assim não conseguia dominar a repugnância que sentia pela tarefa que agora se impunha a mim. Percebi que não conseguiria criar uma fêmea sem antes dedicar vários meses a um estudo aprofundado e a uma laboriosa pesquisa. Ouvira falar de certas descobertas feitas por um filósofo inglês, e conhecê-las era essencial para meu sucesso. Às vezes eu pensava em obter a permissão de meu pai para visitar a Inglaterra com esse propósito, mas me agarrava a qualquer pretexto para atrasar aquele trabalho e recusava-me a dar o primeiro passo de uma tarefa cuja imediata necessidade começava a se relativizar a meus olhos. Uma mudança de fato ocorrera em mim: minha saúde, que desde então declinara, agora melhorava bastante, e minha disposição de espírito, quando livre da memória daquela promessa infeliz, melhorava na mesma proporção. Meu pai observava com satisfação essa mudança, e orientava seus pensamentos na busca do melhor método para erradicar o restante de minha melancolia, que vez por outra retornava, intermitente, e toldava com uma escuridão devoradora o sol que se aproximava. Nesses momentos, eu me refugiava na mais completa solidão. Passava dias inteiros no lago, só, num barquinho, observando as nuvens e ouvindo, silencioso e desanimado, o murmúrio das ondas. O ar puro e o sol radiante raramente falhavam, porém, em me restituir alguma tranquilidade, e ao voltar eu recebia com um sorriso mais vivo e com o coração mais alegre as saudações de meus amigos.

Foi após meu regresso de um desses passeios que meu pai, chamando-me a um canto, dirigiu-se a mim com as seguintes palavras:

— Fico feliz ao perceber, filho querido, que recuperou seus antigos prazeres e que parece estar voltando a ser você mesmo. Mesmo assim, porém, continua infeliz e ainda evita o convívio conosco. Durante algum tempo, perdi-me em conjecturas sobre qual seria a causa disso, mas ontem uma ideia me ocorreu, e se tiver fundamento rogo-lhe que me diga. Manter-se reservado num assunto desses não apenas seria inútil, como causaria a nós uma tristeza triplicada.

Tremi violentamente diante desse preâmbulo, e meu pai continuou:

— Confesso, meu filho, que sempre aguardei com ansiedade seu casamento com nossa querida Elizabeth, encarando-o como o arremate do bem-estar de nossa família e o amparo da minha velhice. Desde a mais tenra infância vocês eram ligados; estudaram juntos e pareciam, nos gostos e no temperamento, feitos um para o outro. Às vezes, porém, é tanta nossa cegueira que aquilo que eu considerava ser o principal auxílio a meu plano talvez o tenha destruído inteiramente. É possível que você a considere sua irmã e não tenha qualquer desejo de transformá-la em esposa. Além disso, talvez tenha encontrado alguém que ama e considere-se atado a Elizabeth por questões de honra. Uma luta interna dessa intensidade seria responsável por essa profunda tristeza que parece sentir.

— Querido pai, fique tranquilo. Amo minha prima com ternura e sinceridade. Jamais vi uma mulher que despertasse em mim, como Elizabeth desperta, fervorosa admiração e afeto profundo. Meus desejos e perspectivas para o futuro estão inteiramente vinculados à expectativa de nossa união.

— A expressão de seus sentimentos a esse respeito, meu caro Victor, proporciona-me mais prazer do que tenho experimentado faz algum tempo. Se é assim que você sente, com certeza seremos felizes, mesmo que os acontecimentos do presente projetem sobre nós uma sombra. Esse desalento, porém, parece ter se apoderado com muita força de sua mente; gostaria de dissipá-lo. Diga-me, portanto, se acaso se opõe a uma imediata celebração do casamento. Temos tido muitos infortúnios, e os acontecimentos recentes levaram-nos aquela tranquilidade cotidiana adequada à minha idade e às minhas enfermidades. Você é mais jovem, mas possui uma fortuna razoável; não acredito, portanto, que um casamento precoce vá interferir em quaisquer planos futuros de reconhecimento e trabalhos valiosos. Não suponha, contudo, que eu queira lhe prescrever a felicidade, ou que uma demora maior de sua parte venha a me causar um dissabor mais sério. Interprete com imparcialidade minhas palavras e responda-me, é o que peço, com sinceridade e confiança.

Ouvi em silêncio meu pai, e durante algum tempo não fui capaz de lhe dar qualquer resposta. Eu revolvia em minha mente inúmeros pensamentos, tentando chegar a alguma conclusão. Ai de mim! A ideia de uma união imediata com Elizabeth enchia-me de terror e aflição. Eu estava vinculado ao monstro por uma promessa solene que ainda não cumprira e não ousava quebrar — se o fizesse, quantos infortúnios não penderiam sobre mim e minha dedicada família! Poderia eu tomar parte numa festa com aquele peso mortal ainda pendurado em meu pescoço e puxando-me para o chão? Eu tinha de cumprir o que prometera e deixar o monstro partir com sua companheira antes de me permitir desfrutar de uma união na qual eu esperava encontrar paz.

Lembro-me também da necessidade que se impunha a mim: ou viajar à Inglaterra, ou dar início a uma longa correspondência com os filósofos daquele país, cujas descobertas e cujo conhecimento eram-me indispensáveis para minha atual incumbência. O último método para obter a inteligência almejada era dilatório e insatisfatório; além disso, eu tinha uma insuperável aversão à ideia de empreender aquela abominável tarefa na casa de meu pai, em meio ao cotidiano das relações familiares com aqueles que eu amava. Sabia que centenas de incidentes assustadores poderiam ocorrer, e o menor deles já seria suficiente para revelar uma história que encheria de terror todos aqueles ligados a mim. Também estava consciente de que perderia com frequência o autocontrole, toda a capacidade de esconder as angustiantes sensações pelas quais seria possuído durante o processo de minha sobrenatural ocupação. Devia até me afastar de todos aqueles que amava enquanto empreendesse aquela tarefa. Uma vez iniciada, ela rapidamente seria concluída, e eu poderia voltar para minha família em paz e feliz. Tendo cumprido minha promessa, o monstro partiria para sempre. Ou (assim eu fantasiava) algo poderia acontecer naquele ínterim que o destruísse e encerrasse definitivamente minha escravidão.

Tais sentimentos ditaram a resposta que dei a meu pai. Expressei a vontade de visitar a Inglaterra, mas, sem revelar a real natureza desse pedido, revesti meu desejo com um disfarce que não despertaria suspeitas e nele insisti com uma veemência que levou com facilidade meu pai a aquiescer. Depois de um período tão longo de uma melancolia que me absorvia e que parecia, por sua intensidade e por seus efeitos, loucura, ele estava feliz em descobrir que eu era capaz de obter prazer com a ideia de uma viagem como aquela e esperava que uma mudança de ambiente e diversões distintas me fizessem recobrar inteiramente, antes de meu retorno, o equilíbrio normal.

A duração de minha ausência foi deixada a meu critério; alguns meses, ou no máximo um ano, era o período imaginado. Uma delicada precaução paterna foi a de me garantir uma companhia. Sem falar previamente comigo, meu pai havia, junto com Elizabeth, combinado com Clerval para que ele se reunisse a mim em Estrasburgo. Isso interferia na solidão que eu ambicionava conseguir para o cumprimento de minha tarefa; no início de minha viagem, porém, a presença de meu amigo não poderia representar um impedimento, e eu sinceramente alegrei-me, pois assim ficaria livre por muitas horas de uma reflexão solitária e enlouquecedora. Além disso, Henry garantiria que meu inimigo mantivesse distância. Se eu estivesse só, não poderia ele, às vezes, impor-me sua abominável presença, a fim de me recordar minha tarefa ou observar seu progresso?

À Inglaterra, portanto, eu rumava, e ficou acertado que minha união com Elizabeth ocorreria logo após meu retorno. A idade de meu pai tornava-o definitivamente avesso a qualquer atraso. Para mim, havia uma recompensa que eu me prometia para aquela tarefa detestável, um consolo para meus sofrimentos sem paralelo: era a perspectiva do dia em que, libertado de minha miserável escravidão, eu pudesse tomar Elizabeth como esposa e esquecer o passado em minha união com ela.

Eu tomava então providências para minha viagem, mas era assombrado por um sentimento que me enchia de medo e agitação. Durante minha ausência, deixaria meus amigos inconscientes da existência do seu inimigo e desprotegidos diante de seus ataques, pois talvez minha partida o exasperasse. Ele havia, contudo, prometido seguir-me aonde eu fosse; não iria me acompanhar à Inglaterra? Imaginar isso era terrível, mas também me apaziguava, visto que garantia a segurança de meus amigos. Angustiava-me pensar na possibilidade de que ocorresse o oposto. Ao longo de todo o período, porém, durante o qual fui escravo de minha criatura, permiti-me ser governado pelos impulsos momentâneos, e minhas sensações naquele instante afirmavam-me que o demônio haveria de me seguir e livrar minha família do perigo de suas maquinações.

Foi no final de setembro que mais uma vez deixei meu país natal. A viagem havia sido sugerida por mim, portanto Elizabeth aquiescera, mas estava inquieta com a ideia de meu sofrimento longe dela, e das incursões da tristeza e do pesar. Em seu zelo, cuidara para me proporcionar um companheiro, Clerval — e ainda assim um homem é sempre cego a centenas de pequenos fatos que revelam a atenção diligente de uma mulher. Ela queria pedir que eu voltasse logo; várias emoções conflituosas a deixaram muda quando ela me deu seu silencioso adeus, em meio às lágrimas.

Atirei-me na carruagem que iria me transportar para longe, mal sabendo para onde ia e sem prestar atenção no que se passava lá fora. Lembro-me somente, e foi com uma angústia amargurada que refleti sobre isso, de ter dado a ordem de que meus instrumentos químicos fossem embalados para seguir comigo. Cheio de imagens tristes na mente, atravessei muitos lugares belos e majestosos, mas meus olhos estavam fixos e desatentos. Só conseguia pensar no objetivo de minha viagem e no trabalho que haveria de me ocupar enquanto ela durasse.

Após alguns dias da mais apática indolência, durante os quais percorri muitos quilômetros, cheguei a Estrasburgo, e lá esperei dois dias por Clerval. Ele chegou. Ai de mim, como era grande o contraste entre nós! Ele estava atento a cada nova paisagem, alegre quando via as belezas do sol poente e mais feliz quando contemplava a aurora e o começo de um novo dia. Chamava-me a atenção para a mudança de cores na paisagem e para o aspecto do céu.

— Isto é que é viver! — exclamava ele. — Agora sou feliz por existir! Mas você, meu caro Frankenstein, por que razão está desanimado e aflito?

Ocupavam-me de fato pensamentos sombrios, e eu não via nem a descida da estrela vespertina, nem a radiante aurora que se refletia no Reno. E o senhor, meu amigo, haveria de divertir-se muito mais com o diário de Clerval, que observava a paisagem com sensibilidade e deleite, do que com o relato das minhas reflexões — eu, um desgraçado miserável, assombrado por uma maldição que me fechava as portas de qualquer satisfação.

Havíamos concordado em descer o Reno num barco, de Estrasburgo a Roterdã, onde poderíamos tomar uma embarcação até Londres.

Durante essa viagem, passamos por muitas ilhotas cheias de salgueiros e vimos várias cidades bonitas. Passamos um dia em Mannheim e no quinto dia após nossa partida chegamos a Mainz. O curso do Reno, a partir dali, torna-se muito mais pitoresco. O rio desce com a correnteza ágil e serpenteia entre colinas não muito altas, mas íngremes, e de formas belas. Vimos vários castelos em ruínas erguendo-se à beira de precipícios, cercados por florestas negras, altos e inacessíveis. Aquela parte do Reno oferece, de fato, uma paisagem singularmente diversificada. Num ponto veem-se colinas escarpadas, castelos em ruínas projetando-se sobre imensos precipícios, com o escuro Reno correndo a seus pés; numa súbita curva do rio, surgem cidades populosas, viçosos vinhedos e ribanceiras verdes em declive.

Viajávamos na época da vindima e ouvíamos as canções dos trabalhadores enquanto deslizávamos rio abaixo. Mesmo eu, deprimido como estava, e com o coração continuamente agitado por sentimentos sombrios, estava encantado. Deitei-me no fundo do barco e, ao contemplar o céu límpido e azul, tive a impressão de ser tocado por uma tranquilidade que havia muito me era estranha. E se tais eram minhas sensações, quem poderia descrever as de Henry? Era como se ele tivesse sido transportado para um país das fadas e sentisse uma felicidade raramente experimentada pelos homens.

— Vi as mais belas paisagens de minha terra — disse ele. — Visitei os lagos de Lucerna e Uri, onde as montanhas nevadas descem quase perpendicularmente sobre a água, projetando sombras negras e impenetráveis, que deixariam tudo com um aspecto tristonho e soturno não fosse pelas ilhas verdejantes que reconfortam os olhos com sua alegre presença. Vi esse lago agitado por uma tempestade, quando o vento provocava redemoinhos na água e nos dava uma ideia de como devia ser um tornado forte assim no oceano aberto, e as ondas arremetiam com fúria contra a base da montanha, onde o padre e sua amante foram soterrados por uma avalanche; dizem que ainda é possível ouvir suas vozes agonizantes quando o vento noturno se cala. Vi as montanhas de La Valais e do Pays de Vaud, mas esta região, Victor, agrada-me mais do que todas essas maravilhas. As montanhas da Suíça são mais majestosas e insólitas, mas há um charme nas margens deste rio divino que jamais vi igual. Veja aquele castelo que se debruça acolá do precipício, e veja aquele na ilha, quase escondido entre as folhagens dessas belas árvores, e agora aquele grupo de trabalhadores caminhando por entre as parreiras, e aquela aldeia meio escondida nos recessos da montanha. Ah, com certeza o espírito que habita e protege este lugar está mais em harmonia com os homens do que aqueles que formam as geleiras ou que se recolhem aos inacessíveis picos das montanhas de nosso país.

Clerval! Adorado amigo! Mesmo agora, enchem-me de alegria a lembrança de suas palavras e o desejo de me demorar a louvá-lo, coisa que tanto merece! Ele era um ser formado na "própria poesia da natureza". Sua imaginação entusiasmada e vibrante era refinada pela sensibilidade de seu coração. Era carinhoso, e sua amizade era daquela natureza devota e extraordinária que os materialistas e pragmáticos nos ensinam a buscar somente na imaginação. E no entanto a comunhão com os homens não era suficiente para satisfazer sua mente ávida. As paisagens da natureza, que outros observavam somente com admiração, ele amava com fervor:

A catarata ruidosa
Obcecava-o como uma paixão: a rocha alta,
A montanha, e a floresta densa e sombria,
Suas cores e suas formas eram-lhe, então,
Como um desejo; seu sentimento e seu amor
Não necessitavam de charmes ulteriores
Criados pela razão, ou qualquer interesse
Além do que seus olhos contemplavam.[5]

E onde será que ele se encontra agora? Estará esse ser adorável e bondoso perdido para sempre? Terá essa mente, repleta de tantas ideias, de tantas fantasias criativas e magníficas que formavam um mundo cuja existência dependia da vida de seu criador, terá essa mente perecido? Será que agora só existe em minha memória? Não, não pode ser; sua forma física, tão divinamente forjada e radiante de beleza, se decompôs, mas seu espírito ainda visita e consola seu amigo infeliz.

Perdoe-me por esse acesso de pesar; essas palavras inúteis não são mais do que um pequeno tributo ao valor inigualável de Henry, mas

5 "Tintern Abbey" [Abadia de Tintern], de Wordsworth.

acalmam meu coração, que transborda de angústia diante de sua lembrança. Continuarei meu relato.

Depois de Colônia, descemos às planícies da Holanda e decidimos cobrir com mais pressa o restante de nosso caminho, pois o vento estava desfavorável e a correnteza do rio era suave demais para nos ajudar. Ali, nossa viagem perdeu o interesse despertado pelas belas paisagens, mas em poucos dias chegamos a Roterdã, de onde seguimos por mar até a Inglaterra. Foi numa límpida manhã, num dos últimos dias de dezembro, que vi pela primeira vez as pálidas escarpas da Grã-Bretanha. As margens do Tâmisa apresentavam-me uma nova paisagem; eram planas, mas férteis, e quase todas as cidades estavam marcadas pelas recordações de alguma história. Vimos o forte Tilbury e nos lembramos da "Invencível Armada"; vimos Gravesend, Woolwich e Greenwich — lugares de que eu ouvira falar até mesmo em meu país.

Afinal, divisamos os numerosos campanários de Londres, St. Paul erguendo-se acima dos outros, e a torre famosa na história inglesa.

capítulo 19

Resolvemos ficar vários meses em Londres, cidade maravilhosa e célebre que seria nossa residência temporária. Clerval desejava ter contato com os homens talentosos, que eram muitos ali, naquela época, mas para mim esse era um objetivo secundário. Minha preocupação principal era com os meios de obter as informações necessárias para cumprir minha promessa, e logo me servi das cartas de apresentação que trouxera comigo, endereçadas aos mais notáveis filósofos da natureza.

Se aquela viagem tivesse se dado na época em que eu estudava e era feliz, teria me proporcionado um prazer indescritível. Uma desgraça apossara-se de minha existência, porém, e eu só visitava aquelas pessoas em nome da informação que me poderiam dar relacionada ao assunto pelo qual eu tanto me interessava, e por tão terríveis motivos. Eu considerava cansativa a vida em sociedade; quando estava só, podia ocupar minha mente com as visões do céu e da terra. A voz de Henry me acalmava, e dessa forma eu podia me iludir, alcançando uma paz transitória. Rostos alegres, desinteressantes e intrometidos traziam-me, porém, o desespero de volta ao coração. Via uma barreira intransponível entre mim e meus semelhantes; essa barreira estava selada com o sangue de William e Justine, e refletir sobre os acontecimentos ligados a esses nomes enchia-me a alma de angústia.

Em Clerval eu via, porém, a imagem do meu antigo eu; ele era curioso e ansioso em obter experiência e instrução. Os hábitos diferentes que observava eram para ele uma fonte inexaurível de conhecimento e diversão. Também perseguia um objetivo que já tinha em vista fazia muito tempo: seu projeto era visitar a Índia, na crença de ter, devido a seu conhecimento dos vários idiomas daquele país e ao panorama que obtivera de sua sociedade, condições de prestar auxílio considerável ao progresso da colonização e comércio europeus. Somente na Grã-Bretanha poderia levar adiante a execução de seu plano. Estava sempre ocupado, e o único entrave ao seu contentamento era o meu estado de espírito, pesaroso e abatido. Eu tentava escondê-lo tanto quanto possível, de modo a não privar dos prazeres naturais alguém que começava a ter um novo panorama da vida e não estava perturbado por quaisquer preocupações ou recordações amargas. Eu frequentemente me recusava a acompanhá-lo, alegando outro compromisso, para poder ficar sozinho. Também comecei a juntar o material necessário para minha nova criação, e sentia isso como a tortura de gotas d'água caindo continuamente sobre minha cabeça. Cada pensamento que eu dedicava a essa tarefa causava-me uma angústia extrema, e cada palavra dita por mim que significasse uma alusão a ela fazia meus lábios tremerem e meu coração palpitar.

Depois de alguns meses em Londres, recebemos uma carta de alguém na Escócia que, em tempos idos, visitara-nos em Genebra. Ele mencionou as belezas de seu país natal e perguntou-nos se não nos seduziam o suficiente para fazer com que estendêssemos nossa viagem rumo ao norte, até Perth, onde residia. Clerval desejava ardentemente aceitar esse convite, e eu, embora abominasse a vida social, queria rever montanhas e rios e todas essas maravilhosas obras com que a Natureza orna os lugares que escolheu para viver.

Havíamos chegado à Inglaterra no começo de outubro, e estávamos em fevereiro. Decidimos, assim, começar nossa viagem rumo ao norte dentro de mais um mês. Nessa expedição, não tínhamos a intenção de seguir a estrada principal até Edimburgo, mas, sim, de visitar Windsor, Oxford, Matlock e os lagos de Cumberland. Resolvemos estabelecer como data final dessa viagem os últimos dias do mês de julho. Embalei meus instrumentos químicos e os materiais que recolhera, decidido a concluir minha tarefa em algum obscuro recanto da região montanhosa do norte da Escócia.

Deixamos Londres no dia 27 de março e ficamos alguns dias em Windsor, andando a esmo por sua bela floresta. Era uma paisagem nova para nós, habitantes das montanhas. Os majestosos carvalhos, a profusão de animais selvagens e as manadas de imponentes cervos eram novidades. Dali, prosseguimos para Oxford. Quando entramos na cidade, nossas mentes encheram-se da lembrança de fatos que ali haviam ocorrido mais de 150 anos antes. Ali Charles I havia reunido suas tropas. A cidade permanecera fiel a ele, depois que toda a nação já esquecera sua causa para unir-se ao estandarte do Parlamento e da liberdade. A memória daquele rei desafortunado e de seus companheiros, o amigável Falkland, o insolente Goring, a rainha e seu filho conferiam um interesse particular a cada local da cidade que se supunha terem eles habitado. O espírito dos tempos de outrora habitava ali, e eu me comprazia em seguir-lhe os passos. Se tais sentimentos não tivessem significado uma gratificação imaginária, o aspecto da cidade teria por si só beleza suficiente para merecer nossa admiração. Os *campi* universitários são antigos e pitorescos; as ruas são muito bonitas. O adorável Ísis, que corre nas proximidades, em meio a belíssimas campinas verdejantes, distende-se numa plácida vastidão de águas, que reflete aquele majestoso conjunto de torres, agulhas e domos envolvido por árvores centenárias.

Eu apreciava aquela paisagem, mas meu prazer turvava-se tanto com a memória do passado quanto com a previsão do futuro. Eu havia sido talhado para a felicidade pacífica. Em meus dias de juventude, nenhum dissabor visitava-me a mente e, se por acaso me dominasse o tédio, a visão daquilo que é belo na natureza ou o estudo daquilo que é admirável e sublime nas citações dos homens sempre despertava-me a curiosidade e proporcionava maior maleabilidade a meu estado de espírito. Sou, porém, como uma árvore atingida por um relâmpago: o raio penetrou em minha alma. Eu sentia, então, que devia viver para encarnar aquilo que logo deixarei de ser: o espetáculo miserável de um homem arruinado, digno da piedade dos outros e intolerável a meus próprios olhos.

Passamos um período considerável em Oxford, vagando pelos arredores da cidade e tentando identificar cada local que pudéssemos relacionar com a mais viva época da história da Inglaterra. Nossas pequenas excursões de descobrimento eram frequentemente prolongadas pelos sucessivos pontos de interesse que se apresentavam. Visitamos o túmulo do ilustre Hampden e o campo no qual o patriota tombara. Por um momento, minha alma elevou-se acima de seus temores degradantes e miseráveis para contemplar as ideias divinas de liberdade e sacrifício de que aqueles lugares eram os monumentos e as recordações. Por um instante, ousei romper meus grilhões e olhar ao redor com um espírito livre e elevado, mas o ferro corroera-me a pele, e eu afundei novamente, trêmulo e desesperançado, no meu miserável eu.

Deixamos Oxford com pesar e seguimos para Matlock, que era nossa próxima parada. A região nas cercanias dessa aldeia lembrava muito a paisagem da Suíça; tudo ali está numa escala menor, porém, e as colinas verdejantes reivindicam a coroa dos distantes e alvos Alpes, que em meu país natal repousa sobre as montanhas cobertas por pinheiros. Visitamos a maravilhosa caverna e os pequenos armários da história natural, em que as curiosidades estão dispostas de forma semelhante à das coleções de Servox e Chamounix. Ao ser pronunciado por Henry, esse último nome fez-me estremecer, e eu quis partir logo de Matlock, associado com aquela terrível paisagem.

Depois de Derby, sempre viajando rumo ao norte, passamos dois meses em Cumberland e Westmorland. Eu então já quase podia fazer de conta que estava entre as montanhas da Suíça. Os restos de neve que ainda havia na encosta norte das montanhas, os lagos e o murmúrio dos rios que corriam entre as rochas eram-me familiares e queridos. Ali conhecemos também algumas pessoas, que quase conseguiram induzir-me a ficar feliz. O contentamento de Clerval era proporcionalmente maior do que o meu; sua mente se expandia na companhia de homens de talento, e em sua própria natureza ele encontrava maiores capacidades e recursos de que teria podido se imaginar possuidor quando estava no meio de gente inferior a ele.

— Poderia passar minha vida aqui — disse-me. — Entre essas montanhas, eu mal sentiria saudades da Suíça ou do Reno.

Clerval descobriu, porém, que a vida de um viajante inclui muito sofrimento entre seus prazeres. Seus sentimentos são sempre volúveis; quando começa a conseguir repousar, vê-se obrigado a partir do lugar onde descansa com satisfação, e um novo local logo prende-lhe a atenção, mas ele também o troca por outras novidades.

Mal havíamos visitado os vários lagos de Cumberland e Westmorland e criado laços afetivos com alguns de seus habitantes quando se aproximou o momento do encontro com nosso amigo escocês, e os deixamos para seguir viagem. De minha parte, eu não lamentava. Já havia negligenciado minha promessa por algum tempo e temia os efeitos do desapontamento do monstro. Poderia ficar na Suíça e se vingar em meus familiares. Essa ideia me perseguia e atormentava todos os momentos de que eu poderia, noutras circunstâncias, obter repouso e paz. Esperava por suas cartas com uma impaciência febril. Se elas se atrasassem, eu me sentia infeliz e era dominado por centenas de temores; quando chegavam e eu via o nome de Elizabeth ou de meu pai, mal ousava ler e averiguar meu destino. Às vezes, eu achava que o demônio me seguia e que poderia apressar-me, considerando-me desleixado, através do assassinato de meu amigo. Quando tais pensamentos me possuíam, eu não deixava Henry por um único instante, seguindo-o como se fosse sua sombra, a fim de protegê-lo da suposta fúria de seu destruidor. Sentia-me como se tivesse cometido algum crime terrível, cuja consciência me assombrava. Eu era inocente, mas havia de fato atraído uma terrível maldição que pesava sobre minha cabeça e que era tão mortal quanto a culpa de um crime.

Visitei Edimburgo com olhos e espírito ausentes, e no entanto aquela cidade talvez interessasse ao mais desafortunado dos seres. Clerval não gostou tanto de lá quanto de Oxford, cuja antiguidade era-lhe mais atraente. A troca era compensada, porém, pela beleza e pelos padrões regulares da nova cidade de Edimburgo, por seu castelo romântico e seus arredores, os mais agradáveis do mundo, pelo trono do rei Artur, pela fonte de São Bernardo e pelas colinas de Pentland, que o enchiam de alegria e admiração. Eu estava, contudo, impaciente para chegar ao término de minha viagem.

Deixamos Edimburgo uma semana depois, passando por Coupar, St. Andrew e margeando o Tay rumo a Perth, onde nosso amigo nos aguardava. Eu não estava, no entanto, num estado de espírito propício a rir e a conversar com estranhos ou compartilhar seus sentimentos e planos com o bom humor que se esperaria de um convidado. Disse a Clerval, portanto, que queria viajar pela Escócia sozinho.

— Quanto a você — eu disse a ele —, divirta-se, e voltaremos a nos encontrar aqui. Pode ser que eu me ausente por um mês ou dois, mas rogo-lhe que não interfira em minhas viagens. Deixe-me só e em paz por algum tempo; quando voltar, espero estar com o coração mais tranquilo e mais de acordo com o seu temperamento, meu amigo.

Henry quis me dissuadir, mas vendo-me inclinado a levar a cabo aquele plano, parou de protestar. Pediu-me que lhe escrevesse sempre.

— Preferia estar com você em suas perambulações solitárias — disse ele — a estar com esses escoceses, que não conheço. Portanto, volte logo, meu caro amigo, para que eu me sinta novamente em casa, o que me é impossível em sua ausência.

Separando-me de meu amigo, decidi ir para algum lugar remoto da Escócia e terminar meu trabalho sozinho. Não tinha dúvidas de que o monstro me seguia e haveria de se revelar a mim quando eu tivesse terminado, a fim de levar sua companheira.

Tendo tomado essa resolução, cruzei as regiões montanhosas do norte da Escócia e me assentei numa das mais remotas das ilhas Órcades, para lá empreender meus trabalhos. Era um local apropriado a uma tarefa daquelas, pois não parecia ser mais do que uma rocha em cujas encostas as ondas batiam continuamente. O solo era árido, mal fornecendo pasto para umas poucas vacas magras e farinha de aveia para os habitantes. Esses se resumiam a cinco pessoas, cujos membros macilentos e descarnados eram indício de uma alimentação miserável. Legumes, verduras e pão, quando podiam se dar esses luxos, e mesmo água limpa tinham que ser trazidos do continente, que ficava a quase oito quilômetros de distância.

Em toda a ilha não havia mais do que três cabanas miseráveis, e uma das quais estava desabitada quando cheguei. Aluguei-a. Tinha somente dois cômodos, ambos exibindo a sordidez da mais miserável penúria. O telhado havia caído, as paredes não tinham reboco e a porta estava fora das dobradiças. Dei ordens para que fosse consertada, comprei alguns móveis e me instalei ali, acontecimento que sem dúvida teria causado certa surpresa se os sentidos dos moradores do lugar não estivessem entorpecidos pelas necessidades e pela mais sórdida pobreza. Foi assim, portanto, que pude viver sem ser observado ou perturbado, e mal recebia agradecimentos pela doação de comida e roupas que fazia, de tal modo o sofrimento embota até mesmo as mais toscas sensações dos homens.

Nesse retiro eu dedicava as manhãs ao trabalho; à noite, porém, quando o tempo permitia, caminhava pela praia pedregosa para ouvir as ondas que rugiam e estouravam a meus pés. Era uma paisagem monótona e, no entanto, em eterna modificação. Eu pensava na Suíça; era muito diferente daquela paisagem desolada e horrível. Lá, as colinas eram cobertas por parreiras e as cabanas, que eram muitas, espalhavam-se pela planície. Seus belos lagos refletiam um céu azul e tranquilo e, quando agitados pelos ventos, o tumulto de suas águas não passava de brincadeira de uma criança esperta, se comparado ao rugido do oceano gigantesco.

Dessa forma distribuí minhas ocupações quando cheguei, mas, ao passo que progredia em minha tarefa, ela se tornava cada dia mais cansativa. Às vezes eu não conseguia me convencer durante vários dias a entrar no laboratório e às vezes trabalhava arduamente dia e noite a fim de concluir minha tarefa. Era de fato um empreendimento torpe aquele em que eu estava engajado. Durante minha primeira experiência, uma espécie de entusiástico frenesi deixara-me cego aos horrores de minha ocupação; minha mente estava completamente fixa na consumação de meus esforços, e meus olhos, cego aos horrores de meus procedimentos. Depois, porém, eu me dedicava àquela tarefa com sangue-frio, e frequentemente a obra de minhas mãos deixava-me nauseado.

Ali estabelecido, dedicando-me à mais detestável das ocupações, imerso numa solidão em que nada podia, por um instante, desviar-me a atenção da questão objetiva da qual eu me ocupava, meu estado de espírito tornava-se instável. Eu me tornava cada vez mais inquieto e nervoso. A cada momento temia encontrar meu perseguidor. Às vezes, sentava-me com os olhos fixos no chão, temendo levantá-los e me deparar com aquele que tanto temia contemplar. Tinha medo de afastar-me da vista de meus semelhantes, pois então, estando sozinho, ele poderia vir reclamar sua companheira.

Nesse ínterim, eu trabalhava, e minha tarefa já estava consideravelmente avançada. Via seu término com uma esperança receosa e impaciente que não ousava questionar, mas que estava mesclada com obscuros presságios de um mal que fazia meu coração afundar dentro do peito.

capítulo 20

Eu estava sentado em meu laboratório certa noite; o sol já havia se posto e a lua nascia no horizonte marinho. Eu não dispunha de luz suficiente para trabalhar e fiquei à toa, fazendo uma pausa para refletir se devia deixar minha tarefa para o dia seguinte ou apressar sua conclusão dedicando-lhe uma atenção incessante. Enquanto estava sentado ali, ocorreram-me alguns pensamentos que me levaram a considerar os efeitos do que eu estava então fazendo. Três anos antes, ocupava-me da mesma forma e criara um demônio cuja barbaridade sem paralelo devastara-me o coração e o tornara para sempre tomado pelo mais amargo remorso. Eu estava prestes a criar uma outra criatura de cuja índole era igualmente ignorante; ela podia se tornar dez mil vezes mais maligna que seu companheiro e encontrar prazer, sem motivo algum, em causar desgraça e cometer assassinatos. Ele havia jurado abandonar os lugares habitados pelos homens e esconder-se nas regiões selvagens, mas ela não; e ela, que de acordo com todas as probabilidades haveria de se tornar um animal pensante e racional, poderia se recusar a concordar com um pacto feito antes de sua criação. Os dois poderiam até mesmo se odiar: a criatura que já vivia abominava sua própria deformidade; será que sua aversão não aumentaria quando tivesse diante dos olhos sua versão feminina? Também ela poderia voltar-lhe as costas com repulsa, atraída pela beleza superior dos homens; poderia deixá-lo, e ele haveria de se ver de novo sozinho, exasperado pela nova provocação de ser abandonado por alguém da própria espécie.

Mesmo que eles fossem deixar a Europa e viver nas regiões selvagens do Novo Mundo, ainda assim um dos primeiros resultados dessa comunhão pela qual o demônio ansiava seriam filhos, e uma raça de demônios seria propagada sobre a terra e poderia fazer da própria existência humana uma condição precária e cheia de terror. Teria eu o direito, em nome de meus próprios interesses, de infligir aquela maldição sobre as gerações futuras, para toda a eternidade? Antes, já me havia sensibilizado com os sofismas do ser que criara; suas ameaças me haviam embotado os sentidos. Agora, porém, e pela primeira vez, tomei consciência da perversidade de minha promessa. Estremeci ao pensar que gerações futuras poderiam amaldiçoar-me como seu algoz, cujo egoísmo não hesitara em comprar a própria paz ao custo, talvez, da existência de toda a espécie humana.

Estremeci e meu coração quase parou quando, ao levantar os olhos, vi à luz da lua o demônio do outro lado da janela. Um esgar medonho enrugava-lhe os lábios enquanto ele olhava para mim, que completava a tarefa por ele designada. Sim, ele me havia seguido em minhas viagens; vagara pelas florestas, escondera-se em cavernas ou refugiara-se em meio a matas desabitadas e extensas e agora vinha certificar-se de meu progresso e reivindicar o cumprimento de minha promessa.

Quando olhei para ele, a expressão de seu rosto era a da mais absoluta malícia e perfídia. Senti-me um louco ao pensar em minha promessa de criar outro ser como ele e, tremendo de exaltação, fiz em pedaços a coisa na qual estava trabalhando. O infeliz viu-me destruir a criatura de cuja futura existência dependia sua felicidade, e, com um uivo de diabólico desespero e desejo de vingança, afastou-se.

Deixei o laboratório e, trancando a porta, fiz em meu coração um voto solene de que jamais terminaria aquele trabalho; em seguida, com passos trêmulos, fui para o meu quarto. Estava só; não havia ninguém nas proximidades que pudesse dissipar aquele desalento e me libertar da terrível opressão de meus delírios.

Várias horas se passaram, e eu permanecia perto da janela olhando para o mar, que estava praticamente imóvel, pois os ventos haviam silenciado; toda a natureza repousava sob os olhos da lua tranquila.

Só alguns barcos pesqueiros recortavam-se sobre a água, e vez por outra uma brisa suave transportava o som de vozes quando os pescadores falavam uns com os outros. Eu tinha consciência do silêncio, embora mal me desse conta de sua extrema profundidade, até que meus ouvidos foram subitamente atraídos pelo som de remos chapinhando perto da costa, e alguém desembarcou perto da minha casa.

Alguns minutos depois, ouvi minha porta ranger, como se alguém tentasse abri-la sem fazer barulho. Tremi dos pés à cabeça: tinha um pressentimento de quem seria e quis acordar um dos camponeses que morava numa casa próxima à minha, mas fui dominado por uma sensação de impotência, tão comum em pesadelos assustadores, quando tentamos em vão voar para longe de um perigo iminente, e fiquei pregado ao chão.

Pouco depois, ouvi o som de passos ao longo do corredor; a porta se abriu e o desgraçado que eu temia apareceu. Fechando a porta, ele se aproximou de mim e disse, numa voz abafada:

— Você destruiu o trabalho que principiara; o que pretende? Ousa quebrar sua promessa? Suportei a angústia e as dificuldades, deixei a Suíça junto com você, rastejei ao longo das margens do Reno, entre suas ilhas repletas de salgueiros e no alto das colinas. Vivi muitos meses nas matas da Inglaterra e nos desertos da Escócia. Suportei um cansaço incalculável, frio e fome. Você ousa destruir minhas esperanças?

— Vá embora! Quebro minha promessa, sim. Jamais hei de criar outro como você, deformado e perverso.

— Escravo, eu antes me vali da argumentação, mas você demonstrou não ser digno da minha condescendência. Lembre-se de que sou poderoso. Julga-se infeliz, mas posso torná-lo tão miserável que até mesmo a luz do dia lhe há de ser odiosa. Você é meu criador, mas eu sou seu mestre. Obedeça!

— O momento de minha indecisão passou, e é chegada a hora de você mostrar seu poder. Suas ameaças não vão me fazer cometer um ato perverso; só o que fazem é confirmar minha determinação de não criar uma companheira para sua maldade. Hei de libertar sobre a face da Terra, a sangue-frio, um demônio cujo deleite está em causar mortes e desgraças? Vá embora! Esta é a minha resolução, e suas palavras só farão aumentar minha ira.

O monstro viu a determinação em meu rosto e rangeu os dentes na impotência do ódio.

— Será que cada homem — exclamou — encontrará uma esposa, e cada animal terá sua companheira, e eu ficarei só? Havia em mim sentimentos de afeto, que foram pagos com a raiva e o escárnio. Homem! Você pode sentir ódio, mas cuidado! Viverá horas de medo e angústia, e logo cairá o raio que há de apartá-lo para sempre da felicidade. Acaso você há de ser feliz enquanto eu sofro na mais completa desgraça? Pode destruir todas as minhas outras paixões, mas o desejo de vingança permanece. Daqui em diante, a vingança me há de ser mais cara do que a luz ou o alimento. Posso morrer, mas antes, meu algoz e tirano, amaldiçoarei o sol que contempla sua desgraça. Cuidado, pois não tenho medo, e por isso sou forte. Hei de espreitar com a astúcia de uma cobra para picar com o mesmo veneno. Homem, você há de se arrepender dos danos que está causando.

— Já basta, demônio! Não envenene o ar com a maldade de sua voz. Já lhe comuniquei minha resolução e não sou um covarde que se dobra diante de palavras. Deixe-me; não cederei.

— Está bem. Eu me vou, mas se lembre: estarei com você em sua noite de núpcias.

Eu avancei sobre ele e exclamei:

— Canalha! Antes de assinar minha sentença de morte, certifique-se de que você próprio esteja a salvo.

Eu o teria agarrado, mas ele escapou e saiu às pressas da casa. Pouco depois, vi-o em seu barco; cruzou as águas com a velocidade de uma flecha e logo se perdeu entre as ondas.

O silêncio voltou a reinar, mas suas palavras ecoavam-me nos ouvidos. Eu ardia de raiva e queria perseguir o monstro que me destruía a paz para atirá-lo dentro do oceano. Andava em meu quarto de um lado para outro, impaciente e agitado, enquanto minha imaginação produzia centenas de imagens que me atormentavam e afligiam. Por que eu não o seguira, para atracar-me com ele numa luta de vida ou morte? Deixara-o partir, e ele seguira rumo ao continente. Estremeci ao imaginar quem poderia ser a próxima vítima sacrificada para saciar-lhe o desejo de vingança. E então voltei a pensar em suas palavras: "Estarei com você em sua noite de núpcias." Era aquela, então, a data marcada para o cumprimento do meu destino. Naquele momento eu haveria de morrer, satisfazendo e extinguindo de vez sua malícia. A perspectiva não me atemorizava; quando pensei, porém, em minha adorada Elizabeth, em suas lágrimas e em seu infinito pesar quando seu amado lhe fosse arrancado de forma tão bárbara, lágrimas, as primeiras que eu vertia em muitos meses, correram-me dos olhos, e decidi que não tombaria pelas mãos de meu inimigo sem uma luta encarniçada.

A noite se foi e o sol nasceu por trás do oceano; meus sentimentos se acalmaram, se é possível chamar de calma o desespero que se sucede à violência da raiva. Deixei a casa, o terrível cenário da luta da noite anterior, e caminhei pela praia, que via quase como uma barreira intransponível entre mim e meus semelhantes. Além disso, tive o desejo momentâneo de que fosse realmente assim, de que eu pudesse passar minha vida naquela rocha árida — entediado, é verdade, mas livre de ser perturbado pelo golpe súbito da infelicidade. Se eu voltasse, seria para ser sacrificado ou para ver aqueles que eu mais amava morrerem pelas mãos de um demônio que eu mesmo criara.

Perambulei pela ilha como um espectro insone, separado de tudo o que amava e angustiado com essa separação. Quando chegou o meio-dia e o sol brilhava alto no céu, deitei-me na grama e fui dominado por um sono profundo. Ficara acordado durante toda a noite anterior, meus nervos estavam agitados e meus olhos ardiam com a vigília e a angústia. O sono em que mergulhei revigorou-me; quando acordei, sentia-me novamente parte de uma espécie de seres humanos iguais a mim, e comecei a refletir com maior serenidade sobre o que se passara. Ainda assim, porém, as palavras do demônio ecoavam-me nos ouvidos como um toque fúnebre; pareciam fazer parte de um sonho, mas eram distintas e opressivas como a realidade.

O sol já declinara bastante e eu continuava sentado na praia, satisfazendo meu intenso apetite com um bolo de aveia, quando vi um barco pesqueiro atracar perto de mim, e um dos homens trouxe-me um pacote. Havia ali cartas de Genebra, e uma de Clerval, rogando-me que me reunisse a ele. Disse que estava passando seu tempo à toa, que cartas dos amigos que fizera em Londres pediam-lhe que voltasse para completar as negociações que haviam iniciado, referente a seu empreendimento na Índia. Ele não podia mais adiar sua partida, mas como talvez sua viagem a Londres se seguisse de uma outra mais longa, até mesmo antes do que ele imaginara, rogava-me que lhe desse o prazer de minha companhia, tanto quanto possível. Pediu-me, portanto, que deixasse minha ilha solitária e o encontrasse em Perth, a fim de que viajássemos juntos para o sul. Essa carta de certo modo fez com que eu acordasse outra vez para a vida, e decidi deixar a ilha dentro de dois dias.

Antes de partir, porém, eu ainda tinha uma tarefa a executar e estremecia com essa mera perspectiva: precisava embalar meus instrumentos químicos, e para isso teria de entrar no laboratório que havia sido o cenário de meu odioso trabalho, e teria de manusear aqueles utensílios cuja visão me deixava nauseado. Na manhã seguinte, ao raiar do dia, reuni coragem suficiente para destrancar a porta do laboratório. Os restos da criatura inacabada, que eu destruíra, jaziam espalhados pelo chão, e eu quase tive a sensação de ter destroçado a carne de um ser humano vivo. Detive-me para recobrar o equilíbrio e entrei no laboratório. Com as mãos trêmulas, carreguei os instrumentos para fora, mas ocorreu-me que não deveria deixar os restos de meu trabalho, que encheriam de horror os camponeses e lhes despertariam suspeitas. Coloquei-os, portanto, numa cesta, com uma grande quantidade de pedras, e, deixando-os ali por ora, decidi atirá-los ao mar naquela mesma noite. No intervalo, sentei-me na praia, ocupando-me com a limpeza e a arrumação de meus instrumentos químicos.

Nenhuma alteração poderia ser mais completa do que a que se produzira em meus sentimentos desde a noite do aparecimento do demônio. Com um desespero sombrio, eu antes encarara minha promessa como algo que, independentemente das consequências, tinha que ser cumprido. Naquele momento, porém, era como se um filtro tivesse sido tirado de sobre meus olhos e eu pudesse pela primeira vez enxergar com clareza. A ideia de retomar meus trabalhos não me ocorreu por um único instante; a ameaça que ouvira pesava-me na mente, mas eu não achava que um ato voluntário meu pudesse evitá-la. Eu decidira internamente que criar um outro igual ao demônio que fabricara primeiro seria um ato do mais atroz e desprezível egoísmo, e bani de minha mente todos os pensamentos que poderiam me levar a uma conclusão diferente.

Entre duas e três horas da manhã, a lua nasceu; então, colocando minha cesta a bordo de um pequeno esquife, velejei até cerca de seis quilômetros da costa. Tudo ao redor estava na mais completa solidão; alguns barcos regressavam à terra firme, mas eu me afastei deles. Sentia-me como se estivesse prestes a cometer um crime terrível e evitava, sobressaltado e ansioso, qualquer encontro com meus semelhantes. A certa altura, a lua, que antes brilhava límpida no céu, foi coberta por uma nuvem espessa, e eu aproveitei aquele instante de escuridão para lançar ao mar minha cesta. Ouvi o gorgolejo da água enquanto ela afundava e depois dirigi meu esquife para longe dali. O céu tornou-se nublado, mas o ar estava puro, embora a brisa nordeste que começava a soprar o deixasse mais frio. O ar revigorou-me, contudo, e resolvi ficar mais tempo na água; fixando o leme numa posição reta, estendi-me no fundo do barco. Nuvens ocultavam a lua, tudo estava escuro e só o que eu ouvia era o barulho da quilha do barco cortando as ondas; o murmúrio embalou-me e logo eu dormia profundamente.

Não sei quanto tempo fiquei ali, mas quando acordei percebi que o sol já estava alto no céu. O vento soprava forte, e as ondas ameaçavam constantemente a segurança de meu pequeno esquife. Notei que o vento soprava na direção nordeste e devia ter me afastado da costa na qual eu embarcara. Tentei mudar meu curso, mas logo descobri que, se repetisse a tentativa, o barco haveria de se encher de água. Nessa situação, só o que me restava era navegar a favor do vento. Confesso que senti medo. Não tinha comigo uma bússola e estava tão pouco familiarizado com a geografia daquela parte do mundo que a posição do sol pouco me ajudava. Poderia ser levado até o vasto Atlântico e sentir as torturas da morte pela fome ou ser engolido pelas ondas gigantescas que rugiam ao meu redor e açoitavam-me. Eu já estava fora de casa havia muitas horas e sentia-me atormentado por uma sede atroz, mero prelúdio de meus próximos sofrimentos. Olhei para os céus, cobertos de nuvens, que corriam com o vento apenas para dar lugar a outras; olhei para o mar, que seria minha sepultura.

— Demônio — exclamei —, sua missão já está cumprida!

Pensei em Elizabeth, em meu pai e em Clerval; todos ficariam para trás, e neles o monstro poderia satisfazer suas sanguinárias e impiedosas paixões. Essa ideia mergulhou-me num delírio tão intenso e desesperador que mesmo agora, quando estou prestes a sair para sempre de cena, estremeço ao recordá-la.

Assim se passaram algumas horas; aos poucos, no entanto, à medida que o sol declinava na direção do horizonte, o vento diminuiu, dando lugar a uma brisa suave, e as vagas gigantescas desapareceram do mar. Em substituição, porém, a água começou a ondular vigorosamente. Sentia-me enjoado e mal conseguia segurar o leme quando divisei montanhas ao sul.

Quase esgotado pelo cansaço e pela terrível tensão que suportara durante várias horas, essa súbita certeza de que sobreviveria correu como uma torrente de cálida alegria ao meu coração, e lágrimas jorraram-me dos olhos.

Como são mutáveis nossos sentimentos, e como é estranho esse amor que faz com que nos aferremos à vida mesmo quando sofremos as piores desgraças! Fabriquei outra vela com um pedaço da minha roupa e dirigi, ansioso, o curso do esquife para a terra. Sua aparência era árida e rochosa, mas ao me aproximar logo divisei traços de plantações. Avistei barcos junto à costa e descobri-me subitamente transportado de volta para perto dos homens civilizados. Observei atento a terra que se aproximava e foi com satisfação que divisei a torre de uma igreja surgir por trás de um promontório. Como eu me encontrava muito debilitado, resolvi velejar diretamente até a cidade, pois lá seria mais fácil obter alimento. Felizmente trazia dinheiro comigo. Ao contornar o promontório, avistei uma cidadezinha bem organizada e um porto em boas condições, no qual entrei, o coração palpitando de alegria por ter conseguido me salvar de forma tão inesperada.

Enquanto eu me ocupava prendendo o barco e arrumando as velas, muita gente se reuniu ao meu redor. Pareciam bastante surpresos com o meu aparecimento, mas, em vez de oferecer ajuda, cochichavam entre si e faziam gestos que em qualquer outra situação poderiam ter me deixado ligeiramente alarmado. De qualquer forma, só notei que falavam inglês, e, assim sendo, dirigi-me a um deles nessa língua.

— Meus bons amigos — disse —, fariam a gentileza de me dizer o nome desta cidade e informar-me onde estou?

— O senhor vai descobrir logo, logo — respondeu um homem com um tom áspero na voz. — Talvez o senhor tenha vindo para um lugar que não será muito de seu agrado, mas não vão lhe dar chances de escolher onde quer ficar, isso lhe garanto.

Fiquei muito surpreso ao receber uma resposta tão rude de um estranho, e o semblante zangado e carrancudo de seus companheiros também me desconcertou.

— Por que o senhor me responde tão asperamente? — repliquei. — Decerto que não é um hábito dos ingleses receber forasteiros com tão pouca hospitalidade.

— Não sei lhe dizer quais são os hábitos dos ingleses — falou o homem —, mas os irlandeses têm o hábito de odiar os patifes.

Enquanto se desenrolava esse estranho diálogo, notei que a multidão aumentava rapidamente. Seus rostos expressavam uma mistura de curiosidade e raiva que me aborrecia e, num certo sentido, alarmava. Perguntei qual era o caminho para a estalagem, mas ninguém respondeu. Segui em frente, então, e um murmúrio surgiu entre a multidão enquanto me seguiam e cercavam; um homem mal-encarado deu-me uns tapinhas no ombro e disse:

— Venha, senhor. Deve me acompanhar até Mr. Kirwin a fim de se explicar.

— Quem é Mr. Kirwin? Por que tenho que me explicar? Não é este um país livre?

— Sim, senhor, é livre para gente honesta. Mr. Kirwin é um magistrado, e o senhor tem que prestar contas da morte de um cavalheiro que foi assassinado aqui na noite passada.

Essa resposta me alarmou, mas logo me recobrei. Era inocente, e isso poderia ser facilmente provado. Acompanhei em silêncio, portanto, aquele homem, que me conduziu a uma das melhores casas da cidade. Eu estava a ponto de desabar de cansaço e fome, mas, cercado por uma multidão, julguei mais político reunir todas as minhas forças, para que a debilidade física não fosse confundida com apreensão ou consciência da culpa. Eu não esperava a calamidade que estava prestes a desabar sobre mim e extinguir, no horror e no desespero, todo o temor da ignomínia ou da morte.

Devo me deter aqui, pois toda minha firmeza é necessária para trazer-me de volta à memória, com precisão de detalhes, os acontecimentos assustadores que estou prestes a relatar.

capítulo 21

Fui logo levado à presença do magistrado, um homem idoso e benevolente de jeito manso e tranquilo. Olhou para mim, no entanto, com uma certa severidade, e depois, voltando-se para os homens que me acompanhavam, perguntou quem testemunharia naquele caso.

Uma meia dúzia adiantou-se. Um deles, tendo sido escolhido pelo magistrado, declarou que estivera fora pescando na noite anterior com seu filho e seu cunhado, Daniel Nugent, quando, por volta das dez horas, perceberam que uma forte tempestade vinha do norte. Por causa disso, retornaram à terra firme. A noite estava muito escura, pois a lua ainda não nascera; não atracaram no porto, mas, sim, como era de costume, num riacho que ficava a uns dois quilômetros dali. Ele caminhava na frente, carregando uma parte do equipamento de pesca, e seus companheiros seguiam-no a uma certa distância. Enquanto seguia pela areia, tropeçou em algo e caiu no chão. Seus companheiros foram ajudá-lo, e, à luz de sua lanterna, viram que se tratava do corpo de um homem, aparentemente morto. Sua primeira suposição fora a de que se tratava do cadáver de alguém que se afogara e que as ondas haviam trazido até a praia, mas ao examiná-lo descobriram que as roupas não estavam molhadas e que o próprio corpo ainda não estava frio. Levaram-no imediatamente ao casebre de uma velha senhora perto dali e tentaram em vão restituir-lhe a vida. Parecia ser um belo jovem, de cerca de 25 anos de idade. Tudo indicava que havia sido estrangulado, pois não havia qualquer sinal de luta, à exceção da marca negra de dedos em seu pescoço.

A primeira parte do depoimento não despertou em mim o menor interesse, mas quando a marca de dedos foi mencionada eu me lembrei do assassinato de meu irmão e me senti extremamente perturbado. Meus braços e minhas pernas tremiam e meus olhos se turvaram, o que me obrigou a buscar apoio numa cadeira. O magistrado me observava com atenção e obviamente minha reação foi recebida de forma desfavorável.

O filho confirmou o depoimento do pai, mas quando Daniel Nugent foi chamado, jurou que, com absoluta certeza, vira, antes da queda de seu companheiro, um barco, ocupado por um único homem, a uma pequena distância da costa. Até onde podia ter certeza sob a luz de umas poucas estrelas, era o mesmo barco no qual eu acabara de atracar.

Uma mulher testemunhou que morava perto da praia e estava de pé à porta de seu casebre, esperando pela volta dos pescadores, cerca de uma hora antes de terem descoberto o corpo, quando viu um barco ocupado por um único homem afastar-se daquela parte da costa onde o cadáver foi depois encontrado.

Outra mulher confirmou que os pescadores haviam levado o corpo para sua casa; ainda não estava frio. Colocaram-no sobre uma cama e o massagearam, e Daniel foi até a cidade em busca de um farmacêutico, mas já não havia mais vida naquele homem.

Vários outros homens foram interrogados acerca de meu desembarque e concordavam que, com o vento norte que começara a soprar com força durante a noite, era bastante provável que eu tivesse velejado nas cercanias por muitas horas e tivesse sido obrigado, pelo mar que batia, a voltar ao mesmo local de onde havia partido. Além disso, observaram que eu parecia ter trazido o corpo de outro lugar e que, como demonstrava não conhecer o litoral ali, poderia ter atracado no porto, ignorante de quão distante ficava a cidade do local onde deixara o cadáver.

Mr. Kirwin, ouvindo esses depoimentos, quis que eu fosse levado até o recinto onde o corpo aguardava o enterro, para que se observassem os efeitos que tal visão causaria em mim. Essa ideia lhe foi provavelmente sugerida pela extrema perturbação que eu demonstrara quando fora descrita a maneira como havia sido cometido o assassinato. Fui conduzido então à estalagem pelo magistrado e por várias outras pessoas. Não podia evitar o choque causado pelas estranhas coincidências ocorridas durante aquela noite agitada, mas, sabendo que estivera conversando com várias pessoas na ilha onde morava no momento em que o corpo havia sido encontrado, estava inteiramente tranquilo no que dizia respeito às consequências daquele caso.

Entrei no recinto onde estava o cadáver e fui conduzido até o caixão. Como posso descrever minhas sensações ao contemplá-lo? Sinto-me ainda consumido pelo horror e não sou capaz de refletir sobre aquele terrível momento sem um estremecimento e sem agonia. O inquérito e a presença do magistrado e das testemunhas desapareceram de minha memória como se fossem um sonho quando vi o corpo sem vida de Henry Clerval estendido diante de mim. Sentindo faltar-me o fôlego, joguei-me sobre o corpo e exclamei:

— Será que minhas criminosas maquinações privaram também a você, meu querido Henry, da vida? Já havia destruído duas pessoas, e outras vítimas aguardam seu destino; mas você, Clerval, meu amigo, meu benfeitor...

Meu corpo já não podia mais servir de suporte às agonias que eu sofria, e fui levado para fora dali, acometido por um acesso de fortes convulsões.

A febre veio em seguida. Fiquei às portas da morte durante dois meses; meus delírios, como mais tarde fiquei sabendo, eram assustadores: eu me dizia o assassino de William, de Justine e de Clerval. Às vezes, tentava convencer as pessoas que cuidavam de mim a me ajudar a destruir o demônio que me atormentava; noutras ocasiões sentia os dedos do monstro comprimindo-me o pescoço e gritava alto, tomado pela agonia e pelo terror. Felizmente, como eu falava em minha língua natal, somente Mr. Kirwin compreendia, mas meus gestos e meus gritos cortantes eram suficientes para assustar os outros.

Por que não morri? Por que não mergulhei no esquecimento e no repouso, eu que era mais miserável do que qualquer outro homem antes de mim? A morte arrebata na flor da idade tantas crianças que são a única esperança de seus pais idosos; quantas noivas e jovens amantes estiveram um dia no auge da saúde e da esperança e no outro tornaram-se comida para os vermes, apodrecendo num túmulo! De que materiais eu havia sido fabricado para poder resistir dessa forma a tantos golpes que, como o girar da roda, renovavam sem cessar minha tortura?

Eu estava, porém, condenado a viver, e dois meses depois foi como se tivesse despertado de um sonho, numa prisão, esticado numa cama deplorável e cercado por carcereiros, ferrolhos e mais todo o miserável aparato de uma masmorra. Era de manhã, recordo-me, quando recobrei a consciência; eu esquecera os detalhes dos acontecimentos e apenas me sentia como se uma enorme desgraça tivesse de súbito se abatido sobre mim; quando olhei ao redor, porém, e vi as janelas com barras e o aspecto sórdido do cômodo em que estava, tudo retornou-me à memória e soltei um gemido doloroso. Esse som despertou uma velha senhora que dormia numa cadeira, a meu lado. Tratava-se de uma enfermeira contratada, a esposa de um dos carcereiros, e sua fisionomia expressava todas aquelas características frequentemente presentes nas pessoas de sua classe. As linhas de seu rosto eram duras e rudes, como as dos que estão acostumados a contemplar a desgraça sem se comover. Seu tom de voz era a expressão da mais completa indiferença; dirigiu-se a mim em inglês e reconheci a voz como uma das que ouvira durante meus sofrimentos.

— O senhor está melhor agora? — perguntou ela.

Respondi no mesmo idioma, com uma voz fraca:

— Creio que sim, mas se tudo isso é verdade, se de fato não estou sonhando, lamento que ainda esteja vivo para sentir tanta angústia e horror.

— Quanto a isso — replicou a mulher —, se o senhor se refere ao cavalheiro que assassinou, acredito que seria melhor se estivesse morto, pois desconfio de que as coisas não hão de lhe ser nada agradáveis. Mas isso não é da minha conta. Meu trabalho é cuidar do senhor e deixá-lo com saúde; cumpro minha tarefa com a consciência tranquila, e seria bom se todos fizessem o mesmo.

Voltei com asco as costas àquela mulher, capaz de dizer palavras tão insensíveis a alguém que estivera às portas da morte e acabava de se recuperar, mas me sentia enfraquecido e incapaz de refletir sobre o que acontecera. Toda a sequência de eventos da minha vida parecia um sonho; eu às vezes duvidava de que fosse verdadeira, pois nunca me vinha à mente com a força da realidade.

À medida que as imagens que flutuavam diante de mim se tornavam mais nítidas, minha febre aumentava. A escuridão se adensava ao meu redor; não havia ninguém perto de mim para me acalmar com a voz meiga do amor; não havia mãos queridas em que eu pudesse me apoiar. O médico vinha e receitava remédios, e a velha os administrava, mas a mais absoluta indiferença era patente no primeiro e a brutalidade expressava-se fortemente no rosto da segunda. Quem haveria de se preocupar com o destino de um criminoso, exceto o carrasco, que receberia seu pagamento?

Tais foram minhas primeiras reflexões, mas logo fiquei sabendo que Mr. Kirwin demonstrara por mim uma extrema gentileza. Fizera com que a melhor cela da prisão me fosse preparada (deplorável era, na verdade, o que de melhor havia ali), e fora ele o responsável por providenciar um médico e uma enfermeira. É verdade que raras vezes vinha me ver, pois, embora desejasse ardentemente livrar todas as criaturas humanas do sofrimento, não queria presenciar as agonias e os miseráveis delírios de um assassino. Vinha às vezes, portanto, para ver se eu não estava sendo negligenciado, mas suas visitas eram curtas e seguiam-se de longos intervalos.

Um dia, enquanto eu gradualmente me recuperava, estava sentado numa cadeira, os olhos semicerrados e a face lívida como a de um morto. O pesar e a angústia me haviam dominado, e com frequência eu perguntava-me se seria melhor buscar a morte em vez de desejar permanecer num mundo para mim repleto de infelicidades. Certa vez pensei se não deveria declarar-me culpado e sofrer as penas da lei, pois era menos inocente do que havia sido a pobre Justine. Pensava nisso quando a porta de minha cela se abriu e Mr. Kirwin entrou. Em seu rosto havia solidariedade e compaixão; ele puxou uma cadeira para junto da minha e dirigiu-se a mim em francês:

— Temo que este lugar lhe seja extremamente chocante. Há algo que eu possa fazer para deixá-lo mais confortável?

— Agradeço-lhe, mas tudo o que o senhor pode fazer não há de significar coisa alguma; em toda a face da Terra não há conforto possível para mim.

— Sei que a compreensão de um estranho não pode proporcionar muito alívio a alguém que, como o senhor, foi abatido por uma desgraça tão incomum. Logo, porém, e assim espero, deixará este lugar melancólico, pois provas irrefutáveis podem facilmente ser apresentadas para livrá-lo da acusação de ter cometido um crime.

— Essa é a última de minhas preocupações. Tornei-me, devido a uma série de acontecimentos insólitos, o mais infeliz dos homens. Poderá a morte causar algum mal a alguém que, como eu, tem sido perseguido e torturado?

— Nada pode ser de fato um infortúnio e uma agonia maior do que os estranhos acasos que ocorreram ultimamente. O senhor foi lançado, devido a algum espantoso acidente, a esta costa, renomada por sua hospitalidade, e imediatamente preso e acusado de um assassinato. A primeira visão apresentada a seus olhos foi o corpo de seu amigo, morto de forma tão inexplicável e posto em seu caminho por alguma criatura diabólica.

Quando Mr. Kirwin disse essas palavras, senti-me, para não mencionar a agitação que tive de suportar ao fazer o retrospecto de meus sofrimentos, consideravelmente surpreso diante do conhecimento que ele parecia ter a meu respeito. Suponho que meu rosto denunciou esse espanto, pois Mr. Kirwin apressou-se em dizer:

— Imediatamente após o senhor ter adoecido, todos os papéis que carregava foram trazidos a mim, e examinei-os a fim de ver se descobria algum dado que me permitisse entrar em contato com sua família, para comunicar-lhes seu infortúnio e sua doença. Encontrei várias cartas e, entre outras, uma que notei desde o início ter sido escrita por seu pai. Imediatamente mandei notícias para Genebra; quase dois meses já se passaram desde que partiu daqui minha carta. O senhor está doente, contudo; vejo-o estremecer. Emoções fortes não lhe são recomendáveis.

— Este suspense é mil vezes pior do que o mais terrível dos acontecimentos; diga-me que novo assassinato foi cometido, e quem devo eu prantear.

— Sua família passa bastante bem — disse Mr. Kirwin, com suavidade. — E há alguém aqui, um amigo, que veio visitá-lo.

Não sei o que me fez pensar assim, mas imediatamente ocorreu-me que o assassino viera escarnecer de minha desgraça e de meu sofrimento com a morte de Clerval, a fim de tentar mais uma vez me convencer a atender a seus diabólicos desejos. Cobri os olhos com as mãos e exclamei, angustiado:

—Ah! Leve-o embora! Não posso vê-lo; pelo amor de Deus, não o deixe entrar!

Mr. Kirwin me olhou com uma expressão perturbada no rosto. Era-lhe impossível não encarar minha exclamação como indício de culpa e disse, num tom bastante severo:

— Eu havia suposto, meu jovem, que a presença de seu pai seria bem-vinda, ao invés de inspirar uma repugnância tão violenta.

— Meu pai! — exclamei, e cada traço de meu rosto e cada músculo relaxou, passando da angústia à satisfação. — Meu pai de fato veio até aqui? Como foi gentil! Mas onde está ele, por que não vem logo ter comigo?

A mudança em meu comportamento surpreendeu e agradou o magistrado; talvez ele tenha pensado que a exclamação anterior era uma momentânea recaída do delírio e recobrou na mesma hora seu anterior tom benevolente. Levantou-se e deixou a cela, junto com minha enfermeira, e um instante depois meu pai entrou.

Nada, naquele momento, teria podido me dar maior prazer do que a chegada de meu pai. Estendi-lhe a mão e exclamei:

— O senhor então está bem, e Elizabeth, e Ernest?

Meu pai me acalmou assegurando-me que iam todos bem e tentou, falando demoradamente sobre essas pessoas que me eram tão queridas, melhorar meu ânimo abatido, mas logo percebeu que a alegria não tem condições de ficar à vontade numa prisão.

— Que lugar é este em que você vive, meu filho! — disse ele, olhando tristemente para as janelas com barras e para a aparência deplorável daquele cômodo. — Você viajou em busca de alegria, mas a fatalidade parece persegui-lo. E pobre Clerval...

O nome de meu desafortunado amigo morto causava-me uma comoção intensa demais, e eu era incapaz de suportá-la, enfraquecido como estava; comecei a chorar.

— Ai de mim! É verdade, meu pai — repliquei —, um destino dos mais terríveis pesa sobre mim, e tenho que viver para cumpri-lo. De outro modo, com certeza devia ter morrido no caixão de Henry.

Não nos foi permitido conversar muito, pois meu estado de saúde precário tornava necessárias todas as precauções a fim de garantir-me a tranquilidade. Mr. Kirwin entrou e insistiu no fato de que minhas forças deviam ser poupadas. O aparecimento de meu pai era, porém, como o de meu anjo da guarda, e aos poucos recuperei a saúde.

À medida que minha enfermidade cedia, eu era absorvido por uma melancolia profunda, que nada conseguia dissipar. Não me saía da mente a chocante visão de Clerval, pálido, assassinado. Mais de uma vez, a agitação que essas reflexões causavam em mim deixou meus amigos receosos de uma perigosa recaída. Ai de mim! Por que preservaram eles uma vida tão detestável e angustiada? Para que eu cumprisse meu destino, sem dúvida, e agora estou prestes a fazê-lo. Em breve, ah, muito em breve, a morte há de extinguir meu pranto e libertar-me do terrível peso da angústia que me arrasta à humilhação. Fazendo com que a justiça se cumpra, poderei também eu repousar em paz. Naquela época, eu não estava na iminência da morte, embora o desejo não me saísse da mente. Com frequência, sentava-me imóvel e em silêncio, desejando que algum cataclismo ocorresse e enterrasse sob suas ruínas a mim e a meu inimigo.

Aproximava-se a época do julgamento. Eu já estava na cadeia havia três meses e, embora ainda estivesse fraco e corresse o risco constante de uma recaída, fui obrigado a viajar cerca de cinquenta quilômetros até a cidade interiorana onde ficava a corte. Mr. Kirwin encarregou-se dos menores detalhes no que tangia a convocar testemunhas e organizar minha defesa. Foi-me poupada a desgraça de aparecer publicamente como um criminoso, já que o caso não estava sendo levado diante da corte que decide entre a vida e a morte. O júri rejeitou a denúncia, pois ficou provado que eu estava nas Órcades na hora em que o corpo de meu amigo foi encontrado; 15 dias depois de minha transferência, fui libertado.

Meu pai ficou muito feliz ao ver que eu estava livre do vexame de ser acusado de um crime e que novamente era-me permitido respirar o ar puro e retornar ao meu país natal. Eu não compartilhava esses sentimentos; as paredes de uma masmorra ou de um palácio eram-me igualmente odiosas. A taça da vida estava para sempre envenenada, e, embora o sol brilhasse sobre mim, como brilhava sobre as pessoas felizes e de espírito alegre, só o que eu via ao meu redor era uma escuridão densa e assustadora, que nenhuma luz penetrava à exceção do brilho de dois olhos que me espreitavam ferozmente. Às vezes, eram os olhos expressivos de Henry, abatidos pela morte, as órbitas escuras semicobertas pelas pálpebras e pelos cílios compridos que as margeavam. Às vezes, eram os olhos úmidos e turvos do monstro, da forma como eu os vira pela primeira vez em meu laboratório em Ingolstadt.

Meu pai tentava fazer com que eu voltasse a sentir o afeto que antes me unira a meus familiares. Falava sobre Genebra, que em breve eu haveria de rever, e sobre Elizabeth e Ernest, mas suas palavras só arrancavam gemidos profundos de mim. Às vezes, eu sentia, de fato, um desejo de alegrar-me e pensava com melancólico prazer em minha adorada prima, ou ansiava, com uma ardente *maladie du pays*, rever o lago azul e a veloz correnteza do Rhône, que me eram tão caras em minha infância. O estado geral de meus sentimentos era, contudo, um torpor que fazia com que uma prisão equivalesse, como moradia, à mais bela paisagem da natureza. Em geral, somente o que interrompia esse estado de espírito eram crises de angústia e desespero. Nesses momentos, eu frequentemente tentava dar fim à existência que abominava, e eram-me necessários acompanhamento e vigilância para evitar que eu cometesse algum terrível ato de violência.

Uma tarefa restava-me ainda, porém, e sua recordação por fim triunfou sobre meu desespero egoísta. Eu devia voltar sem demora a Genebra, e lá zelar pelas vidas daqueles que eu tanto amava. Tinha que aguardar o assassino, pois talvez com sorte descobrisse seu esconderijo; ou, se ele ousasse mais uma vez agredir-me com sua presença, manter-me firme no propósito de dar um fim à existência daquela monstruosa cópia que eu dotara de um arremedo de alma ainda mais monstruoso. Meu pai ainda queria adiar nossa partida, com medo de que eu não resistisse ao cansaço da viagem, pois eu ainda estava em frangalhos — a sombra de um ser humano. Minha força se fora. Eu não passava de um esqueleto, e a febre atormentava noite e dia meu corpo debilitado. Ainda assim, eu insistia com tanta inquietação e impaciência em nossa imediata partida da Irlanda que meu pai achou melhor aquiescer. Compramos passagem num navio que rumava para Havre-de-Grâce, e com um vento propício afastamo-nos da costa irlandesa. Era meia-noite. Eu estava no convés, contemplando as estrelas e ouvindo as ondas arrebentando contra o casco. Era bem-vinda a escuridão que me tirava a Irlanda de vista, e meu coração disparou com uma alegria febril quando me dei conta de que logo haveria de rever Genebra. O passado vinha-me à memória à luz de um sonho aterrorizante; ainda assim, o barco em que estava, o vento que me impulsionava para longe da detestável costa irlandesa e o mar que me cercava diziam-me claramente que eu não fora iludido por uma fantasia e que Clerval, meu amigo e mais querido companheiro, havia sido uma vítima fatal minha e do monstro que eu criara. Repassei minha vida inteira na memória: minha tranquila felicidade quando residia com minha família em Genebra, a morte de minha mãe, minha partida para Ingolstadt. Lembrei-me, trêmulo, do entusiasmo que me incitara a criar meu hediondo inimigo, e voltou-me à mente a noite em que ele abrira os olhos. Eu era incapaz de seguir a cadeia daquelas reflexões; centenas de pensamentos pressionavam-me, e chorei amargamente.

Desde que me recuperara da febre, adquirira o costume de tomar todas as noites uma pequena quantidade de láudano, pois só através dessa droga conseguia obter o repouso necessário à preservação da vida. Oprimido pela lembrança de meus vários infortúnios, engoli o dobro da quantidade habitual e logo dormia profundamente. O sono não me proporcionou, contudo, uma trégua do pensamento e da angústia; meus sonhos criavam uma centena de situações assustadoras. Já perto do raiar do dia, assolou-me uma espécie de pesadelo; senti os punhos do monstro cerrarem-se em torno de meu pescoço e não conseguia me libertar. Gemidos e gritos ecoavam-me nos ouvidos. Meu pai, que cuidava de mim, percebeu que eu estava inquieto e me acordou. As ondas arrebentavam ao meu redor, e sobre minha cabeça havia o céu nublado; o demônio não estava ali. Uma sensação de segurança, o sentimento de que eu teria trégua entre o momento presente e o futuro inevitável e catastrófico proporcionou-me uma espécie de calmo esquecimento, ao qual a mente humana é, por causa de sua estrutura, particularmente suscetível.

capítulo 22

A viagem chegou ao fim. Desembarcamos e seguimos rumo a Paris. Logo me dei conta de que havia sobrecarregado minhas forças e precisava descansar antes de seguir viagem. Os cuidados e as atenções de meu pai eram incansáveis, mas ele não conhecia a causa de meus sofrimentos e recorria a métodos errados para remediar uma enfermidade incurável. Queria que eu me divertisse com a vida social. Eu abominava o rosto dos homens. Ah, abominava não é o termo correto! Eram meus irmãos, meus semelhantes, e simpatizava mesmo com o mais repulsivo entre eles, pois eram criaturas de natureza angélica criadas por um mecanismo celestial. Não achava, porém, que tivesse o direito de desfrutar sua companhia. Eu libertara entre eles um inimigo cujo prazer residia em derramar-lhes o sangue e divertir-se com seu padecimento. Não me haveriam de odiar e banir-me do mundo, todos eles, se soubessem de meus feitos profanos e dos crimes que tinham em mim sua origem?

Meu pai, enfim, aquiesceu com o meu desejo de evitar a vida social e tentou com vários argumentos livrar-me do desespero. Às vezes, ele achava que eu fora profundamente afetado pela degradação de ter sido obrigado a responder a uma acusação de assassinato e tentava me demonstrar quão fútil era o orgulho.

— Ai de mim, meu pai — disse eu. — O senhor me conhece muito mal. Os seres humanos, seus sentimentos e suas paixões estariam de fato muito degradados se um miserável como eu sentisse orgulho. Justine, a pobre e infeliz Justine, era tão inocente quanto eu e foi acusada do mesmo crime. Morreu por causa disso, e eu sou a causa. Eu a matei. William, Justine e Henry: todos morreram pelas minhas mãos.

Durante a época em que eu estava preso, meu pai me ouvira várias vezes fazer a mesma afirmação. Quando eu acusava a mim mesmo dessa forma, ele ora parecia querer que eu me explicasse, ora parecia considerar aquelas palavras o fruto do delírio, e que, durante o período que durara minha enfermidade, ocorrera-me alguma ideia desse gênero, cuja lembrança eu preservava enquanto convalescia. Eu evitava dar-lhe explicações e mantinha um silêncio constante acerca do monstro que criara. Intuía que haveriam de me supor louco, e só isso já seria suficiente para fazer com que eu me calasse para sempre. Além disso, porém, eu não conseguia me convencer a contar um segredo que deixaria meu ouvinte consternado e tornaria o medo e o horror sobrenatural habitantes de seu coração. Eu reprimia, portanto, minha sede impaciente de compreensão e me calava, quando daria qualquer coisa no mundo para confessar meu segredo fatal. Ainda assim, contudo, palavras como as que acabei de relatar escapavam-me incontrolavelmente dos lábios. Não podia explicá-las, mas a verdade que havia nelas aliviava um pouco o fardo de meu misterioso infortúnio.

Nessa ocasião, meu pai disse, com uma expressão de surpresa incontida:

— Meu caro Victor, que insensatez é essa? Querido filho, peço-lhe que nunca mais volte a fazer uma afirmação dessas.

— Não estou louco — exclamei, energicamente —; o sol e os céus, que me observaram trabalhar, podem testemunhar que o que eu digo é a verdade. Sou o assassino dessas inocentes vítimas, que morreram por causa das minhas maquinações. Teria preferido um milhão de vezes derramar meu próprio sangue, gota a gota, para salvar-lhes a vida; mas não podia, meu pai. O fato é que eu não podia sacrificar a humanidade inteira.

A conclusão dessa declaração convenceu meu pai de que meus pensamentos estavam perturbados, e ele mudou na mesma hora o assunto da conversa, tentando fazer com que eu pensasse em outra coisa. Desejava apagar tanto quanto possível a memória de tudo o que ocorrera na Irlanda e nunca fazia alusão a esses fatos ou me obrigava a falar sobre meus infortúnios.

Com o passar do tempo, fui me acalmando. A angústia ainda morava em meu coração, mas eu já não falava de meus crimes da mesma forma incoerente; era-me suficiente ter consciência deles. Violentando-me radicalmente, pus freio à voz imperiosa da aflição, que às vezes queria se declarar ao mundo inteiro, e minha conduta tornou-se mais calma e mais controlada do que jamais fora desde minha viagem ao mar de gelo.

Alguns dias antes de deixarmos Paris a caminho da Suíça, recebi de Elizabeth a seguinte carta:

Meu querido amigo,

Foi um grande prazer receber de meu tio uma carta escrita em Paris; vocês já não estão a uma distância tão grande e posso ter esperanças de vê-lo dentro de mais 15 dias. Meu pobre primo, como você deve ter sofrido! Creio que hei de encontrá-lo com o aspecto ainda mais doentio do que quando deixou Genebra. Esse inverno passou de forma tão infeliz; torturava-me a ansiedade do suspense. Espero, contudo, ver a paz em seu semblante e certificar-me de que seu coração não está inteiramente destituído de bem-estar e tranquilidade.

Temo, porém, que subsistam os mesmos sentimentos que o deixaram tão angustiado um ano atrás, talvez mesmo ampliados pela passagem do tempo. Eu não haveria de incomodá-lo nesse período, quando tantos infortúnios lhe pesavam sobre os ombros, mas uma conversa que tive com meu tio, antes que ele partisse, torna necessárias algumas explicações prévias ao nosso reencontro.

Explicações! Você possivelmente há de dizer. O que tem Elizabeth a explicar? Se realmente o disser, minhas perguntas estão respondidas e todas as minhas dúvidas, apaziguadas. Você está distante de mim, contudo, e é possível que fique apreensivo e ainda assim satisfeito com minha explicação. Diante dessa probabilidade, não ouso adiar escrever-lhe aquilo que, durante a sua ausência, frequentemente quis lhe dizer — mas nunca tive coragem para começar a fazê-lo.

Você bem sabe, Victor, que nossa união era o plano favorito de seus pais, desde quando éramos crianças. Disseram-nos isso em nossa meninice e nos ensinaram a ansiar por essa união como um evento que com certeza haveria de ocorrer. Éramos, na infância, companheiros de brincadeiras muito afeiçoados um ao outro — e, acredito, amigos queridos e estimados quando crescemos. Como irmão e irmã frequentemente nutrem, porém, um afeto intenso um pelo outro sem desejar uma união mais íntima, será que também não é esse o nosso caso? Diga-me, querido Victor. Responda-me, rogo-lhe, em nome de nossa felicidade mútua, com a verdade: acaso ama outra mulher?

Você viajou; passou vários anos da sua vida em Ingolstadt e confesso-lhe, meu amigo, que, quando o vi tão infeliz durante o outono passado, fugindo da companhia de qualquer um e procurando a solidão, não pude evitar a suposição de que talvez você lamentasse nosso compromisso e se sentisse obrigado por uma questão de honra a atender aos desejos de seus pais, embora se opusessem às suas inclinações. Não deve pensar desse modo, porém. Confesso-lhe, meu amigo, que o amo, e que nos meus etéreos sonhos com o futuro você sempre foi meu amigo e companheiro. É a sua felicidade, porém, tanto quanto a minha, que desejo ao declarar que nosso casamento haveria de me tornar eternamente infeliz se não fosse de sua própria e livre escolha. Mesmo agora choro ao pensar que, abatido como você está pelos mais cruéis infortúnios, poderia reprimir, em nome da palavra "honra", toda a esperança do amor e da felicidade que seriam sua única possibilidade de voltar a ser como antes. Eu, que tenho um afeto tão desinteressado por você, poderia aumentar sua infelicidade dez vezes mais se me tornasse um obstáculo a seus desejos. Ah! Victor, tenha certeza de que sua prima e companheira tem um amor sincero demais por você para não ficar angustiada com essa suposição. Seja feliz, meu amigo; se você satisfizer esse meu único pedido, fique tranquilo, pois nada na Terra terá o poder de me roubar a tranquilidade.

Não deixe que esta carta o transtorne; não me responda amanhã, ou depois de amanhã, ou mesmo antes de voltar, se isso lhe há de causar sofrimento. Meu tio mandará notícias de sua saúde, e se eu vir um único sorriso que seja quando nos encontrarmos, resultado deste ou de qualquer outro esforço de minha parte, não hei de desejar outra felicidade no mundo.

ELIZABETH LAVENZA
Genebra, 18 de março de 17...

Essa carta reavivou em minha memória o que eu antes havia esquecido: a ameaça do demônio — "*Estarei com você em sua noite de núpcias!*" Tal era a minha sentença, e naquela noite o monstro usaria de todos os recursos para me destruir e para arrancar-me do lampejo de felicidade que prometia consolar, pelo menos parcialmente, meus sofrimentos. Ele prometera concluir naquela noite seus crimes, com a minha morte. Bem, que fosse assim então; uma luta mortal com certeza haveria de se dar. Caso ele saísse vitorioso, eu encontraria a paz e seu poder sobre mim estaria extinto. Se ele fosse vencido, eu haveria de me tornar um homem livre. Ai de mim! Que liberdade? Igual à que experimenta o camponês depois que sua família foi massacrada diante de seus olhos, seu casebre queimado, suas terras devastadas, e ele está sem rumo, sem lar, sem dinheiro e só, mas livre. Tal seria minha liberdade, exceto por possuir em minha Elizabeth um tesouro — ai de mim, um tesouro ofuscado pelos horrores do remorso e da culpa, que haveriam de me perseguir até a morte.

Doce e adorada Elizabeth! Li e reli sua carta, e alguns sentimentos mais brandos introduziram-se em meu coração e ousaram sussurrar-me sonhos paradisíacos de amor e felicidade; mas a maçã já fora mordida, e o anjo já esticava o braço para banir-me do Paraíso e roubar-me todas as esperanças. Ainda assim, eu morreria para fazê-la feliz. Se o monstro cumprisse sua ameaça, a morte seria inevitável; mais uma vez, porém, pensei que meu casamento poderia apressar meu destino. Minha destruição talvez chegasse, de fato, alguns meses mais cedo, mas, se meu algoz suspeitasse que eu adiava minha união com Elizabeth influenciado pelas ameaças dele, com certeza arranjaria outras formas de se vingar, talvez até mais terríveis. *Ele jurava estar comigo na minha noite de núpcias*, mas não se considerara, por causa dessa ameaça, obrigado a uma paz temporária; como que, para me mostrar que ainda estava sedento de sangue, assassinara Clerval imediatamente após ter declarado sua ameaça. Decidi, portanto, que se minha união imediata com minha prima conduziria à felicidade dela ou de meu pai, os desígnios de meu adversário contra minha vida não deviam adiá-la nem por uma hora.

Nesse estado de espírito, escrevi a Elizabeth. Minha carta era tranquila e afetuosa. "Temo, minha adorada", disse-lhe, "que poucas felicidades nos restam sobre a Terra; porém, tudo o que eu possa vir a apreciar no futuro está resumido a você. Afaste seus receios infundados; é somente a você que devoto minha vida e minha busca da felicidade. Tenho um segredo, Elizabeth, um segredo terrível. Quando o revelar a você, há de enregelar de terror e então, longe de ficar surpresa com a minha angústia, vai se perguntar como consegui sobreviver a tudo o que suportei. Hei de lhe contar essa história de desgraça e terror no dia seguinte ao nosso casamento, pois, minha querida prima, não deve haver segredos entre nós. Até lá, porém, peço-lhe que não a mencione e não faça qualquer alusão a ela. Isso é algo que lhe rogo sinceramente e sei que você há de aquiescer".

Cerca de uma semana após a chegada da carta de Elizabeth, retornamos a Genebra. Aquela encantadora moça recebeu-me afetuosamente, mas lágrimas assomaram-lhe aos olhos ao ver como eu definhara e como tinha o aspecto febril. Também notei mudanças nela: estava mais magra e perdera grande parte daquela maravilhosa vivacidade que antes me encantara. Mas sua delicadeza e sua terna expressão de piedade faziam dela uma companhia mais apropriada a alguém tão miserável e arruinado quanto eu.

A tranquilidade que eu ali desfrutava não durou. A memória trazia consigo a loucura, e quando eu pensava naquilo por que passara, uma insanidade real se apossava de mim. Ora eu ficava furioso e ardia de raiva, ora ficava deprimido e melancólico. Não falava com ninguém, não olhava para ninguém. Sentava-me imóvel, aturdido pelos inúmeros infortúnios que me haviam sucedido.

Elizabeth era a única que conseguia arrancar-me dessas crises; sua voz suave me acalmava quando essas paixões me arrebatavam e inspirava-me sentimentos humanos quando eu afundava no torpor. Ela chorava comigo e por mim. Quando eu recobrava a razão, ela protestava e tentava fazer com que eu me resignasse. Ah! A resignação é um sentimento adequado aos desafortunados, mas para quem tem culpa não há paz possível. A angústia do remorso envenena a luxúria que de outro modo pode se verificar naqueles que se permitem sentir pesar em excesso.

Logo depois de minha chegada, meu pai falou sobre meu casamento imediato com Elizabeth. Permaneci em silêncio.

— Você tem, então, alguma outra ligação?

— Nenhuma, em toda a face da Terra. Amo Elizabeth e anseio com alegria por nossa união. Marquemos então a data, e hei de devotar-me, na vida ou na morte, à felicidade de minha prima.

— Meu querido Victor, não fale assim. Graves infortúnios se abateram sobre nós, mas aferremo-nos ainda mais ao que nos resta e tratemos de transferir o amor que sentíamos por aqueles que perdemos aos que ainda vivem. Nosso círculo será pequeno, mas unido pelos laços do afeto e pelo sofrimento comum. E depois que o tempo aliviar-lhe o desespero, novos e queridos objetos de afeto hão de nascer para substituir aqueles que nos foram tão cruelmente destituídos.

Tais eram as lições de meu pai. Para mim, no entanto, a lembrança da ameaça retornava; não é de espantar que, onipotente como havia sido antes o demônio em seus feitos sanguinários, eu o considerasse invencível, e que, quando ele pronunciara as palavras "*Estarei com você em sua noite de núpcias*", eu encarasse o cumprimento dessa ameaça como algo inevitável. A morte não me era, contudo, uma perspectiva ruim, se a outra opção fosse perder Elizabeth. Portanto, com uma expressão satisfeita e até mesmo alegre no rosto, concordei com meu pai, dizendo que, se minha prima consentisse, a cerimônia ocorreria dentro de dez dias, e dessa forma acreditei estar selando meu destino.

Deus do céu! Se por um instante eu tivesse imaginado qual poderia ser a diabólica intenção de meu perverso adversário! Teria preferido afastar-me para sempre de meu país natal e errado pelo mundo como um pária sem amigos do que consentir naquele infeliz casamento. Como se possuísse poderes mágicos, contudo, o monstro deixara-me cego às suas verdadeiras intenções. Quando pensei estar preparando apenas minha própria morte, incitava a de uma outra vítima muito mais querida.

Conforme se aproximava a data marcada para nosso casamento, por covardia ou movido por um sentimento profético, eu sentia meu coração afundar dentro do peito. Escondia meus sentimentos, porém, sob uma aparência de extrema alegria que trazia sorrisos e satisfação ao rosto de meu pai, mas que não chegava a iludir os olhos mais aguçados e sempre vigilantes de Elizabeth. Na expectativa de nossa união, ela guardava um plácido contentamento, que não excluía um certo medo, impresso pelos infortúnios do passado, de que o que parecia agora uma felicidade certa e tangível pudesse logo se dissipar, tornando-se um sonho etéreo e não deixando outros traços além de um pesar profundo e eterno.

Fizeram-se preparações para o evento, receberam-se visitas de congratulações, e tudo tinha uma aparência alegre. Tranquei em meu coração, tanto quanto possível, a ansiedade que o consumia, e participei com aparente seriedade dos planos de meu pai, embora talvez fossem apenas servir de decoração à minha tragédia. Através do empenho de meu pai, uma parte da herança de Elizabeth lhe fora concedida pelo governo austríaco. Uma pequena propriedade nas margens do lago de Como pertencia a ela. Ficou acertado que, logo após nossa união, seguiríamos para a

Villa Lavenza, onde passaríamos nossos primeiros dias de felicidade junto ao bonito lago perto do qual ficava a propriedade.

Naquele ínterim, eu tomava todas as precauções para me defender caso o demônio me atacasse abertamente. Levava pistolas e um punhal sempre comigo e estava constantemente atento, a fim de prevenir qualquer estratagema, e desse modo conseguia ficar mais tranquilo. Na verdade, com o passar do tempo a ameaça parecia mais fruto do delírio, e eu não devia levá-la tão a sério a ponto de deixar que me perturbasse a paz, enquanto a felicidade que eu esperava encontrar no casamento parecia cada vez mais concreta à medida que a data marcada para sua celebração se aproximava, e também por ouvir todos se referirem continuamente ao evento como algo que nada haveria de impedir.

Elizabeth parecia feliz; meu comportamento tranquilo contribuía muito para acalmá-la. No dia marcado para a realização de meus desejos e o cumprimento do meu destino, ela estava, porém, melancólica, e um pressentimento maligno a invadia — talvez ela também pensasse no terrível segredo que eu prometera revelar-lhe no dia seguinte. Meu pai, por sua vez, estava felicíssimo e, no alvoroço dos preparativos, achava que a melancolia de sua sobrinha não era mais do que a insegurança comum às noivas.

Depois da cerimônia, uma grande festa teve lugar na casa de meu pai, mas ficou acertado que eu e Elizabeth começaríamos nossa viagem de barco, passando aquela noite em Evian e prosseguindo no dia seguinte. Fazia bom tempo e o vento estava favorável; tudo era alegria quando embarcamos em nossa viagem de núpcias.

Foram esses os últimos momentos de minha vida em que experimentei a sensação de felicidade. Deslizávamos rapidamente sobre a água; o sol estava quente, mas uma espécie de cobertura protegia-nos de seus raios enquanto apreciávamos a beleza da paisagem — olhando às vezes para uma margem do rio, onde víamos Mont Salève, as belas encostas de Montalègre, e a distância, elevando-se acima de tudo o mais, o belo Mont Blanc e a cadeia de montanhas nevadas que, em vão, tentavam igualar-se a ele; às vezes, costeando a margem oposta, onde víamos a gigante cadeia do Jura opondo sua encosta escura àquele que desejasse deixar seu país natal e constituindo uma barreira quase intransponível ao invasor que desejasse ocupá-lo.

Tomei a mão de Elizabeth.

— Você está tristonha, meu amor. Ah! Se soubesse o que sofri e o que talvez ainda tenha que suportar, faria o possível para permitir que eu desfrutasse esta paz e esta trégua do desespero que este dia ao menos me permite ter.

— Alegre-se, meu querido Victor — replicou Elizabeth. — Não há, assim espero, motivo para sofrer. Esteja certo de que se uma alegria mais intensa não se estampa em meu rosto, meu coração está contente. Algo me diz para não me fiar muito nas perspectivas que se abrem diante de nós, mas não darei ouvidos a essa voz sinistra. Veja como avançamos rápido e como as nuvens, que às vezes escondem o topo do Mont Blanc e às vezes elevam-se acima dele tornam ainda mais interessante esta bela paisagem. Veja também os inúmeros peixes que nadam nas águas límpidas, e como podemos distinguir cada pedrinha que repousa no fundo. Que dia maravilhoso! Como a natureza parece feliz e serena!

Desse modo Elizabeth tentava afastar os seus e os meus pensamentos de quaisquer reflexões sobre assuntos melancólicos. Seu ânimo, contudo, oscilava: a felicidade brilhava por alguns instantes em seus olhos, mas cedia continuamente lugar à perturbação e ao devaneio.

O sol baixava no céu; passamos pelo rio Drance e observamos seu curso entre as fendas profundas das montanhas mais altas e os estreitos vales das colinas. Os Alpes ali se aproximavam do lago, à medida que chegávamos perto do anfiteatro de montanhas que formam sua extremidade oriental. O pináculo de Evian aparecia entre as florestas que o circundavam e a cadeia de montanhas que sobre ele se debruçava.

O vento, que até então nos conduzira com surpreendente rapidez, tornou-se uma leve brisa à hora do crepúsculo. O sopro ameno não fazia mais do que encrespar a água e balançar de leve as árvores enquanto nos aproximávamos da margem, da qual nos chegava um delicioso aroma de flores e de feno. O sol desapareceu no horizonte quando desembarcamos, e, ao pisar no chão, senti renascerem as preocupações e os medos que logo haveriam de se apoderar para sempre de mim.

capítulo 23

Eram oito horas quando desembarcamos; caminhamos um pouco pela margem, desfrutando a luz transitória, e, em seguida, recolhemo-nos à hospedaria para contemplar a bela paisagem, formada pelo lago, pelas florestas e pelas montanhas, obscurecidos pela noite, mas que ainda exibia seus contornos negros.

O vento sul diminuíra, mas soprava com maior violência o vento oeste. A lua chegara a seu ápice no céu e agora começava a descer; as nuvens deslizavam sobre ela com rapidez maior do que a do voo de um abutre e lhe empalideciam os raios, enquanto o lago refletia os céus revoltos, intensificando essa aparência com as que começavam a se avolumar. Subitamente uma forte tempestade começou a cair.

Eu passara o dia calmo, mas assim que a noite obscureceu os contornos dos objetos, centenas de temores despertaram em minha mente. Eu estava ansioso e atento, e minha mão direita agarrava-se à pistola que eu trazia escondida sobre o peito; os menores ruídos me enchiam de terror, mas decidi que cobraria caro pela minha vida e não fugiria ao combate até que ela se extinguisse — ou, em seu lugar, a de meu adversário.

Elizabeth observou minha agitação por algum tempo num silêncio tímido e assustado, mas algo havia em meu olhar que a enchia de terror, e, trêmula, perguntou-me:

— O que o está perturbando, querido Victor? O que você teme?

— Ah! Deixe-me em paz, meu amor! — repliquei. — Depois desta noite, tudo estará a salvo, mas esta noite será terrível, verdadeiramente terrível!

Passei uma hora nesse estado de espírito, mas subitamente ocorreu-me quão assustador seria para minha esposa o combate que eu naquele momento aguardava, e pedi-lhe sinceramente que fosse para o quarto, decidido a não ir me reunir a ela até que tivesse alguma pista sobre onde estava meu inimigo.

Ela me deixou, e durante algum tempo andei de um lado para outro pelos corredores da casa, inspecionando cada recanto que pudesse servir de esconderijo a meu adversário. Não descobri qualquer traço dele, contudo, e começava a imaginar que algum feliz acaso ocorrera, impedindo-o de levar a cabo suas ameaças, quando subitamente ouvi um grito agudo e terrível. Vinha do quarto ao qual Elizabeth se recolhera. Ao ouvi-lo, compreendi tudo, meus braços caíram, o movimento de cada músculo e fibra interrompeu-se. Podia sentir o sangue correndo-me nas veias e um formigamento nas extremidades das mãos e dos pés. Esse estado não durou mais do que um instante; o grito se repetiu, e corri até o quarto.

Deus do céu! Por que não morri ali mesmo? Por que estou aqui para relatar a morte daquela que era minha maior esperança, da criatura mais pura sobre a face da Terra? Lá estava ela, sem vida, inanimada, jogada sobre a cama, a cabeça pendente e as feições pálidas e distorcidas meio encobertas pelos cabelos. Para onde quer que eu olhe, é essa a visão que me persegue: seus braços lívidos, seu corpo sem vida atirado pelo assassino em seu leito nupcial. Como me foi possível vê-la assim e seguir vivendo? Ai de mim! A vida é obstinada e aferra-se ainda mais àqueles que a odeiam. Por um instante, perdi os sentidos e caí no chão.

Quando voltei a mim, encontrei-me rodeado pelas pessoas da estalagem; seus rostos expressavam o mais completo terror — que não era, contudo, mais do que um arremedo, uma sombra dos sentimentos que me oprimiam. Deixei-os, indo para o quarto onde jazia o corpo de Elizabeth, meu amor, minha esposa, tão querida, tão valiosa e que havia pouco tempo ainda estava viva. Tinham tirado seu corpo da posição em que eu de início o encontrara, e agora, pela forma como jazia, a cabeça sobre o braço e um lenço cobrindo a face e o pescoço, eu poderia tê-la suposto adormecida. Corri em sua direção e abracei-a ardentemente, mas sua languidez extrema e a frieza de seus membros diziam-me que o que eu então tinha entre os braços deixara de ser a Elizabeth que um dia eu amara e tanto prezara. A marca mortífera dos dedos do monstro estava em seu pescoço, e sua respiração havia cessado.

Eu ainda estava debruçado sobre ela, na agonia do desespero, quando por acaso ergui os olhos. Antes as janelas estavam fechadas, e senti uma espécie de pânico ao ver o luar amarelado e pálido iluminar o quarto. As venezianas haviam sido abertas, e, tomado por uma indescritível sensação de horror, vi ali o rosto tão detestável e horroroso. O monstro sorria com sarcasmo, escarnecendo de mim, enquanto apontava com um dedo diabólico para o cadáver de minha esposa. Corri até a janela e, sacando a pistola que trazia junto ao peito, atirei; mas o monstro escapou num pulo. Rápido como um raio, correu e mergulhou no lago.

O barulho do tiro atraiu muita gente ao quarto. Eu apontei para o local onde ele desaparecera, e o seguimos de barco; lançamos redes na água, mas foi tudo em vão. Várias horas depois, regressamos sem esperança de encontrá-lo e a maioria dos homens que me acompanhava acreditava que não passava de fruto da minha imaginação. Desembarcando, começaram a procurar em terra firme, dividindo-se em vários grupos que seguiram por diferentes caminhos entre a floresta e os vinhedos.

Tentei acompanhá-los durante um curto trecho, mas minha cabeça girava e meus passos eram como os de um bêbado. Caí num estado de completa exaustão. Uma névoa cobria meus olhos e a febre abrasava-me a pele. Nesse estado, fui carregado de volta à estalagem e acomodado numa cama; mal tinha consciência do que se passara. Meus olhos vagavam pelo quarto como se buscassem algo que eu havia perdido.

Depois de um instante despertei e, como que por instinto, arrastei-me de volta ao quarto onde jazia o corpo de minha amada. Algumas mulheres choravam ali; debrucei-me sobre o cadáver e misturei minhas tristes lágrimas às delas. Durante todo esse tempo, nenhum pensamento específico passava-me pela mente, que divagava entre vários assuntos, refletindo de forma confusa sobre meus infortúnios e a causa deles. Eu estava desnorteado, no meio de uma névoa de assombro e terror. A morte de William, a execução de Justine, o assassinato de Clerval e agora o de minha esposa; nem mesmo naquele instante eu sabia se os únicos amigos que me restavam estariam a salvo da perversidade daquele demônio. Talvez naquele exato momento meu pai estivesse se contorcendo sob a pressão de seus dedos e Ernest jazesse a seus pés. A ideia me fez estremecer e trouxe-me de volta à realidade. Levantei-me e decidi voltar a Genebra quanto antes.

Não havia cavalos disponíveis, e tive que regressar através do lago; mas o vento estava contrário e a chuva caía torrencialmente. Já amanhecia, porém, e eu poderia ter esperanças de chegar em casa à noite. Contratei homens para remar e ocupei-me eu próprio de um dos remos, pois o exercício físico sempre me proporcionara um alívio quando minha mente estava atormentada. Sentia, porém, a mais aterradora angústia, que, somada à agitação que eu tivera de suportar, tornava-me incapaz de fazer qualquer esforço. Larguei o remo e, apoiando a cabeça nas mãos, entreguei-me aos mais melancólicos pensamentos. Se eu levantasse os olhos, via paisagens tão familiares a meus dias mais felizes e que contemplara na véspera, ainda em companhia daquela que agora não passava de uma sombra e de uma recordação. Lágrimas corriam-me dos olhos. A chuva cessara por um instante, e vi os peixes brincando na água como haviam brincado poucas horas antes; Elizabeth os observava, então. Nada é tão doloroso ao coração do homem do que uma mudança tão súbita e radical. O sol poderia brilhar ou as nuvens poderiam reunir-se, mas nada seria para mim igual ao que fora na véspera. Um demônio arrancara-me as últimas esperanças de alegria futura; criatura alguma havia sido um dia mais infeliz do que eu. Um acontecimento tão terrível é ímpar na história da humanidade.

Por que relatar, contudo, o que se sucedeu a esse último e aterrador incidente? Minha história é um desfiar de terrores; cheguei a seu ápice, e tudo o que possa narrar daqui em diante lhe há de ser enfadonho. Saiba que meus amigos me foram roubados um a um. Fiquei completamente só e desolado. Minha força já se acabou, e devo lhe contar, em poucas palavras, o restante dessa história medonha.

Cheguei a Genebra. Ernest e meu pai ainda estavam vivos, mas esse último ficou aterrado com as notícias que eu lhe trazia. Vejo-o neste exato instante, homem admirável. Seus olhos vagavam a esmo, pois haviam perdido aquilo que mais os alegrava: sua Elizabeth, mais do que uma filha, a quem ele devotara todo o afeto de que é capaz um homem quando, no declínio da vida e tendo poucos entes queridos, sente-se ainda mais ligado aos que ainda o acompanham. Maldito seja o demônio que trouxe a desgraça a seus cabelos grisalhos e condenou-o a definhar de tristeza! Meu pai não era capaz de sobreviver aos horrores que se acumulavam a seu redor; sua energia vital esgotou-se. Ele se tornou incapaz de se levantar de seu leito, e poucos dias depois morreu em meus braços.

O que foi feito de mim, então? Não sei; perdi os sentidos, e as únicas sensações que tinha eram as de correntes junto a meu corpo e escuridão. Às vezes, eu de fato sonhava estar caminhando com meus amigos de outrora por campinas floridas e vales aprazíveis, mas encontrava-me, ao acordar, numa masmorra. Era tomado pela melancolia, mas aos poucos comecei a ter consciência de minha desgraça e da situação em que estava, sendo então libertado de minha prisão. Haviam me considerado louco, e, pelo que entendi, durante vários meses uma cela solitária fora minha moradia.

A liberdade teria sido uma dádiva inútil, no entanto, se eu não tivesse, ao recobrar a razão, visto nascer em mim o desejo de vingança. Oprimido pelas memórias dos infortúnios passados, comecei a pensar na sua causa — o monstro que eu criara, o demônio miserável que eu libertara no mundo e que era o responsável pela minha própria destruição. Uma raiva enlouquecedora possuía-me ao pensar nele; eu rezava fervorosamente para tê-lo ao alcance das mãos e poder descarregar todo o meu desejo de vingança em seu maldito ser.

Meu ódio não se restringiu durante muito tempo àqueles desejos inúteis; comecei a refletir sobre os melhores meios de capturá-lo. Com esse objetivo, cerca de um mês depois de ter sido libertado, fui procurar um magistrado na cidade. Disse-lhe que tinha uma acusação a fazer, que sabia quem era o assassino de minha família e que lhe rogava que usasse de toda sua autoridade para prender o criminoso.

O magistrado ouviu-me com atenção e gentileza.

— Esteja certo, senhor — disse-me —, que, de minha parte, esforços não serão poupados para descobrir o assassino.

— Agradeço-lhe — repliquei —; ouça, então, o depoimento que tenho a fazer. Trata-se de um relato tão insólito que recearia que o senhor não acreditasse nele, se algo não houvesse na própria verdade que, mesmo parecendo absurda, obriga-nos a acreditar nela. A história compõe-se de fatos por demais encadeados para serem confundidos com um delírio, e não tenho motivos para mentir.

A atitude com que me dirigi a ele era calma, porém resoluta. Eu tomara a decisão interna de perseguir até a morte meu destruidor; esse propósito acalmou minha agonia e, por algum tempo, reconciliou-me com a vida. Contei minha história de forma sucinta, mas com firmeza e precisão, sublinhando as datas corretas e, em momento algum, permitindo-me enveredar por insultos e exclamações.

O magistrado parecia, a princípio, completamente incrédulo, mas, à medida que eu prosseguia, ficou mais atento e interessado. Algumas vezes, vi-o estremecer de terror; outras vezes, uma vívida surpresa, que nada tinha de desconfiança, estampava-se em seu rosto.

Quando terminei minha narrativa, disse-lhe:

— É essa criatura que acuso, e é para sua captura e punição que lhe peço mobilizar todas as suas forças. É seu dever enquanto magistrado. Tenho a crença e a esperança de que, movido por sentimentos humanitários, não há de se recusar a cumprir essa tarefa imediatamente.

Essas palavras provocaram uma mudança considerável na fisionomia de meu ouvinte. Escutara minha história com aquela crença parcial que se dá a uma história de fantasmas e eventos sobrenaturais, mas quando lhe foi solicitada uma atitude oficial, toda sua incredulidade regressou. Ainda assim, respondeu-me amavelmente:

— Teria grande prazer em ajudá-lo, mas o monstro ao qual o senhor se refere parece ter poderes capazes de desafiar todos os meus esforços. Quem poderia perseguir uma criatura capaz de atravessar geleiras e viver em cavernas e covis onde nenhum homem se arriscaria a entrar? Além disso, já se passaram alguns meses desde que ele cometeu os crimes, e ninguém teria como saber para onde foi ou que região habita no momento.

— Não tenho dúvidas de que ele ronda o lugar onde eu próprio vivo e, se de fato refugiou-se nos Alpes, pode ser caçado como a camurça e abatido como um animal selvagem. Mas adivinho seus pensamentos; não acredita em minha narrativa e não pretende perseguir meu inimigo para puni-lo como merece.

Ao falar, a raiva brilhava em meus olhos; o magistrado intimidou-se.

— O senhor se engana — disse ele. — Vou me empenhar e, se estiver em meu poder capturar o monstro, fique certo de que ele há de receber uma pena proporcional a seus crimes. Mas temo que, se ele de fato possuir os atributos que o senhor me descreve, isso há de se revelar impraticável. Assim sendo, mesmo que todas as medidas cabíveis sejam tomadas, deve se preparar para ver seus desejos frustrados.

— Isso não pode ser, mas tudo que eu possa dizer fará pouca diferença. Minha vingança não lhe importa, mas para mim tornou-se uma obsessão; confesso que é o desejo ávido e exclusivo de minha alma. Sinto um ódio indizível quando penso que o assassino, que eu próprio libertei entre os homens, ainda existe. O senhor recusa-se a atender minha justa solicitação; não me restam escolhas além de empenhar-me, mesmo que me custe a vida, na destruição de meu inimigo.

Eu tremia ao dizer essas palavras, exaltado; havia uma espécie de frenesi em minha atitude — e também, não duvido, algo daquela fúria arrogante de que os mártires de outrora pareciam possuídos. Para um magistrado de Genebra, cuja mente estava ocupada por ideias bem diferentes da devoção e do heroísmo, aquela exaltação parecia-se muito, porém, com a loucura. Ele tentou acalmar-me como uma ama faz com uma criança, sugerindo que minha história não passava de delírio.

— Homem — exclamei —, como é ignorante nesse orgulho de ser sábio! Basta; não sabe o que diz.

Saí dali irritado e perturbado, recolhendo-me para meditar sobre alguma outra possível forma de ação.

capítulo 24

Minha situação era tal, naquele momento, que qualquer pensamento voluntário via-se tragado e perdido. A fúria me impulsionava, e somente o desejo de vingança dotava-me de força e serenidade; moldava meus sentimentos e me permitia ser calmo e astuto quando, de outro modo, meu quinhão teria sido o delírio ou a morte.

Minha primeira decisão foi deixar Genebra para sempre. Meu país, que tanto me havia sido caro quando eu era feliz e cercado de afeto, tornara-se odioso na adversidade. Parti, levando comigo uma certa quantia em dinheiro e algumas joias que tinham pertencido a minha mãe.

Teve início, então, essa peregrinação que só há de terminar com a morte. Percorri boa parte da Terra e enfrentei todas as adversidades a que estão sujeitos os viajantes em regiões selvagens ou bárbaras. Nem sei como sobrevivi; várias vezes estendi meu corpo debilitado sobre uma planície arenosa e rezei, pedindo a morte. O desejo de vingança, no entanto, mantinha-me vivo. Eu não ousava morrer e deixar vivo meu adversário.

Quando parti de Genebra, minha primeira tarefa foi procurar pistas que me permitissem seguir o rastro de meu diabólico inimigo. Não tinha qualquer plano bem-elaborado e perambulei durante várias horas pelos arredores da cidade, incerto acerca de que caminho tomar. Ao cair da noite, encontrei-me à entrada do cemitério onde jaziam William, Elizabeth e meu pai. Entrei, aproximando-me do túmulo onde estavam enterrados. Tudo estava em silêncio, à exceção das folhas nas árvores, suavemente agitadas pelo vento; já estava quase escuro, e aquele espetáculo teria parecido solene e comovente mesmo a um observador desinteressado. Os espíritos daqueles que já haviam partido pareciam esvoaçar ali e projetar uma sombra, invisível mas sensível, sobre a cabeça de quem os pranteava.

O pesar profundo que essa paisagem a princípio despertara em mim logo deu lugar à fúria e ao desespero. Eles estavam mortos e eu vivia; seu assassino também vivia, e para destruí-lo eu tinha que prolongar minha cansativa estada na Terra. Ajoelhei-me na grama e beijei o chão, exclamando, com lábios trêmulos:

— Pela terra sagrada na qual me ajoelho, pelas sombras que erram ao meu redor, pelo pesar intenso e eterno que sinto, juro; e por ti, ó Noite, e pelos espíritos que reinam sobre ti, a perseguir o demônio que causou essa desgraça até que um de nós morra, numa luta fatal. Com esse propósito, hei de preservar minha vida; a fim de executar essa tão cara vingança, verei novamente o sol e cruzarei os campos verdejantes da terra, que, de outro modo, meus olhos não tornariam a contemplar. Peço a vós, sombras dos mortos, e a vós, espíritos errantes da vingança, que me ajudem e me orientem nessa tarefa. Que o amaldiçoado e diabólico monstro conheça a mais intensa agonia; que ele sinta o mesmo desespero que agora me atormenta.

Eu começara esse juramento com solenidade e com uma reverência que quase me convenciam de que os espíritos de meus amigos assassinados ouviam e aprovavam tal devoção, mas as fúrias me possuíam quando o concluí, e a raiva sufocou meu pronunciamento.

A resposta que recebi, em meio à quietude da noite, foi um riso alto e diabólico. Ressoou intensa e profundamente em meus ouvidos, as montanhas o ecoaram, e senti como se o inferno tivesse me cercado com risos e escárnio. Naquele instante, eu com certeza teria sido possuído por um frenesi e teria posto um fim a minha miserável existência, se meus votos não tivessem sido ouvidos e eu não estivesse comprometido com a vingança. O riso cessou, e uma voz odiada e bem conhecida sussurrou, aparentemente bem próxima a meu ouvido:

— Estou satisfeito, desgraçado! Você decidiu viver, e estou satisfeito.

Corri como uma flecha até o lugar de onde vinha o som, mas o demônio escapou-me. De súbito, o amplo disco da lua surgiu, iluminando sua horrível e disforme silhueta que corria dali com uma rapidez sobre-humana.

Persegui-o, e essa tem sido minha tarefa há vários meses. Uma pista insignificante me levou a seguir em vão o curso sinuoso do Rhône. Cheguei ao Mediterrâneo azul e, por um estranho acaso, vi o demônio entrar certa noite num barco que partia para o mar Negro, escondendo-se ali. Embarquei também, mas ele escapou, não sei como.

Segui-o pelos desertos tártaros e russos, mas ele sempre fugia. Às vezes, os camponeses, aterrorizados por sua horrenda aparição, informavam-me sobre o rumo que tomara; às vezes, ele próprio, temendo que, se eu perdesse seu rastro fosse me desesperar e morrer, deixava pistas para me guiar. A neve caía sobre nós e eu via suas pegadas imensas estampadas na alva planície. Como pode o senhor, que faz sua primeira incursão na vida e para quem as preocupações são novidade e a agonia é desconhecida, compreender o que senti e o que ainda sinto? O frio, as necessidades e a fadiga eram as mais suaves torturas que eu estava destinado a sofrer; um demônio me amaldiçoara e eu carregava comigo meu próprio inferno. Ainda assim, contudo, um espírito bom seguia meus passos e os orientava. Quando eu me sentia mais desanimado, subitamente tirava-me de dificuldades que pareciam insuperáveis. Às vezes, quando meu corpo, abatido pela fome, afundava sob o peso de um cansaço extremo, eu encontrava no meio do deserto uma refeição preparada para mim, que restaurava minhas forças e devolvia-me o ânimo. Eram alimentos rústicos, como os que os camponeses da região comiam, mas não tenho dúvidas de que eram postos ali pelos espíritos que eu invocara para me ajudar. Muitas vezes, quando tudo estava seco, os céus sem nuvens e a sede ressecavam-me a garganta, uma pequena nuvem surgia no céu, derramava algumas gotas que me faziam reviver e desaparecia.

Sempre que possível, eu seguia o curso dos rios, mas o demônio os evitava, pois era onde se formavam os principais povoados daquela região. Em outros lugares, raramente se viam seres humanos, e eu em geral sobrevivia comendo os animais selvagens que cruzavam meu caminho. Levava dinheiro comigo e conquistava a simpatia dos aldeões distribuindo-o; ou então trazia alguma caça, que, depois de reservar para mim uma pequena porção, sempre dava de presente àqueles que me haviam fornecido utensílios para cozinhar e fogo.

Minha vida nessa época era odiosa, e somente durante o sono eu experimentava alguma alegria. Ah, sono abençoado! Frequentemente, quando me sentia muito abatido, deitava-me para descansar, e meus sonhos me acalentavam a ponto de deixar-me extasiado. Os espíritos que me protegiam proporcionavam-me esses momentos, ou, melhor dizendo, essas horas de felicidade a fim de que eu reunisse forças necessárias para chegar ao fim de minha peregrinação. Sem esse descanso, eu teria sucumbido sob o peso de tantas dificuldades. De dia, eu era sustentado e inspirado pela perspectiva da noite, pois nos sonhos revia meus amigos, minha esposa e meu adorado país; contemplava de novo o rosto benevolente de meu pai, ouvia o timbre argênteo da voz de Elizabeth e via Clerval desfrutando sua saúde e juventude. Muitas vezes, quando uma caminhada árdua me exauria, persuadia-me de que estava sonhando até que chegasse a noite e eu pudesse de novo deleitar-me com a realidade nos braços de meus amigos adorados. Que torturante afeição eu sentia por eles! Como me apegava a suas amadas imagens, que às vezes me perseguiam mesmo de dia, e persuadia-me de que ainda viviam! Nesses momentos, o desejo de vingança, que ardia em mim, arrefecia, e eu prosseguia em meu caminho rumo à destruição do demônio mais como uma tarefa imposta pelos céus, um impulso mecânico de alguma força da qual eu não tinha consciência, do que como a vontade ardente de minha alma.

Quais eram os sentimentos daquele a quem eu perseguia, não tenho como saber. Às vezes, de fato, ele deixava inscrições nos troncos das árvores ou nas pedras para me guiar e instigar minha fúria. "Meu reinado ainda não terminou", eram as palavras que se liam numa dessas inscrições. "Você ainda está vivo, e meu poder é total. Siga-me; busco o gelo eterno do norte, onde conhecerá o sofrimento do frio, ao qual sou insensível. Perto daqui, se não chegar tarde demais, encontrará uma lebre morta; coma e refaça suas forças. Venha, meu inimigo; ainda temos pela frente um combate mortal, mas você terá que passar por muitas dificuldades e muito sofrimento antes que chegue a hora."

Zombe de mim, demônio! Mais uma vez juro que hei de me vingar; mais uma vez condeno-o, monstro miserável, à tortura e à morte. Jamais abandonarei minha busca até que um de nós dois venha a perecer; então, com que êxtase hei de me reunir a minha Elizabeth e a meus amigos mortos, que neste exato instante preparam a recompensa para este árduo e maçante trabalho, para esta terrível peregrinação!

À medida que eu prosseguia em minha viagem rumo ao norte, a neve tornou-se mais espessa e o frio aumentou a um grau quase insuportável, de tão severo. Os camponeses fechavam-se em suas choupanas e só uns poucos mais resistentes aventuravam-se a sair para caçar os animais que a fome expulsara da toca a fim de procurar alimento. Os rios estavam cobertos de gelo, e já não se podia pescar; assim, eu me via privado de meu principal meio de sustento.

O triunfo de meu inimigo crescia com as dificuldades que me assolavam. Assim dizia uma das inscrições que ele deixou: "Prepare-se! Sua labuta mal começou; agasalhe-se com peles e faça uma provisão de alimentos, pois logo daremos início a uma viagem em que seus sofrimentos hão de satisfazer meu eterno ódio."

Minha coragem e perseverança aumentavam com essas palavras de escárnio; decidi que não haveria de falhar em meu propósito. Invocando os céus em busca de apoio, continuei, com uma inabalável determinação, a atravessar desertos imensos, até que o oceano apareceu ao longe, formando a última barreira visível no horizonte. Ah! Como era diferente dos mares azuis do sul! Coberto de gelo, só se distinguia da terra devido a seu aspecto mais desolado e irregular. Os gregos choraram de alegria quando contemplaram o Mediterrâneo das colinas asiáticas e saudaram extasiados a fronteira que punha fim a seus esforços. Eu próprio não chorei, mas ajoelhei-me e, comovido, agradeci ao espírito que me guiava por ter me conduzido em segurança ao lugar onde, apesar da zombaria de meu adversário, eu esperava encontrá-lo e lutar com ele.

Algumas semanas antes, eu conseguira um trenó e cães, de modo que atravessava a neve com uma velocidade inimaginável. Não sei se o demônio dispunha do mesmo recurso, mas descobri que, da mesma forma como antes eu diariamente perdia terreno na perseguição, naquele momento avançava mais do que ele, tanto que, quando vi pela primeira vez o oceano, ele tinha apenas um dia de vantagem sobre mim, e eu esperava alcançá-lo antes que ele chegasse à costa. Com renovada coragem, portanto, prossegui, e dois dias depois cheguei a uma aldeia miserável situada junto ao mar. Perguntei aos habitantes dali a respeito do demônio e recebi informações precisas. Um monstro gigante, disseram eles, chegara na véspera, munido com uma arma e várias pistolas, aterrorizando com sua aparência medonha os habitantes de uma cabana solitária, que fugiram. Levara sua provisão de comida para o inverno e, acomodando tudo num trenó puxado por vários cães treinados de que também tinha se apoderado, fora-se dali na mesma noite, para alívio dos aldeões, paralisados pelo medo. Continuara sua viagem através do mar numa direção que não levava a terra alguma, e conjecturaram que ele morreria logo, com o romper do gelo ou congelado entre as neves eternas.

Ao ouvir essas informações, por um momento entrei em desespero. Ele me escapara, e eu tinha que dar início a uma viagem praticamente sem fim entre as montanhas de gelo do oceano, enfrentando um frio que poucos de seus habitantes conseguiriam suportar e ao qual eu, nascido num país de clima ensolarado e propício, não poderia ter esperanças de sobreviver. Diante da ideia de que o demônio poderia sobreviver e triunfar, contudo, minha ira e meu desejo de vingança retornavam e, como uma poderosa maré, sobrepujavam todos os meus outros sentimentos. Depois de um breve repouso, durante o qual os espíritos dos mortos pairavam ao redor e me instigavam a persistir em minha árdua tarefa e na vingança, preparei-me para a viagem.

Troquei meu trenó, apropriado para a terra, por um feito especialmente para a superfície irregular do oceano congelado e, fazendo um estoque grande de provisões, parti, abandonando a terra firme.

Não saberia dizer quantos dias se passaram desde então, mas só o desejo constante e intenso de que meu inimigo fosse pago na mesma moeda me tornou capaz de suportar aquela penúria. Montanhas de gelo imensas e acidentadas barravam com frequência meu caminho, e eu ouvia muitas vezes o estrondo ameaçador do mar sob meus pés. O gelo voltava a se formar, porém, tornando seguros aqueles caminhos sobre o oceano.

Pela quantidade de provisões que consumira, diria que essa viagem durou umas três semanas. A necessidade contínua de não perder as esperanças trazia-me frequentemente lágrimas de tristeza e desânimo aos olhos. O desespero de fato já quase havia feito de mim uma vítima, e eu em breve haveria de ceder sob o peso daquela angústia. Uma vez, depois que os pobres animais que arrastavam meu trenó conseguiram, com incrível esforço, chegar ao topo de uma íngreme montanha de gelo — um deles morreu, sucumbindo ao extremo cansaço —, eu avistei com desânimo a vastidão diante de mim quando divisei uma mancha escura recortando-se sobre a planície gelada. Franzi o cenho para ver com maior acuidade o que seria e soltei um grito de satisfação quando divisei, num trenó, aquela conhecida silhueta deformada. Ah! Com que ardor a esperança invadiu-me outra vez o coração! Lágrimas mornas assomaram-me aos olhos, mas rapidamente enxuguei-as, para que não atrapalhassem a visão que eu tinha do demônio; no entanto, meus olhos continuavam marejados, e afinal, dando vazão às emoções que me oprimiam, chorei alto.

Não podia, contudo, me atrasar. Liberei os cães do corpo de seu companheiro morto, dei-lhes uma generosa porção de comida e, após uma hora de repouso, que era absolutamente necessária, embora para mim fosse um suplício, continuei em meu caminho. O trenó ainda era visível e, a partir dali, esteve sempre ao alcance dos olhos, exceto quando blocos de gelo escondiam-no por algum tempo por trás de seus penhascos. Eu de fato ganhava terreno sobre meu inimigo, e quando, após quase dois dias de viagem, avistei-o a menos de dois quilômetros de distância, o coração saltou-me no peito de alegria.

Quando o monstro parecia estar, contudo, quase ao alcance de minhas mãos, minhas esperanças subitamente se foram: perdi seu rastro da forma mais absoluta do que jamais acontecera antes. Ouvi o mar rugir sob o gelo; o ribombar das ondas que rolavam sob meus pés tornava-se cada vez mais terrível e ameaçador. Apressei-me, mas em vão. O vento começou a soprar; o mar rugia e, como se abalada por um forte terremoto, a superfície gelada estalou e rompeu-se com um estrondo ensurdecedor. Foi tudo muito rápido: em poucos minutos, ondas tremendas rolaram entre mim e meu inimigo, e fiquei à deriva num pedaço de gelo que se rompera e que diminuía continuamente de tamanho, preparando-me para uma morte hedionda.

Dessa forma se passaram muitas horas angustiantes. Vários de meus cães morreram, e eu estava prestes a sucumbir sob o acúmulo de tantos infortúnios quando avistei seu navio ancorado e oferecendo-me novas esperanças de sobrevivência. Eu não tinha ideia de que as embarcações se aventuravam tão ao norte e fiquei admirado com a visão. Apressei-me em destruir parte de meu trenó para fabricar remos e dessa forma consegui, com um esforço supremo, trazer minha balsa de gelo na direção de seu navio. Eu havia decidido, se o senhor rumasse para o sul, perseverar em meu empreendimento mesmo sozinho e entregar minha sorte aos mares, mas não abandonar meu propósito. Esperava que pudessem me fornecer um barco com o qual perseguisse meu inimigo. Navegam rumo ao norte, porém. Trouxeram-me a bordo quando todas as minhas forças estavam exauridas, e logo haveria de sucumbir sob o peso desse enorme fardo e encontrar a morte que ainda temo, pois minha tarefa permanece inconclusa.

Ah! Quando o espírito que me guia permitirá que eu descanse, como tanto desejo, conduzindo-me ao demônio? Será que eu devo morrer e ele continuar vivo? Se eu de fato morrer, Walton, jure-me que ele não há de escapar, que vai persegui-lo e satisfazer meu desejo de vingança, destruindo-o. Ouso eu pedir-lhe que assuma essa minha peregrinação e passe pelas dificuldades que até agora enfrentei? Não, não sou tão egoísta assim. Depois que eu morrer, porém, e se por acaso ele aparecer, se os perpetuadores da vingança conduzirem-no até o senhor, prometa-me que ele não viverá — prometa-me que ele não triunfará sobre meus tantos infortúnios e não sobreviverá a fim de aumentar sua lista de crimes hediondos. Ele é eloquente e persuasivo, e houve um tempo em que suas palavras chegaram a ter poder sobre meu coração; não lhe dê crédito. Sua alma é traiçoeira e maliciosa, e tão diabólica quanto seu aspecto físico. Não lhe dê ouvidos. Evoque os nomes de William, Justine, Clerval, Elizabeth, de meu pai e do miserável Victor, e crave sua espada no coração do monstro. Meu espírito estará perto, e hei de guiar sua lâmina.

Walton (continuação)

26 de agosto de 17...

Você leu esta insólita e terrível história, Margaret; não sente seu sangue congelar de terror, como eu? Às vezes, tomado por uma súbita agonia, ele decidia não continuar seu relato; às vezes, sua voz falhava, mas não deixava de ser incisiva, e ele proferia com dificuldade palavras repletas de angústia. Seus olhos bonitos cintilavam de indignação em certos instantes, ou então, em outros, perdiam o brilho e sucumbiam diante de uma dor profunda e infinita. Às vezes, ele tinha o domínio de seu tom de voz e das expressões de seu rosto, relatando os mais horríveis acontecimentos com uma voz tranquila, suprimindo quaisquer traços de exaltação; em seguida, como um vulcão entrando em erupção, sua face assumia a expressão da raiva mais incontrolável, e ele esbravejava, maldizendo seu perseguidor.

Os detalhes de sua narrativa são bem encadeados, e ele narrou tudo aparentando dizer a mais pura verdade, mas confesso a você que as cartas de Félix e Safie, que ele me mostrou, e a aparição do monstro, que vimos de nosso navio, foram mais convincentes sobre a verossimilhança da história do que as afirmações de meu amigo, ainda que honestas e concatenadas. Um monstro desses então existe de fato! Não tenho dúvidas, mas ainda assim fico muito surpreso e admirado. Às vezes, tentava obter de Frankenstein os detalhes da criação desse ser, mas nesse particular ele se mostrava impenetrável.

— Está louco, meu amigo? — indagava. — Sabe aonde essa curiosidade insensata poderá levá-lo? Também o senhor criaria um demoníaco inimigo para si mesmo e para o mundo? Não pense nisso! Aprenda com minha desgraça e não procure aumentar seus próprios infortúnios.

Frankenstein descobriu que eu fazia anotações sobre sua história; pedia-me para vê-las e ele próprio as corrigia e aumentava em vários pontos, mas, sobretudo, para dar vivacidade e ardor aos diálogos que mantivera com seu inimigo.

— Já que preservou minha narrativa — dizia —, não permitirei que ela passe mutilada à posteridade.

Assim se foi uma semana, enquanto eu ouvia a história mais insólita que seria capaz de imaginar. Meus pensamentos e cada sentimento de minha alma se devotaram a ouvir meu hóspede, que com sua história e com seu comportamento nobre e bondoso conquistou meu interesse. Eu gostaria de acalmá-lo, mas será que posso aconselhar alguém tão profundamente infeliz, tão destituído de qualquer esperança de consolo, que viva? Ah, não! A única alegria que lhe resta está em apaziguar seu espírito atormentado na morte. Ainda tem um último conforto, que é resultado da solidão e do delírio; acredita que em seus sonhos conversa com os amigos e desse contato obtém consolo para suas desgraças e alimento para seu desejo de vingança. Para ele, não se trata de produtos de sua imaginação, mas das próprias pessoas, que vêm de um mundo remoto visitá-lo. Essa fé confere uma solenidade a seu delírio que o torna, a meus olhos, quase tão convincente e interessante quanto a realidade.

Nossas conversas nem sempre se restringem à história dele e a seus infortúnios. Demonstra, com relação à literatura em geral, um conhecimento ilimitado e uma compreensão penetrante e apurada. Sua eloquência é grande e admirável; não sou capaz de ouvi-lo, quando relata um fato comovente ou tenta despertar a piedade ou o amor, sem que me venham lágrimas aos olhos. Que criatura gloriosa ele deve ter sido em seus dias prósperos, já que é tão nobre e louvável em sua ruína! Parece ter consciência de seu próprio valor e da grandiosidade de seu declínio.

— Quando era mais jovem — disse —, acreditava-me destinado a realizar algum fato grandioso. Meus sentimentos são intensos, mas eu possuía uma frieza de julgamento adequada às realizações ilustres. Essa certeza de meu próprio valor sustentava-me quando outros teriam se sentido oprimidos, pois eu considerava um crime desperdiçar em sofrimentos inúteis os talentos que poderiam trazer algum benefício a meus semelhantes. Quando refletia sobre o trabalho que realizara, nada menos do que a criação de um animal dotado de sentidos e da razão, não podia me equiparar com a ralé empenhada em projetos triviais. Esse pensamento, porém, embora tivesse me sustentado no começo de minha carreira, agora só serve para me afundar ainda mais nesse mar de lama. Todas as minhas especulações e esperanças redundaram em nada, e, como o arcanjo que aspirava à onipotência, estou condenado a um inferno permanente. Minha imaginação era profícua, e ainda assim minha capacidade de análise e de empenho era intensa; com a união dessas qualidades, ocorreu-me a ideia da criação de um homem, e a executei. Mesmo agora é impossível recordar sem uma comoção profunda meus devaneios enquanto o trabalho ainda estava inconcluso. Em meus pensamentos, eu alcançara o paraíso e estava ora exultante com meus poderes, ora excitado com a ideia do resultado que poderiam vir a ter. Desde a infância, eu acalentava muitas esperanças e uma ambição grandiosa; quão baixo decaí! Ah! Meu amigo, se você tivesse me visto como outrora fui, não haveria de me reconhecer neste estado de degradação. Raramente eu me abatia, e um destino eminente parecia impulsionar-me adiante, até que caí e jamais voltarei a me reerguer.

Devo então perder esse homem admirável? Tanto desejei um amigo; procurava alguém que me compreendesse e estimasse. E veja, nestes mares desertos, encontrei tal amigo, mas temo que só para reconhecer seu valor e voltar a perdê-lo. Gostaria de devolver-lhe o desejo de viver, mas ele rejeita essa ideia.

— Agradeço-lhe, Walton — disse-me —, por suas boas intenções para com um ser tão miserável; mas, quando você fala em novos laços afetivos e amizades, crê que alguém poderia substituir aqueles que se foram? Pode algum homem tomar o lugar de Clerval, ou alguma mulher o de

Elizabeth? Mesmo quando os laços afetivos não são motivados por uma excelência superior, nossos companheiros de infância sempre possuem um certo poder sobre nossos corações que é improvável que algum outro amigo venha a igualar. Conhecem nossas tendências desde a meninice, e, embora elas possam mais tarde se modificar, nunca chegam a nos abandonar. Julgam nossos atos com conclusões mais certeiras sobre a integridade de nossos motivos. Uma irmã ou um irmão jamais hão de suspeitar que o outro cometeu fraude ou se comportou de forma desonesta, a menos que indicações prévias tenham sido dadas, ao passo que um outro amigo, por mais fortes que sejam os laços existentes, pode mesmo contra sua vontade levantar suspeitas. Eu tive, contudo, amigos queridos não apenas devido ao hábito e à cumplicidade, mas por seus próprios méritos; onde quer que eu esteja, a voz suave da minha Elizabeth e as conversas com Clerval estarão sempre presentes em meus ouvidos. Estão mortos, e um único sentimento numa solidão como a minha pode me persuadir a preservar a vida. Se eu estivesse empenhado em algum projeto importante e de extrema utilidade para meus semelhantes, poderia viver para levá-lo a cabo. Não é esse, contudo, o meu destino; devo perseguir e destruir o ser ao qual dei existência. Então, meu propósito sobre a Terra estará cumprido e poderei morrer.

2 de setembro

Minha adorada irmã,

Escrevo-lhe cercado de perigos e sem saber se vou rever minha querida Inglaterra e os adorados amigos que ali residem. Estou rodeado por montanhas de gelo que não me oferecem saída e que a todo momento ameaçam esmagar meu navio. Os homens corajosos que persuadi a me acompanhar esperam que eu os ajude, mas nada posso fazer. Nossa situação é grave ao extremo, mas minha coragem e minhas esperanças não me abandonaram. É terrível, porém, pensar que a vida de todos esses homens corre perigo por minha causa. Se estivermos perdidos, a culpa é de meus projetos insanos.

E o que pensará você, Margaret? Não receberá notícias de minha morte e aguardará ansiosa pelo meu retorno. Os anos vão se passar, e você será por um tempo dominada pelo desespero e torturada pela esperança.

Ah! Minha adorada irmã, pensar que suas sinceras expectativas hão de ser frustradas é mais terrível para mim do que a própria morte. Você tem, no entanto, um marido e filhos adoráveis, e pode ser feliz. Que os céus a abençoem e permitam que sim!

Meu hóspede infeliz tem para comigo a mais terna compaixão. Tenta me dar esperanças e fala como se a vida fosse uma dádiva que ele muito prezasse. Recorda-me a frequência com que os mesmos acidentes aconteceram com outros navegadores que se aventuraram por estes mares e, a despeito de meus sentimentos, seus prognósticos são positivos. Até os marinheiros sentem o poder de sua eloquência e dominam o desespero quando o ouvem falar. Ele desperta sua energia e suas palavras os convencem de que essas vastas montanhas de gelo são montículos de terra que desaparecerão ante as determinações dos homens. Tais sentimentos são transitórios; cada dia de expectativa que se passa aumenta-lhes o medo, e quase chego a temer um motim causado por esse desespero.

5 de setembro

Acaba de se passar uma cena extraordinária, e, embora seja altamente improvável que estes papéis cheguem até você, não posso deixar de registrá-la.

Ainda estamos cercados pelas montanhas de gelo, no perigo iminente de ser esmagados por elas. O frio é excessivo, e vários de meus infelizes camaradas já encontraram seu túmulo nesta paisagem desolada. A saúde de Frankenstein tem piorado a cada dia; uma chama febril ainda brilha em seus olhos, mas ele está exausto e quando faz qualquer esforço logo em seguida afunda numa aparente imobilidade.

Mencionei, em minha última carta, os receios que tinha de um motim. Esta manhã, enquanto me sentava e contemplava o semblante lívido de meu amigo — os olhos semicerrados, os membros pendendo sem forças —, meia dúzia de marinheiros vieram me chamar, pedindo-me que os recebesse na cabine. Entraram, e seu líder dirigiu-se a mim. Disse-me que ele e seus companheiros haviam sido escolhidos pelos outros marinheiros para formar uma delegação e vir me apresentar um pedido que, como um homem justo, eu não poderia recusar-me a atender. Estávamos cercados de gelo e provavelmente jamais escaparíamos, mas eles temiam que, se o gelo derretesse e uma passagem se abrisse, o que não era de todo impossível, eu seria impetuoso o bastante para continuar minha viagem e conduzi-los a novos perigos, depois de terem superado aquele. Insistiram, portanto, em que eu fizesse uma promessa solene de que, caso o navio se visse liberado, imediatamente seguiria rumo ao sul.

Suas palavras me perturbaram. Eu ainda não perdera as esperanças, tampouco pensara em retornar se o navio ficasse livre. Seria, contudo, justo de minha parte recusar-lhes esse pedido, mesmo que não passasse de uma possibilidade? Hesitei antes de responder, e então Frankenstein, que a princípio estivera em silêncio e que na verdade mal parecia ter força suficiente para ouvir, ergueu-se; seus olhos brilhavam e sua face ruborizava com o vigor momentâneo. Voltando-se para os homens, disse-lhes:

— O que querem dizer? O que estão pedindo a seu comandante? Será que renunciam tão facilmente a seu objetivo? Não diziam que esta era uma expedição gloriosa? E por que era gloriosa? Não porque a rota fosse fácil e tranquila como os mares do Sul, mas porque oferecia muitos riscos e perigos, porque a todo momento teriam que recorrer a sua vontade e demonstrar a sua coragem, porque o perigo e a morte estavam por perto e era preciso que vocês os combatessem e sobrepujassem. Por causa disso, era este empreendimento glorioso e honorável. Mais tarde, vocês seriam saudados como os benfeitores de sua espécie; seus nomes seriam louvados como pertencendo a homens corajosos que morreram pelo bem da humanidade. E agora, vejam só, diante da primeira perspectiva de perigo, ou, se quiserem, da primeira prova difícil que se impõe a sua coragem, acovardam-se e preferem passar à posteridade como homens que não tiveram força suficiente para suportar o frio e o perigo. E, então, pobrezinhos, ficaram com frio e voltaram para junto do calor de suas lareiras. Ah, para isso não precisavam de tantos preparativos. Não precisavam ter chegado tão longe e ter arrastado seu comandante à vergonha de uma derrota apenas para provar que são covardes. Ah! Sejam homens, ou sejam mais do que homens. Aferrem-se a seus propósitos e sejam firmes como uma rocha. Este gelo não é feito da mesma matéria de seus corações; é mutável e não haverá de resistir se vocês assim determinarem. Não regressem para junto de suas famílias com a desgraça estampada no rosto. Regressem como heróis que lutaram e venceram, que jamais fugiram diante do inimigo.

Ele falou sublinhando de forma tão expressiva os diferentes sentimentos que surgiam com suas palavras, e tinha um olhar de tão intenso orgulho e heroísmo, que não é de se surpreender que tenha sensibilizado aqueles homens. Entreolharam-se e não encontraram resposta. Eu falei: disse-lhes que se retirassem e considerassem o que havia sido dito; eu não iria conduzi-los mais ao norte se eles de fato desejassem o contrário, mas esperava que, com a reflexão, recuperassem a coragem.

Retiraram-se e eu me virei para meu amigo, mas ele afundara novamente em seu torpor e parecia quase sem vida.

Como tudo isso há de terminar não sei, mas eu preferiria morrer a retornar dessa forma vergonhosa, meu objetivo inconcluso. Temo, porém, que tal seja meu destino; meus homens, sem o apoio de ideais de glória e honra, jamais continuariam de bom grado a passar pelas dificuldades que agora enfrentam.

7 de setembro

Os dados foram lançados. Consenti em voltar se não formos destruídos. Assim, minhas esperanças são aniquiladas pela covardia e pela indecisão; regresso desapontado e ignorante. É preciso mais filosofia do que a que possuo para suportar com paciência tamanha injustiça.

12 de setembro

Tudo se acabou; estou regressando à Inglaterra. Perdi minhas esperanças de me fazer útil e de alcançar a glória; perdi meu amigo. Tentarei, porém, relatar-lhe com pormenores esse triste acontecimento, minha querida irmã. Não vou me deixar abater enquanto navegarmos rumo à Inglaterra e para junto de você.

No dia 9 de setembro, o gelo começou a se mover. Um rugido igual ao do trovão se fazia ouvir a distância, enquanto as ilhas rachavam e se rompiam em toda parte. Corríamos enorme perigo, mas como apenas o que tínhamos a fazer era esperar, meu desafortunado hóspede ocupava-me o centro das atenções. Sua saúde declinara a tal ponto que ele estava inteiramente confinado a sua cama. O gelo se rompeu atrás de nós e foi empurrado com força rumo ao norte; uma brisa começou a soprar vinda do oeste, e, no dia 11, a passagem rumo ao sul tornou-se inteiramente liberada. Quando os marinheiros constataram-no e viram que a volta a seu país natal estava aparentemente assegurada, um grito de alegria irrompeu entre eles, alto e prolongado. Frankenstein, que adormecera, despertou, e perguntou-me qual a causa do tumulto.

— Gritam — eu disse — porque em breve estarão de volta à Inglaterra.

— O senhor então de fato regressa?

— Ai de mim! Sim, não posso me opor à vontade deles. Não posso conduzi-los ao perigo contra a própria vontade, devo regressar.

— Faça-o, então, se quiser, mas eu não irei. O senhor pode abandonar seu propósito, mas o meu me foi designado pelos céus e não ouso fazê-lo. Estou fraco, mas com certeza os espíritos que me ajudam na minha vingança hão de me dotar de força suficiente.

Ao dizê-lo, tentou se erguer da cama, mas o esforço foi grande demais. Ele caiu de volta e desmaiou.

Só se recobrou muito tempo depois, e várias vezes pensei que sua vida se extinguira por completo. Afinal abriu os olhos; respirava com dificuldade e não conseguia falar. O médico lhe deu uma bebida para tranquilizá-lo e nos instruiu para que o deixássemos em paz. Disse-me, ao sair, que meu amigo com certeza já não tinha muitas horas de vida.

Sua sentença já havia sido decretada, e só o que me restava fazer era lamentar e aguardar. Sentei-me junto a sua cama, velando-o. Seus olhos estavam fechados, e eu achei que estava dormindo, mas logo em seguida ele me chamou com uma voz débil e, pedindo-me que me aproximasse, disse:

— Ai de mim! A força com que eu contava se foi; sinto que em breve morrerei e ele, meu inimigo e perseguidor, talvez ainda esteja vivo. Não pense, Walton, que nos últimos instantes de minha vida sinto aquela raiva intensa e o desejo ardente de vingança que expressei antes; creio, porém, que tenho o direito de querer a morte de meu adversário. Durante os últimos dias, estive pensando sobre minha conduta passada e não acho que seja condenável. Num acesso de entusiasmada loucura, criei um ser racional e tinha o dever de assegurar-lhe, tanto quanto estivesse em meu poder, a felicidade e o bem-estar. Era essa minha obrigação, mas havia uma outra ainda mais suprema: meus deveres com relação aos seres de minha própria espécie ocupavam-me mais a atenção porque incluíam uma proporção maior de felicidade ou infortúnio. Impelido por esse sentimento, e com razão, recusei-me a criar uma companheira para a criatura. Ele demonstrou uma crueldade sem-par e um grande egoísmo; destruiu meus amigos; condenou à morte seres felizes, dotados de grande sensibilidade e sabedoria. Não sei onde terminará sua sede de vingança. Deve morrer, para que não faça outros tão infelizes quanto ele próprio. A tarefa de destruí-lo era minha, mas falhei. Conduzido por motivos egoístas e perversos, pedi ao senhor que assumisse meu trabalho inconcluso e, agora, quando só me motivam a razão e a virtude, renovo esse pedido.

"Não posso pedir-lhe, porém, que renuncie a seu país e a seus amigos para levar a cabo essa tarefa; e, agora que regressa à Inglaterra, terá poucas chances de encontrá-lo. Deixo a seu cargo considerar esses pontos, contudo, e decidir sobre o que considera ser seu dever. Minhas ideias e minha capacidade de julgamento já estão alteradas com a proximidade da morte. Não ouso pedir-lhe aquilo que considero correto, pois talvez a paixão ainda me guie.

"Inquieta-me a possibilidade de que ele viva para ser um instrumento de desgraça; fora isso, esta hora, quando espero a qualquer momento minha libertação, é a minha primeira felicidade em muitos anos. Os espíritos dos mortos que eu tanto amo esvoaçam diante de mim, e em breve hei de me lançar em seus braços. Adeus, Walton! Busque a felicidade na tranquilidade e evite a ambição, mesmo que seja a ambição aparentemente inocente de distinguir-se nas ciências e nos descobrimentos. Mas por que razão digo isso? É possível que outros venham a ser bem-sucedidos onde eu falhei."

Sua voz enfraquecia enquanto ele falava, e afinal, exausto com o esforço, mergulhou no silêncio. Cerca de meia hora depois, tentou falar, mas não conseguiu; apertou fracamente minha mão e seus olhos se fecharam para sempre, enquanto um delicado sorriso desaparecia-lhe dos lábios.

Margaret, o que posso dizer acerca da morte desse espírito glorioso? Que palavras fariam com que você compreendesse quão profundo é meu pesar? Tudo o que eu fosse capaz de dizer seria inadequado e insuficiente. Lágrimas correm-me dos olhos; uma sombra de desapontamento turva-me o coração. Viajo, porém, rumo à Inglaterra, e lá é possível que encontre consolo.

Interrompem-me. O que serão esses ruídos? É meia-noite; sopra uma brisa suave e o vigia no convés mal se mexe. Volto a ouvir uma voz humana, mas mais rouca; vem da cabine onde ainda jaz o corpo de Frankenstein. Devo ir até lá e ver do que se trata. Boa noite, minha irmã.

Deus do céu! Que cena acaba de se desenrolar! Ainda estou aturdido por sua lembrança. Não sei sequer se terei forças para relatá-la em detalhes; porém, a história que registrei ficaria incompleta sem esta impressionante catástrofe final.

Entrei na cabine onde estava o corpo de meu admirável e desgraçado amigo. Sobre ele, debruçava-se um ser que não encontro palavras para descrever: de estatura gigantesca, mas desajeitado, e de proporções distorcidas. Ao inclinar-se sobre o caixão, sua face era encoberta por longas mechas de cabelos emaranhados; mas uma de suas compridas mãos estava estendida e tinha a cor e a textura iguais às de uma múmia. Quando ele ouviu que eu me aproximava, interrompeu suas exclamações de pesar e dor e precipitou-se para a janela. Eu jamais contemplara algo tão horrível quanto aquele rosto, a um tempo repulsivo e apavorante. Fechei os olhos involuntariamente e tentei lembrar quais eram as minhas obrigações para com aquele monstro. Disse-lhe que ficasse.

Ele parou, olhando para mim com surpresa; voltando-se mais uma vez para o corpo sem vida de seu criador, pareceu esquecer-se da minha presença. Cada traço de seu rosto e cada gesto seu pareciam instigados por uma raiva incontrolável e desvairada.

— Eis mais uma de minhas vítimas! — exclamou. — Com o assassinato dele, encerram-se meus crimes; o meu ser miserável está próximo do fim! Ah, Frankenstein! Criatura generosa e dedicada! De que adianta pedir agora que me perdoes? Eu, que de forma irreversível o destruí matando todos aqueles que você amava. Ai de mim! Seu corpo está frio, ele não pode me responder.

Sua voz parecia sufocada, e meus primeiros impulsos, que me haviam sugerido a tarefa de atender ao pedido de um amigo moribundo, se interrompiam com uma mistura de curiosidade e compaixão. Eu me aproximei daquele ser gigantesco; não ousava olhá-lo novamente no rosto, pois havia algo por demais assustador e sobrenatural em sua feiura.

Tentei falar, mas as palavras morreram-me nos lábios. O monstro continuava a proferir autoacusações desvairadas e incoerentes. Afinal, consegui reunir coragem para me dirigir a ele, numa pausa daquela sua exaltação.

— Seu arrependimento é agora inútil — disse-lhe. — Se tivesse dado ouvidos à voz da consciência e considerado a aflição do remorso antes de levar ao extremo sua diabólica vingança, Frankenstein ainda estaria vivo.

— Por acaso está sonhando? — disse o demônio. — Acha que eu era insensível à agonia e ao remorso? Ele — continuou, apontando o cadáver —, ele não sofreu na consumação de meu feito. Ah! Não sofreu a milésima parte da angústia que eu sentia enquanto preparava os detalhes de minha vingança. Um egoísmo assustador me impelia adiante, enquanto meu coração estava envenenado pelo remorso. Acha que os gemidos de Clerval eram música para os meus ouvidos? Meu coração foi feito para ser suscetível ao amor e à compreensão e, quando conduzido pelo sofrimento ao ódio e à maldade, não suportou a violência dessa mudança sem se sentir torturado a um nível que você não poderia imaginar.

"Depois do assassinato de Clerval, voltei para a Suíça, inconsolável e abatido. Tinha pena de Frankenstein; minha pena crescia e transformava-se em horror. Eu odiava a mim mesmo. Quando, porém, descobri que ele, criador ao mesmo tempo de minha existência e de meus inenarráveis tormentos, ousava ter esperanças de felicidade; que, enquanto para mim acumulavam-se as desgraças e o desespero, ele buscava comprazer-se com sentimentos e paixões que eu estava condenado a jamais conhecer, uma inveja impotente e uma amarga indignação fizeram nascer em mim uma insaciável sede de vingança, lembrei-me de minha ameaça e decidi que haveria de cumpri-la. Sabia que preparava para mim mesmo uma tortura terrível, mas eu era o escravo, não o senhor, de um impulso que abominava, mas a que não podia desobedecer. Quando ela morreu, porém! Não, naquele momento eu não me sentia um miserável. Eu havia banido todos os meus sentimentos, dominado todas as minhas angústias, para reagir ao desespero excessivo. O mal transformara-se no bem. Chegara tão longe que não tinha outra escolha a não ser adaptar minha natureza a um elemento deliberadamente escolhido. Levar a cabo aqueles propósitos demoníacos tornou-se uma paixão insaciável. E agora tudo terminou; aqui jaz minha última vítima."

Fiquei comovido, num primeiro momento, pela expressão de sua desgraça, mas quando me lembrei do que Frankenstein dissera sobre sua eloquência e capacidade de persuasão, e quando voltei a pôr os olhos sobre o corpo sem vida de meu amigo, a indignação reviveu em mim.

— Desgraçado! — disse eu. — Como pode vir até aqui chorar pela desolação que você mesmo causou? Joga uma rocha acesa sobre uma pilha de casas e, depois que tudo se consumiu, se senta entre as ruínas e lamenta. Demônio hipócrita! Se aquele por quem você chora ainda estivesse vivo, ainda seria sua presa, ainda seria o objeto de sua maldita vingança! Não é pena o que você sente; só o que lamenta é o fato de que a vítima de sua malignidade já não está mais em seu poder.

— Não! Não é isso! — interrompeu a criatura. — Admito que minhas ações passadas não estimulam qualquer boa impressão a meu respeito. Mas não procuro quem compartilhe de meu infortúnio. Sei que jamais poderei encontrar piedade. Quando pela primeira vez a busquei, era dos meus sentimentos de solidariedade, dos meus anseios de afeto e compreensão, da minha inclinação para o bem que eu esperava que alguém compartilhasse. Mas agora que a virtude se tornou para mim uma sombra e a felicidade e o afeto se converteram no mais penoso e abominável desespero, onde buscar e de quem esperar simpatia? Contento-me em sofrer sozinho. Sei que, quando morrer, a abominação e o opróbrio pesarão sobre minha memória. Outrora alimentei esperanças de encontrar seres que, perdoando minha forma exterior, me amariam pelas qualidades morais que eu pudesse contrapor a ela. Acalentei-me de elevados pensamentos de honra e devoção. Mas agora o crime me degradou à condição do animal mais vil. Quando relembro a cadeia das minhas iniquidades, não posso crer que sou a mesma criatura cujos pensamentos eram antes repletos de sublimidade e de visões do bem. Mas é justamente assim. O anjo caído torna-se demônio. Entretanto, mesmo aquele inimigo de Deus e do homem tinha amigos e seguidores. Eu sou sozinho.

"Você, que chama a Frankenstein seu amigo", prosseguiu o monstro, "parece ter conhecimento de meus crimes e infortúnios. Mas às particularidades que lhe forneceu sobre eles não lhe seria possível somar as horas de desalento que padeci. Da mesma forma, jamais encontrei da parte de quem quer que fosse um mínimo de complacência. É justo isso? Devo ser tido como o único criminoso quando todo o gênero humano também errou contra mim? Por que você não odeia Félix, que expulsou seu amigo de sua porta? Por que não condena o camponês que tentou destruir o salvador de sua filha?

"Diante de tanta incompreensão e injustiça, tangido pela revolta, assassinei criaturas inocentes, que nem mesmo sabiam da minha existência. Lancei meu criador, digno, em todos os sentidos, do amor e admiração dos homens aos meandros da mais completa desgraça. Aqui está ele, na brancura e frieza da morte. Por mais execrado que eu seja, nada iguala o desprezo que sinto por mim mesmo.

"Mas não receie que eu ainda venha a ser instrumento de futuros males. Minha obra está quase terminada, mas estará definitivamente consumada com o meu próprio extermínio. Não demorarei a executar esse sacrifício ou, antes, esse resgate. Deixarei seu navio na jangada que me trouxe até aqui e buscarei o ponto mais extremo do globo. Erguerei uma pira e consumirei até as cinzas este arcabouço miserável, de modo que não possa restar de seus despojos o mínimo indício da minha imagem capaz de orientar algum outro desavisado na tentativa de percorrer a senda maldita do meu criador, procurando refazer a sua obra.

"Adeus! Deixo-o, e com você o último ser da espécie humana a quem estes olhos jamais contemplarão. Adeus, Frankenstein! Tu buscaste minha extinção para que eu não pudesse repetir minhas atrocidades. Agora que estás morto, cumprirei o teu desígnio. Acenderei minha pira funerária em triunfo e exultarei na agonia das chamas. Minhas cinzas serão varridas pelos ventos e lançadas ao mar. Meu espírito partirá para a paz ou o degredo da eternidade. Adeus!"

Assim falando, saltou pela janela do camarote para a jangada que estava perto do navio e logo depois foi impelido pelas ondas, perdendo-se na escuridão e na distância.

sobre a autora

Mary Shelley (1797-1851) nasceu em Londres. Filha do filósofo William Godwin e da escritora Mary Wollstonecraft, e casada com o poeta Percy Bysshe Shelley, ela sempre esteve ligada à literatura. Além da obra-prima *Frankenstein* (1818), escrita a partir de uma brincadeira proposta por lorde Byron, a autora escreveu também *Valperga* (1823), *O último homem* (1826), *Lodore* (1835) e *Falkner* (1837).

Equipe editorial

Daniele Cajueiro

Ana Carla Sousa

Maria Cristina Antonio Jeronimo

Guilherme Bernardo

Adriana Torres

Mariana Elia

Mônica Surrage

Pedro Staite

Leandro Liporage

Maicon de Paula

Vinícius Louzada

Revisão

Eduardo Carneiro

Eni Valentim Torres

Projeto gráfico e diagramação

Filigrana

Capa

Maquinaria Studio

Este livro foi impresso em 2016 para a Nova Fronteira.